DALE MAYER

Un Tueur dans les Kiwis

Jolis Jardins Maudits 11

Un tueur dans les kiwis : Jolis Jardins Maudits, tome 11
Beverly Dale Mayer
Valley Publishing Ltd.
Traduit de l'anglais par Emma Valieu et Valentin Translation.

ISBN-13 : 978-1-773368-03-0
Format Print

Résumé du livre

Un nouveau polar « cozy mystery », par Dale Mayer, auteure de best-sellers au classement du USA Today. Suivez les aventures de Doreen Montgomery, jardinière et détective en herbe, et de ses adorables assistants (un chat, un chien et un perroquet) dans leurs enquêtes criminelles dans la jolie ville de Kelowna au Canada.

Du luxe à la misère… Le chaos continue… Les souvenirs s'estompent… mais pas pour tout le monde !

Doreen est submergée de joie lorsqu'elle voit tous les bénévoles qui se présentent pour l'aider à construire sa terrasse. La plupart sont des policiers, amis du caporal Mack Moreau, et heureux d'aider la grande amie de Mack, qui a contribué à résoudre tant de crimes pour eux, en rénovant sa maison.

Mais avant que la terrasse ne soit terminée, les agents sont appelés sur une affaire. Une autre vieille dame est morte. Une nouvelle victime de crise cardiaque s'ajoute à la longue liste. Et, bien sûr, aucune de ces femmes récemment décédées n'avait de problème médical expliquant leur décès soudain.

Avec ses animaux à ses côtés, Doreen est déterminée à découvrir ce que ces dames avaient en commun, et pourquoi et comment les kiwis continuent d'apparaître dans cette affaire. En fouillant dans la vie des défuntes, Doreen découvre de curieux éléments… qui culminent par la résolution plus intriguante encore de cette énigme…

Inscrivez-vous ici pour être informés de toutes les nouveautés de Dale !
https://geni.us/DaleNews

Prologue

Mercredi, fin d'après-midi…

ARNOLD ET CHESTER se préparèrent à partir, chacun tenant un bras d'Heidi.

— C'est bien, ce que vous avez fait, dit à voix basse Mack à Doreen.

Elle lui sourit discrètement.

— Quelqu'un devait aider Aretha. Bon, maintenant, bien sûr, je n'ai plus d'affaire sur laquelle me pencher… souffla-t-elle en dévisageant Mack, pleine d'espoir.

Il se raidit et lui lança un regard furieux.

— Aucune des miennes.

— N'avez-vous pas une autre enquête en cours ? demanda Arnold à Doreen.

— Non, lui répondit-elle avec un grand rictus. J'ai pensé que je pourrais jeter un œil à cette histoire de vieilles dames tombées raides mortes.

— Vous êtes une jardinière, lâcha Chester avec ce large sourire qui lui est coutumier. Si quelqu'un peut trouver ce que les kiwis ont à voir avec ces fichus décès, j'aimerais bien le savoir !

Doreen le fixa.

— Les kiwis ?

Mack adressa un regard d'avertissement à Chester, mais il était trop tard. Il était déjà allé trop loin.

— Ouaip, acquiesça-t-il. Un kiwi dans la bouche !

— Mais la bouche d'une seule femme ?

Il se pencha en avant et déclara, dans un murmure peu discret :

— Oui, mais toutes les trois en avaient un sur elle.

Doreen afficha un large rictus.

— *Un tueur parmi les kiwis…* J'adore !

Elle était là, sa prochaine enquête !

Mack lui lança des yeux froids.

— Vous restez en dehors de ça ! lui intima-t-il. Les affaires classées sont une chose, mais *les miennes* en sont une autre.

Elle lui sourit de toutes ses dents, effrontément.

— Pas de problème ! s'exclama-t-elle. Vous savez quoi, reparlons-en dans… vingt-quatre heures ?

Mack posa les mains sur ses hanches tandis qu'Arnold commençait à ricaner. En sifflotant, Chester et lui firent monter Heidi à l'arrière de leur voiture de patrouille de la RCMP,[1] laissant Doreen avec Mack. Elle pivota et leva les yeux vers lui.

— Alors ?

— Alors quoi ? grogna-t-il.

— Vingt-quatre ? Quarante-huit heures ? De combien de temps avez-vous besoin ? l'interrogea-t-elle avec espoir.

Il avança d'un grand pas vers elle, mais elle ne se sentait désormais plus menacée par Mack. Elle leva la tête vers lui et afficha un rictus.

---

[1] RCMP : *Royal Canadian Mounted Police,* soit la Gendarmerie royale du Canada.

— Allez ! Quarante-huit, alors ! Affaire conclue ! J'enquête sur le *Tueur parmi les kiwis* !

Tout en riant, elle courut jusqu'à la cuisine. Elle entendit la porte d'entrée claquer quand Mack sortit et elle sut qu'il avait dû partir. Il avait maintenant plus de boulot au poste de police. Et c'était une très bonne chose.

Elle lui octroierait ces deux jours, mais pas une minute de plus !

Chapitre 1

LES VENDREDIS APRÈS-MIDI se déroulaient généralement dans le jardin de Millicent, et Doreen avait de toute manière besoin de s'occuper, en attendant la fin de la longueur d'avance accordée à Mack sur l'affaire des kiwis.

Appelant les animaux, elle versa du café dans un thermos et marcha jusque chez la mère de Mack.

Millicent était assise dehors, et, dès qu'elle aperçut Doreen, elle bondit sur ses pieds avec ce qui semblait être une quantité infinie d'énergie pour quelqu'un ayant l'âge de Doreen, alors que dire d'une personne de l'âge de Millicent !

— Oh, c'est si bon de te voir ! s'exclama-t-elle. Mack m'a expliqué à propos des bijoux que j'ai trouvés.

Doreen roula des yeux.

— Je suis contente d'en avoir fini avec cette affaire ! répondit-elle. C'était un peu rude.

— Hé ! lâcha la femme âgée, radieuse. J'ai vraiment apprécié ce que tu as fait en tout cas !

Doreen lui sourit et hocha la tête.

— Je ne m'attendais pas à ce que ça se termine ainsi. Il faut encore que je discute d'Aretha avec Nan.

— Eh bien, nous ne connaissons pas encore les détails. Alors, si tu veux bien me tenir au courant…

Elle essaya d'amadouer Doreen avec un rictus, en espérant lui soutirer plus d'infos. Doreen était ravie de lui faire plaisir, alors, tout en désherbant le jardin et en arrangeant les plates-bandes, elle relata toute l'histoire à Millicent.

— C'est si difficile à croire ! s'écria la vieille dame avec étonnement. Et pourquoi les bijoux auraient-ils atterri sous mon genévrier ?

— Alors ça, poursuivit Doreen en s'asseyant sur ses talons, je ne sais vraiment pas, si ce n'est que Reginald les a cachés un peu partout dans la ville.

— Et est-ce que c'est le dernier d'entre eux ?

— Eh bien, c'est celui qu'il était venu récupérer… Mais il avait disparu.

— Évidemment ! L'arbre qu'il cherchait n'était plus là !

— Et donc, il ignorait probablement s'il était au bon endroit, si l'arbre avait été abattu, ou bien si les bijoux étaient partis au compost ou avaient été jetés à la poubelle ou ailleurs… Mais il n'a pas pu les trouver. Il s'est fié à son point de repère qui était apparemment près de chez toi, à ce que j'ai compris en tout cas. Puis il a effectué une quête approfondie, mais ce fut difficile.

Millicent acquiesça.

— On a dû retirer l'arbre après la tempête qui avait fendu son tronc, et les bijoux sont certainement restés là pendant un moment avant qu'on les découvre. Alors, n'importe qui aurait pu venir et les dénicher en premier sans qu'on le sache jamais ! s'émerveilla-t-elle. Et dire que tout ça se déroulait près de nous, et pourtant, nous n'en avions aucune idée !

— Tout va bien à présent, déclara Doreen. Heidi paiera

pour ses crimes, peu importe ce que décidera le tribunal concernant cette affaire, et Aretha, avec de la chance, continuera d'habiter dans la maison d'Heidi et de s'en occuper.

— Et ce serait bien pour Aretha également, approuva Millicent en hochant la tête d'un air entendu. Cette pauvre femme a besoin que de bonnes choses arrivent dans sa vie.

Au moment où elle eut fini tout le désherbage, Doreen avait épuisé ses sujets de conversation. Mais Millicent était pleine de ressources et ne cessa de mitrailler Doreen avec un million d'autres questions. Elle était entièrement d'accord avec la vente des bijoux et avec le fait de les offrir aux œuvres de charité. Ce sujet avait constitué une source d'inquiétude pour Doreen, étant donné que personne ne pouvait vraiment les réclamer. Les commerces impliqués avaient déposé le bilan, et tant d'années avaient passé depuis qu'il était difficile de déterminer exactement à qui devait revenir cet argent. Elle devait encore en parler à Mack, et c'était un petit problème, car il l'évitait en ce moment.

— Et tu as un acheteur pour l'émeraude ? demanda Millicent.

Cela amena Doreen à l'histoire de Zachary Winter.

— Oh, c'est si mignon ! réagit Millicent. Il faut nous assurer que Mme Winters l'obtienne.

— Je sais, mais nous vendrons aussi quelques-unes des autres pierres.

La mère de Mack soupira.

— S'il n'y en a pas beaucoup, peut-être pourrions-nous les partager. Tu en prends une, Mack une autre et Aretha aussi.

Doreen la regarda avec surprise.

— Eh bien, tu sais quoi ? Ce n'est pas une mauvaise

idée ! Vends les plus grandes, puis verse les fonds à une œuvre de bienfaisance, et d'autres pourront avoir les pierres plus petites, dit-elle en haussant les épaules. Je dois les faire expertiser, simplement pour connaître leur valeur. Seulement, ça n'a pas très bien marché la première fois…

— Ça fonctionnera cette fois, rebondit Millicent en tapant dans ses mains de joie. Qui aurait deviné, en te demandant d'y regarder de plus près, que tu résoudrais ça, et si rapidement ?! s'exclama-t-elle en dévisageant Doreen avec admiration.

— Je l'ignore. J'ai l'impression que ça m'a pris une éternité.

Millicent sourit et secoua la tête.

— Oh ! et à ce propos, on m'a donné un sac plein de courgettes, annonça-t-elle. Tu en veux une ou deux ?

— Si j'avais la moindre idée de comment préparer un cake aux courgettes, répondit Doreen, j'adorerais ! Je pourrais cuisiner quelque chose avec une seule, peut-être.

— J'ai fait du cake à la courgette aussi. Attends un moment, lança-t-elle avant de se relever et de courir chez elle.

Pendant son absence, Doreen prit la brouette remplie de mauvaises herbes, marcha jusqu'au bac à compost de Millicent et la vida rapidement. Le ramassage n'avait pas lieu cette semaine par ici, alors Doreen l'inclina contre l'abri de jardin afin que la pluie ne tombe pas dedans. Quand elle retourna à la terrasse, les animaux étaient tous assis et lui accordaient leur attention. Elle baissa les yeux vers eux et les railla :

— Millicent a parlé de courgettes, pas de friandises !

Le rire de cette dernière parvint depuis la porte. Elle se dirigea vers les bêtes et leur offrit à tous les trois un morceau de fromage.

— Waouh ! lâcha Doreen. Je ne savais pas que tu nourrissais ces gars-là aussi !

— Pas tout le temps, minimisa Millicent. Mais c'est une telle joie de les avoir ici !

— Ce sont de vrais pique-assiettes ! affirma Doreen en riant.

— Ce n'est pas un souci. Et d'ailleurs, ça, c'est pour toi, lui révéla-t-elle en lui tendant deux petites courgettes et un sac contenant un truc enveloppé dans du papier alu.

— C'est quoi dans l'alu ? s'enquit Doreen en regardant.

— Alors ça, c'est le meilleur cake à la courgette du monde ! Demande à Mack, il te le confirmera !

— C'est ta propre recette ? questionna Doreen, déjà en train de saliver.

— Absolument ! indiqua Millicent. Je ne plante même plus de courgettes dans le jardin, car la production d'un seul pied est trop importante ! Mais j'ai des amis qui en cultivent toujours, et ils m'en donnent suffisamment chaque été. J'ai déjà mis sept cakes au congélateur, alors je t'en prie, emporte celui-là.

— Et Mack alors ? s'inquiéta Doreen. Je ne veux pas le priver de sa ration.

Le rire de Millicent traversa le jardin.

— Il va probablement te remercier d'en récupérer. À chaque fois que je fais une fournée, je lui en offre un entier. Il proteste, car il prétend ne pas pouvoir tout manger, alors je suis sûre qu'il sera ravi que tu en profites.

Doreen s'interrogea à ce sujet, car elle n'en avait vu aucun jusqu'à présent. Alors, soit Mack mangeait tout, soit il en congelait une partie lui aussi. Mais il n'a jamais paru triste de prendre la nourriture de sa mère. Elle adressa un rictus à Millicent et déclara :

— Merci ! Je l'apprécierai en rentrant chez moi.

— Bien ! lâcha Millicent en souriant.

Et là-dessus, Doreen fila vers sa maison, ses animaux sur ses talons en file indienne. Ce serait un gros week-end si elle et Mack pouvaient commencer à bosser sur la terrasse comme elle le souhaitait vraiment, mais elle craignait qu'ils aient besoin de matériel supplémentaire. À cette pensée, elle lui envoya un message. **Aurons-nous assez pour démarrer la construction de la terrasse ?**

La réponse vint avec un : **Oui.**

Quand ?

Probablement demain. Je viendrai faire un tour plus tard ce soir.

Elle esquissa un rictus en lisant ça. **Dîner ?**

Vous avez quelque chose ?

Peut-être, écrivit-elle en fronçant les sourcils et en se dirigeant vers chez elle. **Laissez-moi rentrer et vérifier.** Elle éteignit le système de sécurité et marcha jusqu'à la pièce de devant. Sans les meubles, tout étant encore très propre, cette demeure semblait incroyablement spacieuse. Elle retourna à la cuisine où elle posa ses affaires et mit en route la bouilloire. Puis elle contrôla le contenu du frigo. Elle avait encore un reste de nouilles qu'il lui avait cuisinées, mais elle était à court de viande.

Un restant de pâtes nature. Pas de viande, envoya-t-elle.

Champignons ?

Oui. Pourquoi ?

Un visage content fut sa réponse.

Elle gloussa. **Ça veut donc dire un dîner ?** demanda-t-elle avec espoir.

Peut-être. Je serai là aux environs de 5 heures, sauf

si vous rajoutez du boulot sur mon bureau. Elle pouvait presque l'entendre râler dans ses mots.

Elle sourit et tapa : **Non, ça me va. Je viens de finir chez votre mère.**

Bien. Vous pourrez me raconter comment ça s'est passé quand je serai là.

Immédiatement, elle fut soucieuse. Cela lui revenait-il trop cher ? Car elle ne voulait vraiment pas perdre cette source de revenus. Mais à un moment donné, tous les boulots avaient une fin. Le jardin de Millicent ne réclamait plus autant de travail. Elle pourrait probablement garder un œil dessus en y passant simplement chaque semaine pour le même montant, ce qui leur permettrait d'économiser de l'argent, mais c'est à elle que cela coûterait. Sourcils froncés, elle sortit la garniture pour sandwich et s'en prépara un énorme au jambon et au fromage, avec sa salade et ses tomates habituelles. Sur un coup de tête, elle coupa une tranche de cake et posa des rondelles de courgette crue dessus.

Elle considéra fixement le rendu et douta :

— C'est peut-être un peu trop…

Alors, elle tailla un morceau du cake en petits morceaux qu'elle disposa devant Thaddeus. Il approcha et les examina sous tous les angles possibles avant de se baisser et de picorer chacun d'eux. Doreen mangea son casse-croûte avec les tranches de courgettes dessus puis haussa les épaules.

— Ce n'est pas si mauvais, dit-elle à Mugs.

Il se tenait là, au garde-à-vous, les yeux levés vers elle. Voyant des petits bouts de jambon et de fromage dépasser de son sandwich, elle arracha une petite portion de chacun et les lui donna.

Tout de suite, Goliath se glissa vers l'avant, prit place sur la chaise à côté d'elle et la fixa attentivement. Elle grommela.

— Les gars, vous avez votre propre nourriture !

Et elle en était bien consciente, car elle les avait nourris, mais elle distribua à Goliath une petite portion de fromage malgré tout.

Dès que son sandwich fut avalé, elle se leva et se prépara une théière. Puis elle sortit les bijoux. Elle aurait dû commencer par ça. Elle les posa tous et prit quelques photos, se demandant comment cela allait se passer. Millicent avait eu une bonne suggestion à propos des six petits diamants. Mack en prendrait deux, peut-être que Doreen pourrait en garder autant également et Aretha aurait les deux autres. Elle devrait tout simplement les revendre pour avoir du cash, étant donné sa situation financière.

Doreen ignorait ce qu'elle ferait avec ces pierres. Mack refuserait probablement sa part, mais elle devait encore l'accaparer avec cette question. Elle songeait que les siennes devaient également revenir à Aretha. Après tout, la condition de Doreen s'était bien améliorée depuis son arrivée à Kelowna. Quand les antiquités de Nan avaient été vendues chez Christie's, elle avait été plus que largement rémunérée. C'était encore difficile à imaginer… Cependant, elle devait faire expertiser ces diamants par quelqu'un en qui elle pouvait avoir confiance. Puis vendre l'émeraude à Zachary. *Mais ne l'avait-il pas déjà payée, plus ou moins quarante ans auparavant ?*

Presque comme s'il avait su à quoi elle était en train de penser, le téléphone sonna. C'était Zachary.

— J'ai entendu dire que tu t'étais plutôt bien amusée ? lâcha-t-il d'une voix joviale.

— Oui ! confirma-t-elle. Mystère résolu !

— Et je n'arrive pas y croire. J'ai entendu des fragments

ici et là à ce sujet.

— Eh bien, jusqu'à ce que le tribunal se prononce, personne ne peut rien confirmer.

— Et est-ce que ça laisse l'émeraude disponible à la vente ?

— Potentiellement, oui, acquiesça-t-elle d'un ton sec. Je n'ai encore rien fait évaluer.

— Non, bien sûr, déclara-t-il. Et tu ne veux pas demander à mon expert, si ? suggéra-t-il d'une voix rehaussée d'une note d'humour, comme s'il comprenait pleinement pourquoi elle ne lui accorderait plus jamais sa confiance.

— Non, déclina-t-elle. La confidentialité et la vie privée représentent tout dans ce métier, et ils ont perdu mon vote.

— C'est légitime, admit-il. Ils ont dévié de leur conduite habituelle sur de tels sujets malgré les circonstances atténuantes, mais je comprends ce que tu ressens. Pourrais-je éventuellement avoir une copie de l'expertise ?

— Pourquoi ? s'enquit-elle, suspicieuse.

— Parce que je souhaite toujours acheter cette émeraude pour ma femme.

— Elle ne t'appartenait pas déjà, à l'époque ?

— Oui, mais alors, mon assurance avait couvert la perte. Vraiment dommage que cette gemme n'ait pas la même valeur aujourd'hui qu'autrefois.

— C'est vrai, acquiesça Doreen, qui ne comprenait pas comment tout cela fonctionnait. C'est incroyable que ton assurance t'ait remboursé à la place d'Aretha et son mari.

— Mais j'étais très bien assuré. Et j'avais acheté la pierre. Je disposais d'un reçu valide, alors ce vol était couvert.

— Bien, lança-t-elle, mais comme j'ai dit, je dois encore faire estimer les bijoux et déterminer quel prix sera le plus juste.

— Que feras-tu avec cet argent ?

— C'est encore en discussion pour le moment. Éventuellement le verser à une œuvre de charité, car un tas de petites mains s'y sont posées, mais personne ne semble avoir de revendication légale dessus.

— Compris. Une chance qu'on puisse boucler ça bientôt ?

— Si je pouvais trouver un bijoutier digne de confiance qui pourrait réaliser l'estimation, peut-être.

— Le Diamond Exchange. Ils arrivent en ville dans deux semaines. Tu devrais trouver quelqu'un là-bas pour une expertise immédiate.

— C'est quoi ? questionna Doreen.

Il lui expliqua alors que ce salon professionnel venait une fois par an en ville. Dès qu'elle eut raccroché, elle chercha des infos. Et en effet, ils seraient à Kelowna dans quinze jours. Elle leur envoya un message, demandant si quelqu'un pouvait faire une expertise honnête sur quelques diamants, une émeraude ainsi qu'un rubis. Elle espérait une réponse ce jour, mais il y avait des chances pour que ce ne soit pas aussi rapide. Rien ne semblait jamais assez prompt.

Juste à cet instant, on frappa à la porte d'entrée. Elle se mit debout et se rendit au salon, Mugs aboyant comme un fou. Le prenant à son collier, elle essaya de le faire reculer tout en ouvrant la porte à moustiquaire.

Un grand homme mince aux cheveux coupés court se tenait là, les mains sur les hanches, le dos tourné, car il observait le jardin de devant.

— Oui ? Je peux vous aider ?

— Je suis venu vous livrer du bois. Mack m'a envoyé.

Il pivota pour la voir et regarda attentivement ses traits. Elle sourit et l'interrogea :

— C'est pour ma terrasse ?

Il haussa les épaules.

— Eh bien, il y a des lames de plancher dont je ne me sers pas. Et j'en ai pris d'autres à des amis. Certains d'entre nous ont réalisé leur terrasse plus ou moins à la même époque en s'entraidant. Et nous avons encore du bois qu'on ne peut pas utiliser, alors je l'ai apporté ici, expliqua-t-il en désignant l'arrière de son camion.

Doreen s'exclama, ravie.

— C'est merveilleux !

Elle descendit les marches, laissant Mugs renifler le nouvel arrivant.

L'étranger se baissa et le laissa renifler sa main avant de lui donner une bonne gratouille. Mugs, au lieu d'être le chien de garde qu'il était censé être, se roula sur le dos et montra à l'inconnu sa bedaine. L'homme rit.

— Pas vraiment un chien de garde, hein ?

— Vous seriez surpris ! dit Doreen avec un rictus. Il n'y ressemble pas beaucoup, mais il a un potentiel insoupçonné.

L'homme hocha distraitement la tête et demanda :

— Où voulez-vous les planches exactement, alors ?

Elle sourit et lui répondit :

— Au coin, ici.

Et il tourna les yeux vers l'endroit qu'elle désignait puis acquiesça.

— Je vais commencer à décharger.

Sous le regard de Doreen, il fit plusieurs voyages, ayant transporté au moins une vingtaine de planches.

— Waouh ! s'écria-t-elle. Je devrais en avoir assez pour finir cette terrasse !

— Quand allez-vous la réaliser ?

— J'espère commencer ce week-end. Je ne sais pas à quel

point nous pourrons progresser en deux jours…

— Beaucoup ! Moi et mes potes avons tous construit nos terrasses en un week-end. Montrez-moi où vous prévoyez de la placer.

Elle l'amena à l'arrière, où il pouvait constater l'endroit qu'elle avait libéré.

— Si vous ne montez pas trop haut et si vous n'avez pas de grosses marches ni de trop gros supports à installer, ce sera facile !

— Vraiment ?

— Absolument ! J'en parlerai à Mack, indiqua-t-il avant de lever la main pour saluer et partir.

Elle n'était tout à fait sûre de ce que cela signifiait et, évidemment, elle avait oublié de demander son nom. *Pourquoi voulait-il en discuter avec Mack ?* Cependant, elle ne devrait pas trop s'en inquiéter, car Mack semblait bénéficier d'un gros réseau d'amis qu'elle n'avait pas. Elle appréciait le fait que les gens aidaient en donnant du matériel qu'ils n'utilisaient plus.

Tout en marchant pour rentrer, elle envoya un message à Mack : **D'autres planches viennent d'être livrées.**

Chapitre 2

Quarante-huit heures et cinq minutes plus tard...

DOREEN AVAIT FAIT le décompte du temps restant, frénétiquement. Les quarante-huit heures de Mack avaient pris fin à 16 h 20, selon ses calculs. Elle ricana en regardant son téléphone.

— Je devrais appeler Mack maintenant, marmonna-t-elle.

Elle lui avait envoyé un message cinq minutes plus tôt, lui rappelant qu'elle était toujours là, que sa date butoir était arrivée... et surtout pour le taquiner. Mais elle s'était dit qu'il l'avait laissée tranquille volontairement pour qu'elle se repose et se détende... et pour éviter de répondre à ses messages. Elle n'était pas si sûre que ça eût servi à quelque chose, mais au moins, elle avait passé un bon bout de temps à décompresser.

Et elle avait bon espoir que sa terrasse serait très bientôt réalisée. Mais étant donné qu'ils avaient à peine commencé à dégager le gazon, ils devaient encore préparer le jardin, non ? Elle s'était reposée tout le jeudi et aujourd'hui, vendredi, elle souhaitait que les travaux avancent dans la soirée, peut-être, ou ce week-end, pour sûr. Elle ne devrait probablement pas ennuyer Mack maintenant, puisqu'il avait été d'une grande aide pour ce projet de nouvelle terrasse. De plus, il prévoyait de lui préparer à dîner ce soir.

Elle ouvrit donc son ordinateur portable et chercha des infos au sujet de l'étrange enquête sur laquelle bossait Mack en ce moment, avec les kiwis. Il n'apprécierait pas qu'elle y mette son nez. Ce n'était pas une affaire classée, et cela lui causerait plus d'ennuis. Mais elle disposait encore des affaires de Bob Small. Elle leur jeta un rapide coup d'œil et sourit. Elle avait également tous les dossiers de Solomon, alors elle avait pas mal à faire. Assurément, quelque chose pourrait être digne d'intérêt… même si son esprit continuait de se tourner vers ces petites vieilles dames qui mouraient… Elle se souvint que Mack disait qu'il n'y avait rien de suspect, mais qu'ils attendaient l'autopsie de la dernière victime.

Comment pouvait-on décider de qui devait passer entre les mains d'un légiste ou non ? Elle était assise là, ses doigts tambourinant la table de la cuisine pendant qu'elle passait en revue les nouvelles du jour sur le site internet d'une chaîne locale, mais rien sur les meurtres aux kiwis n'était affiché. Elle en était frustrée. Un jour de repos, c'était une chose, mais deux, c'était un de trop. Cependant, elle avait bossé dans le jardin de Millicent, ce qui l'avait aidée à se changer les idées et à s'occuper autrement.

Même si la maison était propre, elle pourrait donner un coup de balai, et la salle de bain avait besoin d'être nettoyée. Elle finit rapidement ces deux tâches ménagères et, à ce moment-là, elle jugea que se rasseoir et faire le tri parmi tous les articles de journaux sur Bob Small était mérité. Elle en détenait tellement qu'il y en avait presque trop. Elle les classa par ordre chronologique, ouvrit son ordinateur puis créa un dossier avec les dates et la liste des victimes. Dès lors, elle se retrouvait avec une quarantaine de coupures de presse dont beaucoup portaient sur les mêmes personnes. Huit d'entre elles étaient mortes sur une période de trois ans, ce qui la rendait soucieuse.

— Ça fait presque un décès par trimestre, marmonna-t-elle.

Elle ne comprenait pas la mentalité d'un tueur en série. Les drogués avaient besoin d'une dose tous les jours, mais comment se sentir bien pendant trois mois ou plus et ensuite éprouver le besoin de tuer quelqu'un de nouveau ? Cela n'avait vraiment aucun sens pour elle.

Quand son téléphone sonna, cela la surprit et elle sursauta. Elle le regarda et remarqua qu'il s'agissait de Mack.

— Hé, Mack ! Quoi de neuf ?

— Je suis à l'épicerie, dit-il. On peut faire des pâtes, mais qu'est-ce que vous aimeriez avec ?

— Je ne sais pas du tout, lança-t-elle, surprise. Il est tard ?

— C'est l'heure du dîner.

Elle baissa les yeux vers son ordinateur et soupira.

— Oh, mince… Je n'en avais aucune idée !

— Je crois que la vraie question est : est-ce que cela vous est égal ?

— Concernant le repas ? Oui, je m'en fiche ! Si vous préparez quelque chose à base de pâtes, vous savez que je vais adorer.

— Ça me va.

Elle raccrocha puis rangea tout ce qu'elle avait sorti, car Mack serait là dans quelques minutes. Il était très doué pour fourrer son nez dans ce qu'elle souhaitait garder pour elle. Mais s'il ne voulait pas partager ses informations concernant les petites vieilles dames, alors Doreen ne divulguerait rien en retour. Dès qu'elle eut fini de mettre de l'ordre, elle entendit Mugs gémir et sauter à la porte.

Elle supposa que Mack était déjà là. Elle fronça les sourcils et se demanda comment il parvenait à toujours être aussi rapide. Elle marcha jusqu'à la porte, l'ouvrit et laissa le chien sortir. Mais elle ne vit aucun signe de Mack. Grimaçant davantage, elle descendit jusqu'au jardin de devant et scruta autour d'elle, mais ne remarqua rien. Elle se retourna vers Mugs qui se dirigeait de l'autre côté, où tout le matériel pour la terrasse se trouvait. Inquiète à l'idée que quelqu'un soit venu pour se servir, elle courut et le découvrit en train de renifler le long des planches.

— Qu'est-ce qu'il y a, mon pote ?

Elle ne comprenait pas son intérêt soudain pour les matériaux. Mais cela pourrait s'expliquer simplement par un écureuil ou un chat errant qui aurait marché dessus. C'est alors que Richard sortit par sa porte d'entrée et la dévisagea. Immédiatement, ils échangèrent un regard. Elle lui sourit chaleureusement et le salua :

— Bonjour !

— On est presque le soir ! grommela-t-il.

— Il ne fait pas si sombre encore, éluda-t-elle avec un vague geste de la main.

— Dans quel genre d'ennuis vous êtes-vous fourrée en ce moment ? s'enquit-il.

Elle ricana.

— J'espérais ne pas en avoir.

— Pas de journalistes… indiqua-t-il suspicieusement en examinant les alentours.

Elle afficha un rictus.

— Je ne suis pas certaine qu'ils soient au courant de la dernière affaire.

— La dernière affaire ?

Elle hocha la tête.

— *Les bijoux du genévrier* ! dit-elle avec le sourire.

Et elle supposait que les médias avaient sûrement fureté autour de la maison d'Heidi, où Aretha vivait, mais pas ici, chez elle. Elle rit.

— Ils reviendront, j'en suis persuadée.

— Oui, enfin, si vous arrêtiez de mettre votre nez là où il n'y a pas lieu… on n'aurait pas de journalistes ici !

Là-dessus, il rentra en trombe dans sa maison et claqua la porte. Elle marmonna.

— Ce n'était pas le but ! cria-t-elle.

Mais évidemment, il ne l'écouterait pas. Elle suivit Mugs qui continuait de flairer un peu partout en se dirigeant vers l'arrière de la maison. Elle déambula et fit alors le tour complet de son jardin. Cependant, il n'y avait personne.

— Viens, Mugs ! Rentrons.

Il laissa tomber son derrière sur le sol et l'observa.

— Mack arrive, annonça-t-elle.

Elle sut que ses oreilles allaient se redresser, mais on aurait presque dit qu'il était plus attentif. Dans le fond, elle entendit un véhicule. Elle sourit et déclara :

— Allons voir si c'est lui !

Et elle accéléra sa course au virage, sachant que son chien la suivrait.

Arrivée au jardin de devant, Goliath était sorti discrètement et était assis sur l'allée menant au garage. Elle le gronda :

— Je n'aime pas quand tu décides de toi-même de sortir et encore moins quand c'est devant, là où il y a de la circulation.

Il la fixa avec ses gros yeux en forme de billes, la queue

bruissant derrière lui. Elle se baissa et le prit dans ses bras. C'est alors que Mack remonta l'impasse puis le chemin. Mugs était si excité que Doreen, avec Goliath dans les bras, ne pouvait que le maintenir éloigné de l'allée également afin que Mack puisse y circuler. Ce dernier coupa le moteur, puis sortit et se pencha pour gratouiller Mugs.

— Content de constater que tu aimes me voir arriver, mon petit pote !

— *Petit pote*, ricana Doreen. Il devient gros !

— Non, il ne l'est pas. Il est seulement parfait.

Elle grommela.

— C'est vous qui le dites… Il est peut-être parfait, mais pour autant, il ne maigrit pas.

— Peut-être pas, mais il se porte tout simplement bien. Tout comme ce gars !

Il s'approcha de Goliath dans les bras de Doreen et le gratifia d'une petite gratouille. Immédiatement, Goliath tendit la patte et essaya de lui saisir la main que Mack retirait. Cela fit rire ce dernier qui glissa une main sous le chat pour le porter.

— Et maintenant, celui-là… Il occupe bien les bras !

Il câlina le félin un long moment, et il était compliqué d'être en colère contre quelqu'un qui donnait ce genre d'attention à ses animaux. Elle sourit et lança :

— De toute évidence, il n'y avait pas tant de boulot vu que vous êtes parti tôt.

— Je ne suis pas parti tôt, contesta-t-il. Je suis arrivé de bonne heure, et c'est là toute la différence !

— Et vous avez toujours plus de travail, je sais. Qu'avez-vous prévu pour le dîner ?

Elle pouvait distinguer les cabas à l'intérieur de la voiture, sur le siège avant. Il laissa tomber doucement Goliath sur le sol puis retourna à son pick-up et saisit les deux sacs de supermarché.

— Cela va devenir une habitude.

— J'en suis consciente, répondit-elle, j'y pensais. Je me demande si je devrais vous rembourser la nourriture que vous continuez d'apporter.

Il rit et réagit :

— Puisque je mange en même temps, ce n'est pas un problème.

— Oui, mais je profite des restes.

Il déposa le tout à la cuisine pendant qu'elle forçait ses compagnons à rentrer. C'était une chose de les laisser aller dehors par la porte ouverte de la cuisine, mais ça en était une autre de s'inquiéter pour eux en les sachant déambuler dans le jardin de devant, trop proche de la route. Quand elle rentra, elle demanda :

— Dois-je vous montrer le bois qu'on nous a livré ?

— J'y jetterai un œil dans peu de temps.

Il sortit quelque chose qu'elle ne reconnut pas. Elle attrapa le paquet, l'observa et s'enquit :

— C'est quoi ?

Il lui jeta un regard et sourit.

— Un autre genre de feta. Sans la saumure.

— Eh bien, j'ignorais que c'était dans la saumure avant ça. Alors, ça n'a pas vraiment d'importance. Mais je ne l'avais jamais vue sous cette forme non plus.

— Elle est seulement sèche.

Doreen dévisagea Mack.

— Alors, on aura ça pour le dîner ?

— Plutôt des pâtes à la grecque, corrigea-t-il en haussant les épaules. J'ai pris un poulet rôti que je vais hacher. On y ajoutera des olives noires, des tomates fraîches, de la feta, et je préparerai un peu de sauce à l'huile d'olive.

— Ça semble chouette ! Ce sera chaud ?

Il confirma d'un signe de tête.

— Donc légèrement différent des salades de pâtes que j'ai l'habitude de manger avec les artichauts ?

— Tout à fait.

— Maintenant que je me souviens de ce plat, lâcha-t-elle en se caressant le ventre, je pourrai certainement en prendre de celui-là également.

— Quel dommage ! s'exclama-t-il instantanément.

Peu après, il avait une casserole pleine de pâtes chaudes et avait sorti de son sac deux grandes boîtes d'olives noires. Il en vida le jus, coupa les olives en quartiers et jeta celles-ci dans la casserole. Puis il tailla quelques grosses tomates vraiment pulpeuses en dés.

Elle le regarda et fronça les sourcils.

— Elles ont une forme d'olive.

— Des Roma, l'informa-t-il. Elles sont un peu plus charnues ou moins juteuses et elles sont formidables quand on ne souhaite pas que les tomates deviennent de la bouillie.

Il les hacha, les versa dans la préparation avec quelques champignons et un peu d'huile d'olive, et fit revenir le tout à la poêle. Elle n'était même pas sûre de ce qu'il avait pu mettre d'autre.

— Attendez ! s'écria-t-elle. Que venez-vous d'ajouter ?

— De l'ail débité en cubes, l'informa-t-il avec patience.

Puis il inséra de bonnes doses de beurre au tout et fit rissoler doucement l'ensemble pendant qu'il hachait tout le blanc de poulet. Tout cela mélangé, l'odeur l'affama au plus haut point.

— Je peux vous aider en quoi que ce soit ? s'enquit-elle en observant.

— Une salade, ce serait bien, si vous avez quelque chose à mettre dedans. J'ai oublié de poser la question.

Elle se rendit immédiatement à son frigo et hocha la tête.

— Je peux faire ça.

Elle prépara une simple salade verte avec des concombres et eut fini alors qu'il servait les pâtes.

Avec les deux bols de salade et les deux assiettes de pâtes, ils s'assirent dehors, sur sa petite terrasse, et elle sourit.

— Ce sera agréable d'avoir une grande terrasse ici.

— Je jetterai un œil au matériel dont nous disposons après ça. On dirait qu'il y en a bien plus que la dernière fois où j'ai vu la pile.

— Pendant ce temps-là, vous pourrez aussi me raconter à propos des petites vieilles dames, dit-elle.

Il demeura silencieux et lui adressa un mystérieux rictus. Elle grommela.

— Ne vous attardez pas sur le cas de Bob Small, car c'est un gros sujet.

Les sourcils de Mack se haussèrent subitement, et il la dévisagea fixement. Doreen haussa les épaules.

— C'est une affaire classée.

— Probablement trente même, marmonna-t-il. Si ce n'est trois fois plus encore.

Chapitre 3

Vendredi, à l'heure du dîner...

— IL FAUT dire qu'il est assez difficile de suivre les itinéraires des camionneurs qui parcourent de longs trajets, déclara Doreen, ainsi que de découvrir avec qui ils ont pu être en contact. Il est facile de rester hors des radars pendant des décennies.

— C'est exactement le problème, réagit Mack. En plus de ça, plusieurs contraintes ont aidé les tueurs qui ont opéré à travers la province. Le manque de coopération et de partage de renseignements entre les autorités a été un vrai souci. Ces cas datent depuis bien avant qu'on bénéfice des systèmes de pistage actuels. Et avant Internet également, alors ce n'est pas comme si chercher des infos sur ces affaires était facile.

— En d'autres termes, avec un peu de chance, il a continué de conduire son camion à travers le pays, faisant tout ce dont il avait envie, sans être appréhendé, résuma Doreen en secouant la tête. Tant de familles ont été affectées !

— Tant de familles, oui, reconnut Mack.

— Et les petites vieilles dames ?

— Aucun mystère ici. L'une est décédée de ce qu'on suppose être une mort naturelle, mais nous attendons encore le résultat d'autopsie de la dernière.

— Donc la première femme a eu une crise cardiaque et en est morte ?

— Ça arrive, concéda Mack.

— Oui, du moment que rien n'a favorisé cette attaque…

— Comme quoi ?

Doreen haussa les épaules.

— Par exemple, elle pouvait se trouver dans son lit, un intrus serait arrivé et elle aurait eu peur pour sa vie ou quelque chose comme ça… supposa-t-elle, tentant n'importe quel scénario. Je ne sais pas vraiment, mais…

— Elle était en train de marcher sur le trottoir, annonça Mack.

— Et personne n'est venu derrière elle en lui criant dans les oreilles avec un grand mégaphone ou un truc du genre ?

Les sourcils de Mack se soulevèrent.

— Eh bien… je n'en suis pas sûr, dit-il avec précaution. Personne ne l'a vue tomber. Elle a été retrouvée morte sur le trottoir.

— Intéressant… murmura Doreen. Ça fait combien maintenant ?

— Trois, répondit Mack, exaspéré. Mais souvenez-vous, les vieilles personnes décèdent.

Elle ricana à ces propos.

— Apparemment, dans cette ville, les jeunes gens aussi ! (Mack cacha son rire en toussant, mais une mine sombre s'affichait sur son visage.) Et les deux autres ?

— Pas moyen d'en savoir plus pour l'instant, admit-il.

— Des mêmes circonstances dans la rue ? Mais rien d'étrange qui puisse être révélé lors des autopsies ?

— Une dans un parking et une dans un parc. Toutes semblent avoir succombé à des arrêts cardiaques.

— Toutes seules, toutes sans surveillance, et personne n'a rien vu… Exact ?

Il baissa lentement sa fourchette puis la regarda avant de souffler :

— C'est bien ce que je craignais…

— Que voulez-vous dire ? demanda-t-elle.

— J'avais peur que vous le voyiez de la même façon que moi.

— De considérer… qu'il y a un problème, c'est ça ?

Mack acquiesça lentement.

— Quelles sont les chances que trois femmes aux cheveux gris – en quoi… cinq jours ? – meurent d'une façon similaire et de ce qui semble être la même cause ?

— Ça arrive ! C'est simplement que cela n'arrive pas où l'on s'y attendrait le plus avec ce type de population…

Elle pointa sa fourchette sur lui.

— Vous savez quoi ? Vous marquez un point. Si nous étions à Vancouver avec sa population d'environ trois millions, ou bien Paris ou un autre lieu où nous pourrions parler de onze millions de personnes, le nombre de dames aux cheveux gris succombant à une crise cardiaque serait bien plus élevé. Et alors, peut-être qu'on en trouverait trois qui seraient décédées sans personne alentour, dans un lieu public, en seulement quelques jours. Mais à Kelowna, où nous ne comptons que cent quarante mille habitants intra-muros…

Mack opina du chef. Il tendit le bras et planta sa fourchette dans la salade.

— Elle est bonne, cette salade.

— Peut-être… mais ces pâtes sont bien meilleures.

— Possible… mais…

— Ne changez pas de sujet ! Est-ce que quelqu'un pense à un acte criminel ?

Mack secoua la tête en prenant une autre bouchée de crudités.

— Dommage, lâcha Doreen en poussant un lourd soupir.

Il la regarda de biais, et elle haussa les épaules.

— J'ai beaucoup à faire ! annonça-t-elle, et elle put presque voir le soulagement traverser le visage de Mack, ce qui la poussa à rire. Je ne suis pas si difficile à vivre !

— Je ne prétends pas le contraire, affirma-t-il aisément en revenant à ses pâtes avec appétit.

Ils mangèrent dans un silence agréable puis elle dit :

— Si on bosse sur la terrasse ce week-end...

Il opina du chef, mais ne leva pas les yeux, occupé avec son assiette.

Elle se pencha en avant et laissa retomber son menton sur les mains avant de s'enquérir :

— Ma présence suffira-t-elle à vous aider ou est-ce qu'on aura besoin de solliciter d'autres hommes ? Je ne veux pas que vous construisiez la terrasse et que vous vous blessiez.

La surprise illumina le regard de Mack.

— Oh, vous êtes inquiète pour moi ? questionna-t-il en l'observant et en arborant un large sourire. Vous trouveriez que ce week-end coûte cher si vous prévoyiez de faire appel à des ouvriers.

— Je sais, acquiesça-t-elle en grimaçant. Je craignais de devoir embaucher des personnes de toute manière.

— Ne vous tracassez pas pour ça, j'ai demandé à quelques gars de venir nous donner un coup de main s'ils ont le temps.

— Oh, merveilleux ! s'exclama-t-elle. Enfin, si quelqu'un accepte... minimisa-t-elle d'une voix plus basse. N'oubliez pas que je ne suis pas vraiment la personne la plus populaire de la ville.

Mack s'esclaffa.

— Vous l'êtes plus que vous ne le pensez ! Mais ce que vous ne comprenez pas, c'est que si les gens se déplacent pour bosser bénévolement, il faudra leur mettre de la nourriture et des bières à disposition.

Elle le dévisagea fixement, sous le choc.

— Oh, mon…

Il hocha sagement la tête.

— Et tout ça, ça coûte !

Elle leva une main tremblante et lui demanda :

— Combien ?

— Je l'ignore, indiqua-t-il en haussant les épaules. (Il désigna le saladier contenant les billets et les pièces posé sur sa table de cuisine.) Vous devriez trier ce qui est là-dedans et le consacrer à la cause.

Elle contempla le saladier et sourit.

— Je n'y avais pas encore réfléchi. Mais je l'ai montré à Nan.

Elle se mit debout sur la terrasse pour aller récupérer ledit saladier quand il s'avança et la prit par la main.

— Mangez d'abord.

Elle grommela.

— Est-ce que ça représentera autant d'argent ?

— Eh bien, on prendra quelques bières. Au moins deux packs. Alors, ça fera dans les quarante ou cinquante dollars.

Elle déglutit courageusement et opina du chef.

— OK. Continuez…

— Il nous faudra de la nourriture, poursuivit-il gentiment. Mais vous ne savez pas cuisiner et je serai dehors, à bosser. Alors, généralement, on apporte des sandwichs ou des pizzas.

— OK. Et combien à peu près ?

— Au moins trente dollars. Ce sera compliqué de nourrir un tas de gens sans au moins une demi-douzaine de pizzas.

Elle déglutit de nouveau et lâcha :

— OK.

Elle pouvait cependant remarquer le billet de cent dollars qui dépassait du saladier. Elle se rendit à l'intérieur et l'attrapa pour le placer sur la table de la terrasse.

— J'ai trouvé ça dans l'un des manteaux de Nan.

Mack le considéra, puis la regarda avant de revenir au billet de cent dollars… puis à Doreen encore une fois et s'exclama :

— Waouh ! J'aurais aimé que votre Nan me laisse quelques manteaux…

Doreen gloussa.

— Vous m'étonnez ! Ma plus grande crainte, c'est d'avoir laissé quelque chose dans les vêtements avant de les envoyer chez Wendy.

— Je ne crois pas. Si cela avait été le cas et que Wendy avait débusqué quoi que ce soit, elle vous l'aurait dit. Mais je vous connais, et vous avez sans nul doute vérifié la doublure.

— Eh bien, oui, pour certains, car Nan avait épinglé de l'argent à l'intérieur de plusieurs de ses habits.

Mack l'étudia un moment.

— Pourquoi faisait-elle ça ?

— Afin de ne pas s'encombre d'un porte-monnaie ! expliqua-t-elle. Mais pour ce qui est des manteaux, je ne sais pas… (Elle haussa les épaules.) Mais j'ai trouvé un paquet de monnaie.

— Eh bien… vous aurez besoin de ce billet de cent, au moins ! Je peux en apercevoir un de cinquante d'ici… Vous devriez le sortir et vous préparer à devoir le dépenser également.

Elle prit une grande inspiration et retourna dans la maison pour attraper le saladier puis ajouter le billet de cinquante à celui de cent.

— Vous croyez que ça suffira ? l'interrogea-t-elle.

Mack plissa le front en y réfléchissant tout en continuant de manger.

— Je l'espère. Mais honnêtement, je n'en ai aucune idée. Quatre gars pourraient se pointer, ou bien dix, et dix mecs, ça mange beaucoup.

— D'accord, dit-elle.

— Ne laissez pas ce saladier dans une pièce où ils peuvent se rendre, car, bien que ce soient des gens bien, ça ne signifie pas qu'ils ne seront pas tentés quand ils verront l'argent traîner dans le coin.

— Je le cacherai. De toute façon, je dois encore trier ce qu'il contient.

— J'aurais cru que vous l'auriez déjà fait.

— Nan et moi avons compté l'autre jour, assez rapidement. Cependant, je me suis abstenue d'y retoucher. C'est presque comme avoir une tablette de chocolat qui vous attend et que vous désirez vraiment, mais, une fois que vous l'avez mangée, eh bien, elle n'est plus là. Dans ce cas, une fois que j'aurai commencé à dépenser ce qui se trouve dans ce saladier, alors cet argent disparaîtra également. Il est comme un fonds d'urgence. (Elle finit les dernières bouchées de pâtes.) C'était excellent ! Et je suis rassasiée maintenant.

— Pas moi ! indiqua-t-il avant de se lever et de se servir le restant. Donc je vais finir ça sans problème !

— Alors, je n'aurai pas de restes, grommela-t-elle avec bonhomie.

— Non, en effet. Je serai là tôt dans la matinée, car j'ignore combien de temps ça prendra de préparer le terrain.

Elle sourit et lança :

— Très bien. Je m'assurerai d'avoir mangé avant que vous arriviez et je pourrai commencer immédiatement à vous aider.

— Faites donc ça, et prévoyez des pizzas pour le reste de la journée.

— Et la bière ? questionna-t-elle. Je n'y connais rien.

— J'en achèterai quelques-unes après être parti d'ici, ce soir.

Elle considéra l'argent, fronça les sourcils et demanda :

— Vous croyez que cinquante dollars suffiront ?

— Pas sûr… (Il examina le billet de vingt placé en haut du saladier et demanda :) Pourquoi ne triez-vous pas tout ça ?

— Je suis allée chercher des rouleaux pour pièces.

Elle se leva, se rendit jusqu'à ses étagères près de l'imprimante et sortit les enveloppes.

Elle revint rapidement en traînant les pieds puis rapprocha le saladier près d'elle et déposa tous les billets ensemble, y compris les cent cinquante dollars qu'elle avait déjà mis de côté. Elle passa ensuite les pièces en revue, sortant tous les petits trucs qui n'étaient pas de l'argent. Et parce qu'il s'agissait de monnaie ancienne, elle était surprise de ne pas y trouver de *loonies* ou de *toonies* – des pièces canadiennes d'un et de deux dollars.

Mack prit les boucles d'oreille et siffla.

— Ne sont-elles pas jolies ? questionna-t-il.

— Je les ai montrées à Nan en pensant qu'elle voudrait les récupérer, mais elle a refusé.

Il sourit, opina du chef et lança :

— Le reste ressemble à des notes et des cartes de visite.

Il saisit le mouchoir délicat et leva un sourcil. Doreen n'en savait pas plus que lui.

— Nan avait pas mal d'admirateurs, expliqua-t-elle. C'est tout ce qu'elle a bien voulu raconter. Elle m'a dit que celui-ci provenait d'un d'entre eux.

Mack rit.

— Elle a eu une vie intéressante.

— C'est certain.

Quand elle eut fini de trier l'argent, Mack l'aida à mettre les pièces en rouleaux.

— J'ai écrit quelque part combien on avait compté l'autre fois…

Elle se leva et se rendit près de ses notes, à côté de son ordinateur.

— Il y avait 924 dollars, lut-elle en hochant la tête. Même montant qu'aujourd'hui.

Elle contempla le saladier et se rendit compte que tout l'argent qu'il contenait pourrait être bientôt écoulé avec ce projet de terrasse. Ce plat avait été son filet de sécurité financière pour ces derniers mois. Elle s'éloigna et récupéra deux sachets dans le placard, puis inséra tout l'argent dans le premier, laissant de côté les cent soixante-dix dollars pour Mack qu'elle coinça sous une assiette vide. Elle plaça la bijouterie dans le second. Elle rangea ensuite les deux pochettes dans son sac à main. Puis elle déposa les rouleaux de pièces dans le saladier et prit ce dernier pour le placer sur l'imprimante.

— Je classerai les notes et les cartes plus tard, annonça-t-elle. Et trouverai quoi faire avec l'étrange opale aussi.

— Très bien ! s'exclama Mack. Avec de la chance, on n'aura pas besoin de plus d'argent pour le moment. Les planches pour la terrasse livrées aujourd'hui représentent déjà un énorme apport, alors on s'arrangera comme on pourra ce week-end, et ensuite, quand nous manquerons de temps, eh bien… nous manquerons de temps. Quand il faudra plus de matériel, on se rendra au magasin. (Il haussa les épaules.) Tout simplement !

— D'accord.

Là-dessus, Mack se leva, saisit son carnet et se dirigea sur le côté de la maison. Elle le suivit avec son inventaire à ce jour. Cela prit une heure à Mack pour tout inscrire. Il fronça les sourcils en lisant la liste de Doreen puis ses propres notes et il déclara :

— Nous avons des vis pour le plancher et pour l'ancrage, mais il nous en faudra d'autres. (Il écrivait sur sa feuille tout en parlant, puis il hocha la tête.) OK, je prendrai les cent dollars pour le matériel et irai chercher tout ça puis achèterai la bière avec les cinquante. Et aussi les vingt, pour faire bonne mesure.

— Ça me paraît bien, approuva Doreen.

Elle revint jusqu'à la table de la terrasse où elle avait coincé les billets sous son assiette vide et les apporta, comme requis, pour les tendre à Mack.

— Ça vous va si je m'en occupe ? s'enquit-il en l'observant.

Elle sourit et acquiesça.

— J'ai confiance en vous.

Il roula des yeux et répondit :

— Tant mieux. (Puis il sortit quarante dollars de sa poche.) Je voulais vous demander si vous êtes toujours d'accord pour vous occuper du jardin de maman ? Ou est-ce que cela devient trop contraignant ?

— Non, ça me convient, affirma-t-elle. J'avais peur que

vous vouliez cesser notre arrangement.

— Non, elle est contente que ce soit entretenu et elle adore que vous lui rendiez visite. Elle passe des heures dehors à apprécier son terrain, comme toujours. (Il lui tendit l'argent.) Ça, c'est pour le jardinage de la semaine.

Elle fixa les billets, ravie, et déclara :

— Peut-être qu'on s'en sortira ce week-end finalement !

— Eh bien, il nous faut encore plus de matériel, l'avertit-il. Nous n'avons que la moitié de la lasure nécessaire pour l'instant. Cela permettra de passer une fine couche, mais c'est tout.

— Si vous le dites.

— Mais on peut déjà voir comment ça se passe puis récupérer tout ça par la suite, marmonna-t-il.

Et d'un coup, il sauta dans son véhicule, lui adressa un signe et partit. Il avait réussi à s'en aller sans laver la cuisine, une fois de plus ! Tout en riant, elle revint à la table de la terrasse et débarrassa leur vaisselle sale. Elle pouvait difficilement lui demander de nettoyer quand il avait également cuisiné, surtout en tenant compte du fait qu'il avait amené les courses. Elle ne devait pas devenir trop grincheuse avec ces détails. Elle appréciait son envie d'acheter et de cuisiner pour elle. Elle était consciente qu'un truc couvait entre eux, mais elle n'était pas certaine de son importance.

Elle lui envoya ensuite un message : **Et votre frère ?**

Week-end prochain, écrivit-t-il en retour. **Il viendra chez vous le weekend-end prochain.**

Elle regarda fixement le message, choquée. C'était une chose que cela arrive dans un futur proche et une autre que d'avoir une date. Elle déglutit. Elle ne pouvait pas vraiment contester. Trop de temps s'était écoulé pour se quereller à ce sujet désormais, et elle avait repoussé l'échéance autant que possible. Elle répondit avec un « OK » et le laissa là-dessus. Elle avait franchi quelques étapes maintenant, mais ne se sentait pas à l'aise. Cependant, d'une façon ou d'une autre, cela lui paraissait beaucoup plus facile avec Mack à ses côtés. Il avait prouvé qu'il était quelqu'un d'honorable. Avec de la chance, il demeurerait ainsi.

Chapitre 4

Vendredi, tôt dans la soirée…

DÈS QUE MACK fut parti, Doreen retourna à son ordinateur, regarda brièvement vers la cuisine et grommela.

— Je suppose que je ferais mieux de m'occuper de ça maintenant…

Elle nettoya rapidement la cuisine, mettant de côté le restant de nourriture. Elle se rendait compte à quel point Mack était généreux, car il n'avait pas seulement acheté l'équivalent d'un repas, mais suffisamment pour qu'il y en ait encore un peu pour elle ensuite. Elle ne voulait pas qu'il pense qu'elle demandait l'aumône, mais elle appréciait sincèrement tout ce qu'il accomplissait. En même temps, c'était un peu frustrant de ne pas être en mesure de lui rendre la pareille.

Dès qu'elle eut lavé la vaisselle, elle s'assit avec une tasse de thé et remit son ordinateur en place. Ce qu'elle désirait savoir, c'était ce qui pouvait provoquer des crises cardiaques chez les petites vieilles. Et à quel point l'indice des kiwis était pertinent. Il était étrange que toutes les trois en aient sur elles… Sauf s'il s'agissait de meurtres et que le tueur en avait laissé un, dont un dans la bouche de l'une d'entre elles, d'après Chester.

Ce qu'elle découvrit la conduisit à s'égarer : toutes sortes de drogues pouvaient causer des attaques cardiaques, comme elle l'avait appris avec la mort d'Ed Burns. Bien sûr, dans ce cas, il y avait des prédispositions. Elle avait besoin d'apprendre maintenant si ces trois dames avaient des antécédents cardiaques spécifiques également. Mais comment obtiendrait-elle l'information ? Mack ne lui avait donné aucun nom, et les médias non plus. Elle envoya un message à Nan, lui demandant si elle était au courant de quelque chose à propos des petites mamies qui étaient décédées récemment. Elle répondit immédiatement positivement. Doreen se saisit de son téléphone et l'appela.

— Qu'est-ce que tu sais ?

— Qu'est-ce que *toi*, tu sais ? éluda sur-le-champ Nan avant de pousser un petit cri de surprise. C'est une nouvelle affaire ? questionna-t-elle, totalement surexcitée.

— Probablement pas, indiqua Doreen. Elles sont toutes mortes d'une crise cardiaque… enfin, en tout cas, c'est ce qu'ils prétendent en attendant le rapport du légiste.

— Eh bien, Kimmy souffrait effectivement d'une maladie du cœur, alors ça aurait du sens.

— Kimmy qui ?

— Kimmy Schwartz.

— Est-ce qu'elle vivait avec toi à Rosemoor ?

— Aucune d'entre elles. Mais il y a une bande sympathique parmi nous, toutes de vieilles personnes, alors j'en sais un peu sur elles.

— Et à propos des deux autres ?

— Hmmm, Delilah… C'est quoi le nom de famille de Delilah ? (La voix de Nan s'assoupit pendant qu'elle y réfléchissait.) Norstrom. Delilah Norstrom. J'ignore si elle était fragile du cœur, mais Bella aurait pu, elle. Bella Beauty, précisa-t-elle avec mépris. Elle était en surpoids et en mauvaise santé, alors je ne suis pas du tout surprise qu'elle soit tombée raide morte.

— Peut-être… Je suppose que je suis quelque peu étonnée que trois d'entre elles aient succombé si rapidement. Et toutes avaient un kiwi avec elle.

— Eh bien, quand il faut partir, il faut partir ! réagit Nan avec dédain. Et nombre d'entre elles mangeaient des kiwis tout le temps. C'est un truc de groupie qu'elles avaient lancé ; tu pouvais les croiser avec ces fruits presque tous les jours.

— OK, c'est bizarre… Quant au moment de mourir, je comprends ça, je le conçois bien.

— Tu travailles sur autre chose actuellement ?

— Non, répondit Doreen. J'ai catalogué les articles de journaux concernant Bob Small.

— Bien, dit Nan, la voix haussée d'un ton. Un gros dossier ça, non ?

— Assurément !

Intérieurement, elle ne pensait pas pouvoir apporter grand-chose à cette enquête auquel la police n'ait pas déjà songé. Et, avec autant de victimes à travers le pays – Mack lui avait indiqué qu'il savait que trente-deux meurtres étaient attribués à Bob Small –, ce serait impossible de les connecter entre eux. Mais de toute évidence, l'amie de Nan avait fait ce qu'elle avait pu.

— Et j'y pense, reprit Doreen. Ce n'est pas une de tes amies qui avait rassemblé tout ça ?

— C'était Hinka, précisa Nan, Hinka Rampony.

— Et est-ce qu'elle vit ici, à Kelowna ?

— Elle est au sud, dans le Lower Mainland, je crois. Il y a longtemps que je ne lui ai pas parlé. Elle appartient à la famille Rampony, cependant.

— Ce qui signifie ?

— C'est l'une des plus vieilles familles de la ville, l'informa Nan. Tu sais ce que ça leur fait d'être parmi les premiers dans le coin…

— Mais vous étiez de bonnes copines, non ?

— Oui. Elle restait souvent avec moi quand elle venait rendre visite à ses proches.

— C'était quand, la dernière fois que tu l'as vue ?

— Oh, ça… Probablement une douzaine d'années maintenant.

— Oh… Je me suis demandé si elle avait davantage d'infos sur ces articles…

— Eh bien, je devrais lui passer un coup de fil. Ne me demande pas quand, je n'en ai aucune idée… Il me faudra sans doute plusieurs tentatives avant de réussir à tomber sur elle.

— Bien sûr. Pour ce que j'en sais, ce gars a été attrapé et a passé son temps derrière les barreaux ces dix dernières années.

— J'en doute, lança Nan. Mais peut-être est-il mort d'une crise cardiaque ! ajouta-t-elle avant de raccrocher.

Fermant son ordinateur, Doreen se leva en prenant sa tasse de thé et descendit jusqu'à la crique. Le niveau de l'eau était vraiment plus haut aujourd'hui. Comme c'était désormais la nuit, il monterait encore jusqu'à 3 heures du matin, quand le restant de glace fondue provenant des sommets enneigés descendrait jusqu'ici et atteindrait cette partie de la crique.

Avec les animaux à ses côtés, elle s'assit sur l'herbe et

apprécia l'arrivée de la lumière du soir.

— Ça a été une bonne journée, les mecs.

Mugs s'approcha et se glissa à moitié sur ses genoux. Goliath était content d'être simplement installé à côté d'elle, et Thaddeus faisait des allers-retours au bord de l'eau en caquetant comme si quelque chose le dérangeait.

— Tout va bien, Thaddeus ! Je sais que l'eau est plus haute que ce à quoi tu t'attendais. C'est pire que ce je prévoyais aussi.

Elle disposait encore d'un sentier, mais sa petite crique avait grossi et commencé à grignoter le bord de la terre et le chemin en gravier.

— Je ne peux imaginer à quel point ça peut encore s'aggraver, car le niveau est déjà préoccupant, là…

D'ailleurs, l'eau s'écoulait avec une telle force qu'elle ne voulait pas s'approcher ni que ses animaux s'avancent davantage.

— Thaddeus, reviens ici, où c'est plus sûr.

Il la regarda et émit cet étrange bruit ressemblant à un rire. Elle secoua la tête.

— Thaddeus, répéta-t-elle avant que sa voix prenne un ton de réprimande : Reviens ici.

Il l'observa de nouveau. « Ah ah ah ah ! »

Doreen râla.

— Ne te noie pas, je t'en prie. Je n'ai vraiment pas envie de te perdre maintenant !

Il battit des ailes et lâcha un autre bruit étrange, mais cette fois il lui fit plaisir et vint plus près.

Elle sourit quand il atterrit sur ses jambes et lui dit :

— Te voilà. Tu devrais être en sécurité.

Mais évidemment, elle ne pouvait cesser de penser à ce qu'il avait pu apercevoir dans l'eau. Avec un peu de chance, ce ne serait rien, simplement le niveau de l'eau qui l'avait perturbé. Mais elle se redressa et marcha jusqu'au bord pour vérifier.

Comme elle se rapprochait, Mugs lui jappa dessus. Elle baissa les yeux vers lui et hocha la tête.

— D'accord, mais tu n'as pas aboyé sur Thaddeus, si ? Ce n'était probablement pas une bonne idée pour lui de s'approcher autant.

De là où elle se tenait, elle essaya de scruter dans l'eau, mais en vain. Elle sourit et déclara :

— Je pense que tout va bien, les amis. Il n'a rien trouvé.

Enfin, elle espérait que non. Elle continua de vérifier, mais l'eau s'écoulait si rapidement qu'elle ne pouvait rien déceler du tout. Elle revint là où elle s'était assise quand Mugs glapit de nouveau. Cette fois, il faisait face au sentier.

Elle fronça ses sourcils et remarqua plusieurs silhouettes qui montaient et descendait de l'autre côté.

— Ils ont probablement toutes les raisons d'être là, le réprimanda-t-elle. Ce n'est pas notre crique même si on aime croire le contraire.

Mais tout de même, elle était curieuse. Les animaux sur ses talons, elle remonta le long des maisons sur son côté de la rive jusqu'à s'arrêter devant deux jeunes hommes qui se tenaient sur celle opposée. Ils étaient de toute évidence agités.

— Quel est le problème ? leur demanda Doreen.

L'un des garçons haussa les épaules et lui indiqua :

— Je ne m'attendais pas à ce que le niveau de l'eau soit si haut. J'essayais de traverser la rivière.

— Vous ne pouvez pas ici, l'informa-t-elle. Il y a une passerelle en bas à un moment donné, mais une grande partie du bois est pourri. Alors, si vous tombez…

Il souleva encore les épaules, hocha la tête et

l'interrogea :

— Comment on fait pour aller dans la rue ?

— Eh bien, d'où vous venez ? Parce que si vous viviez dans l'une de ces maisons, vous n'auriez qu'à la contourner…

Il la dévisagea avec surprise puis se tourna vers les demeures derrière lui et déclara :

— En réalité, nous sommes chez des amis, mais on nous a dit d'aller dans le cul-de-sac de l'autre côté.

Comme cela serait proche du domicile de Penny, elle remua la tête et dit :

— Il vous faut faire tout le tour alors, ce ne sera pas le moyen le plus rapide.

— Et comment je m'y rends ?

— Vous allez devoir trouver le petit pont le plus proche.

— Vous vivez là ?

— Oui, ici. Un peu plus loin en bas.

— Est-ce qu'on peut passer par votre jardin pour nous rendre sur la route de devant ?

— Seulement si vous m'expliquez pourquoi vous ne passez pas par la rue devant la maison dans laquelle vous logez. Parce que ce serait le plus sensé !

— On n'a pas vraiment envie qu'ils nous voient. On était là-bas, mais il va y avoir quelques bêtises et on ne veut pas s'en mêler.

Par *bêtises*, Doreen supposa qu'il parlait de drogues. Elle soupira et lança :

— Allez, venez.

Elle ignorait leur âge. Pour elle, ils paraissaient avoir 12 ans, ce qui signifiait qu'ils avaient probablement au moins 16 ans, si ce n'était plus. Les garçons lui emboîtèrent le pas avec une certaine joie, traversant son petit pont sans incident. Et quand elle arriva à son jardin, elle les guida jusqu'à celui de l'avant et leur annonça :

— Et voilà. C'est mon impasse. Mais je pense que vous parliez de l'autre. Alors, vous allez devoir descendre et contourner par là-bas.

Elle leur transmit les instructions pour se rendre jusqu'au cul-de-sac de Penny, probablement plus proche de la maison d'où provenaient ces ados. Ils sourirent et la remercièrent, puis ils s'en allèrent en suivant la direction qu'elle avait suggérée. Elle sourit et, dès qu'ils furent hors de vue, elle se tourna vers Mugs et lui dit :

— Eh bien, c'était notre bonne action du jour !

Il aboya plusieurs fois, mais il ne semblait pas particuliè-rement content. Elle aurait aimé avoir pris des photos des deux jeunes hommes. Elle avait essayé d'identifier certaines de leurs caractéristiques, simplement parce qu'elle n'était plus à l'aise à l'idée de côtoyer des étrangers, même si rien n'avait semblé se distinguer chez ces ados. Pas de tatouages, de piercings, de cicatrices, de grains de beauté. Pas de coupe de cheveux singulière ni de mèche colorée dans leurs cheveux. Cependant, elle prit quelques notes sur son téléphone portable puis se tourna et déclara :

— Allez les gars, au lit ! Allons tomber comme des masses pour la nuit.

Et ce fut ce qui arriva.

Chapitre 5

Samedi matin...

LE MATIN SUIVANT, au lieu de se réveiller pleine d'énergie et de vie, elle se leva épuisée. Elle avait fait d'horribles cauchemars à propos de ce Bill/Brian/Bob Small et était trop fatiguée pour parvenir à trouver quel était son vrai nom. Mettant en route le café, elle remarqua qu'il était encore tôt. Mais considérant que Mack était supposé commencer à travailler avec elle sur la terrasse, elle devait se forcer à se sentir mieux. Et elle avait promis qu'elle mangerait avant son arrivée. Ses animaux semblaient avoir passé une nuit aussi difficile que la sienne.

Mugs s'étira un maximum sur le sol, ressemblant presque à une grenouille à cause de ses pattes.

— Qu'est-ce qui t'arrive aujourd'hui ? s'enquit-elle, s'accroupissant et le caressant derrière les oreilles.

Il bâilla et roula sur le dos. Elle présuma alors qu'il voulait montrer que son sommeil réparateur avait été tronqué. Thaddeus faisait toujours sa sieste sur le dossier d'une chaise, et elle ne vit aucun signe de Goliath. Elle supposa qu'il avait trouvé un coin quelque part dans la maison et qu'il était occupé à prétendre que personne d'autre ne s'était levé.

Elle s'assit près de la cafetière, attendant désespérément qu'elle termine afin de pouvoir se servir sa première tasse. Est-ce qu'elle avait de quoi petit-déjeuner d'ailleurs ? Elle regarda dans le frigo et fut reconnaissante d'en avoir assez pour une omelette. Une énorme ! Elle sortit les ingrédients pour sa préparation, mais elle ne voulait pas s'y mettre avant d'avoir eu une dose de caféine. Une fois la première tasse versée, elle ouvrit la porte arrière et la laissa entrebâillée.

Comme elle sortait, elle eut le sourire, car ce jour serait le dernier avec cette minuscule terrasse. Bien sûr, ça pourrait être pire… Elle pourrait ne pas en avoir. Elle n'y avait jamais pensé jusque-là, car avant que quiconque puisse en construire une nouvelle, la vieille devait d'abord être démantelée.

Elle soupira et s'adressa à Mugs :

— Les choses qu'on réalise pour améliorer sa vie…

Il aboya légèrement, mais c'était surtout pour signifier qu'il s'en fichait. Elle pouvait comprendre. Elle descendit jusqu'à la crique avec les animaux, Goliath arrivant de nulle part et descendant en flèche devant elle jusqu'au ruisseau. Une fois là-bas, elle regarda l'eau, mais ne la trouva pas plus haute. Même si une partie du niveau actuel était causé par la fonte des neiges aux sommets qui s'écoulait jusqu'ici, elle nota que ça avait grimpé durant la nuit. Elle marcha pour vérifier les tuyaux et là, de temps en temps, de l'eau s'en échappait.

— Donc les pompes fonctionnent… dit-elle à voix haute.

Cela signifiait aussi que le niveau de la crique était tel que la nappe phréatique de l'arrière de la maison était remplie. Cependant, tout marchait comme il le fallait. Et sur cette pensée, elle se laissa tomber lourdement sur l'herbe et soupira.

— Je veux retourner dormir ! annonça-t-elle au monde entier.

Mais bien sûr, personne ne l'écoutait.

Elle resta assise là le plus longtemps possible à siroter son café, et elle apprécia le fait de s'être levée un peu plus tôt et donc de ne pas avoir à supporter Mack devant elle pour le moment. Il arriverait sous peu. Tant qu'elle aurait l'occasion d'être là où elle avait d'abord besoin d'être, ce qui, mentalement, signifiait qu'elle devait mettre ses moteurs en route, alors elle serait bien. Avec sa tasse, elle traîna un peu plus longuement, puis se leva et retourna à la maison.

Comme elle y entrait, Mack vint par le côté du bâtiment et pénétra dans la cuisine. Elle s'arrêta, le regarda fixement et lui lança :

— Vous êtes en avance.

— En effet. Vous avez l'air crevée.

Elle le dévisagea froidement, il haussa les épaules, mais elle pouvait voir son sourire s'étirer sur les coins de sa bouche.

— Hé, je dis ça comme ça !

— Eh bien, si vous voulez du café, vous devriez vous abstenir, rétorqua-t-elle.

Il stoppa, l'observa et lui demanda :

— Un problème ?

Elle branla du chef.

— Non. Je suis seulement fatiguée. J'ai passé une mauvaise nuit.

— Très bien… déclara-t-il avant de retourner vers son pick-up, suivi par Doreen.

Il avait déposé pas mal de matériel sur le sol.

— Est-ce que c'est tout ce que vous avez acheté hier soir ?

Il confirma d'un signe de tête.

— Assurez-vous de bien manger, intima-t-il. Et qu'il y aura aussi du café pour moi.

Elle grommela, mais capitula puis rentra et se versa une seconde tasse. Elle lui en servit une également et se douta qu'il leur faudrait une seconde cafetière, alors elle en lança une autre. Elle commença ensuite à se préparer une grosse omelette. Lorsque Mack monta d'un pas lourd les escaliers dix minutes plus tard et entra avec deux packs de bières, elle posa un regard fixe sur elles puis sur lui.

Il considéra son omelette avec admiration.

— Waouh ! Vous ne cessez de m'indiquer que vous faites des omelettes. Je suis vraiment content de voir que vous devenez un peu plus créative.

— Peut-être, mais j'ignore comment être originale. Je ne sais pas vraiment comment l'accompagner.

— Tout convient, du moment que ça vous plaît !
Elle bougonna.

— J'ai ajouté de la courgette à mon sandwich hier.
Il marqua une pause puis la dévisagea et lança :
— Hmmm, d'accord, pas la peine d'aller aussi loin…
Elle gloussa.

— Ce n'était pas si mauvais !

— C'est simplement un autre légume, dit-il en haussant les épaules.

Il s'approcha et prit sa tasse de café pour en boire une gorgée. Il attendit que ça refroidisse un peu puis en avala une plus grosse.

— Vous avez acheté tout ce qu'il fallait hier soir ? demanda-t-elle.

Il fit oui de la tête, s'approcha, plongea une main dans sa poche et en sortit quelques pièces et billets.

— C'est la monnaie pour les matériaux et l'alcool.

Elle fut surprise de constater qu'il restait plus de quarante dollars.

— Vous croyez que vous aurez besoin de plus ?

— Laissez seulement ça accessible, et nous aviserons au fil du week-end.

— Ce dont nous sommes sûrs, c'est qu'il nous faudra plus de lasure.

— Ouaip, alors tâchez de ne pas l'oublier.

— Non, ça n'arrivera pas. Je me demande si nous aurons assez pour le reste de la terrasse sans dépenser plus que ce qu'il y a dans le saladier.

— On s'y efforcera.

Dès qu'elle eut mis le dernier morceau d'omelette dans sa bouche, Doreen se leva, nettoya la cuisine puis se saisit de ses gants de jardinage et se tourna vers Mack pour le questionner :

— On commence par quoi ?

Il afficha une grimace souriante.

— Par le meilleur : on va tout démonter.

— J'y pensais justement ce matin… Ça ne semble pas si marrant.

— En vérité, ça l'est vraiment ! contredit-il avec entrain. Et la plus grande partie est pourrie de toute manière.

— Ah oui ?

— Oui. (Il l'emmena sur la terrasse et expliqua :) On va vous créer un chemin pour que vous puissiez monter et descendre de votre cuisine, mais on va devoir retirer tout ça.

Elle soupira.

— Qu'est-ce qui remplacera la petite avancée ?

Mack sourit et désigna les longues planches qu'il avait déchargées de son pick-up.

— On viendra soutenir ici, et on commencera par cette étape.

Comme elle observait, il les prit et constitua presque un étrésillon avec quatre d'entre elles, qu'il posa sous le petit toit au-dessus de la terrasse. Puis il saisit une masse et frappa sur la balustrade qui le maintenait.

— Oh, mon… lâcha Doreen.

Cela tremblait un peu, mais le toit lui-même ne bougeait pas. Elle secoua la tête.

— Je n'aurais même pas pensé à ça.

— Peut-être pas. Rien de tout ça n'est récupérable. Le bois est fichu, indiqua-t-il en lui montrant les fissures.

Elle opina du chef.

— Alors, cette balustrade, tout ça, ça va disparaître ?

— Tout doit partir. J'ai pensé faire plusieurs tas dans un coin éloigné près de la clôture, là où se trouvent les autres matériaux, mais en les séparant afin de pouvoir les embarquer plus tard.

Elle fronça les sourcils en y réfléchissant puis pointa du doigt vers l'abri de jardin.

— Mais n'y aura-t-il pas de clous et ce genre de trucs ? Si c'est le cas, on n'a qu'à mettre tout ça là-bas, loin de l'allée et du passage des gens.

Il hocha la tête et répondit :

— Bonne idée.

Puis il commença à réunir du bois et à déplacer les vieux matériaux. Elle resta debout et l'observait.

— Je suis censée abattre ça alors ?

— Eh oui. (Il revint avec une masse dans la main, et, en deux toutes petites frappes, la balustrade entière se désintégra.) On va d'abord bouger ça. Ensuite, on commencera à retirer le plancher.

Elle le rejoignit rapidement pour ramasser les débris, certains encore attachés à leur sommet et d'autres pendouillant pour la plupart, puis apporta le tout sur le côté. Les trois animaux se trouvaient dehors avec eux, assis pas loin à les observer. Quand ils retournèrent à sa terrasse, Mack dit :

— Et maintenant, les marches.

Ce qui fit râler Doreen avant de lancer :

—J'espérais qu'on pourrait laisser ça pour pouvoir entrer et sortir.

— Non, impossible.

Et en deux mouvements, l'escalier disparut. Stupéfaite, Doreen s'exclama :

— Waouh ! Qu'est-ce qui maintenait tout ça ensemble ?

— Une prière, blagua Mack. C'est une sacrée bonne chose qu'on s'occupe de ça ce week-end, parce que tout le dessus des planches est complètement pourri.

— J'aurais pu passer à travers à n'importe quel moment…

— Absolument !

Et en une heure et demie, la structure entière de la terrasse et les marches avaient été évacuées sur le côté de son abri de jardin. Doreen se tint devant l'espace ouvert du sol à sa porte de cuisine ouverte et sourit.

— Je ne peux pas sauter d'ici.

— Vous ne devriez pas essayer non plus.

Il apporta trois des parpaings et les laissa tomber lourdement, un sur sa longueur et les deux autres superposés derrière le premier afin qu'elle puisse s'en servir comme d'un escalier temporaire. Cela lui tira un rictus, et elle lui dit :

— Je peux sans doute faire quelque chose.

C'est alors qu'un cri se fit entendre à l'avant de la maison.

— C'est pour moi ou pour vous ?

— Eh bien, dans ce cas-ci, je dirais les deux ! répondit Mack avec un large sourire.

Doreen haussa les sourcils.

— Qu'est-ce que vous préparez ?

Il secoua la tête et déclara :

— Vous verrez !

Elle patienta et, soudain, un groupe d'hommes arriva par le coin. Arnold et Chester, Dan, Tommy et même le capitaine. Elle regarda Mack, surprise.

— Hé ! Vous êtes ici pour aider, les gars ? demanda-t-elle avec espoir.

Ils arboraient tous un grand rictus sur leur visage.

— On a pensé qu'on vous devait bien un peu d'assistance, lança le capitaine, se frottant les mains. Alors, qu'est-ce qu'on construit ?

Après ça, le groupe entier devint une grande famille heureuse, mais elle détestait se le dire, puisqu'elle demeurait sur le côté. Cependant, puisqu'elle ne savait pas comment bâtir une terrasse ni quelle était la procédure ou comment débuter, elle se trouvait tout le temps sur le chemin. À un moment donné, Mack finit par la porter et la poser sur les parpaings à la porte et lui intimer :

— Assise.

Elle laissa tomber ses fesses sur le seuil de sa cuisine et l'observa. Il sourit et lâcha :

— Laissez-nous nous occuper de ça d'abord.

Et effectivement, les autres parpaings furent installés dans le jardin. Ils débattaient beaucoup sur la façon de les mesurer et de les poser, Mack changeait même certains de ses plans avec d'autres gars, formulant des suggestions pour maximiser les planches en réalisant une terrasse un peu plus longue et large. Ainsi, toutes les lattes n'auraient pas besoin d'être coupées. Elle aimait cette idée. Ils en disposaient de plus grandes de trois mètres et de deux mètres et, simplement en les tournant, peut-être qu'ils n'en gaspilleraient pas. Mais ce qui la surprit, ce fut le temps passé à descendre les parpaings au sol pour les mettre à niveau. Ils avaient tout un tas de matériel, des pelles aux râteaux, mais personne n'avait utilisé les bâches.

— Mack ? appela Doreen.

Distrait, il leva les yeux vers elle et lança :

— Quoi ?

— Vous vous souvenez des bâches ? demanda-t-elle, anxieuse.

Il la regarda puis le sol et hocha la tête.

— Où sont-elles ?

Elle se mit hâtivement sur ses pieds puis se précipita dans la cuisine et se dirigea vers le garage. Elle revint un moment plus tard avec deux grandes bâches empaquetées et les leur tendit. Mack saisit les sacs et les ouvrit, puis donna les emballages à Doreen. Enfin, lui et les autres hommes déplièrent les bâches, les étalèrent au sol et utilisèrent les coins des parpaings pour en maintenir les bords.

Les gars approuvèrent vivement.

— C'est quoi le problème ? Vous ne voulez pas de mauvaises herbes dans ce coin-là ? la taquina l'un d'eux.

— Pas vraiment, confirma-t-elle sèchement. Cela aidera à ralentir leur progression.

— Mais vous devez aussi prendre en compte, s'insinua le capitaine de sa voix profonde, que ces bâches empêcheront la pluie d'imprégner la terre.

Cela la poussa à froncer des sourcils.

— Alors, je ne suis pas certaine de la meilleure option à

choisir dans ce cas !

— Eh bien, c'est parfait si vous laissez à l'eau la possibilité de passer au travers. Alors, on devra réaliser quelques trous, car vous ne voudriez pas que l'eau reste là et stagne, suggéra-t-il.

— Je suis d'accord, acquiesça-t-elle en continuant de plisser le front. Donc faisons ça.

— On pourrait si on avait un peu de café, railla Mack.

Elle lui lança un regard noir.

— Est-ce que c'est votre façon de me dire de vous laisser tranquilles ?

Il s'esclaffa, de son rire contagieux, lumineux et sonore. Tout le monde s'arrêta pour l'observer.

Doreen supposa que c'était pour voir comment elle réagirait en étant la source de moqueries. Mack la taquinait tout le temps. Ce n'était simplement pas encore évident aux yeux des autres gars.

Mack secoua la tête.

— Si je pensais que vous envoyer préparer du café vous maintenait en dehors des ennuis, poursuivit-il, on vous aurait chaleureusement livré du café tous les jours pour garder vos fesses hors de nos vies.

Promptement, elle posa les mains sur les hanches et lui jeta un nouveau regard mauvais avant de lui répondre :

— Mack Moreau ! Comportez-vous bien ! J'ai été d'une grande aide !

— Oui, en effet. Vous avez aussi été une sacrée épine dans le pied.

À cela, tous les hommes se mirent à rire. Elle opina du chef et rétorqua :

— OK, vous m'avez eue. Du coup, je vais mettre une cafetière en route.

Et elle se précipita dans sa cuisine pour lancer le café. Mais au fond d'elle, elle n'arrivait pas à croire à quel point c'était chouette d'avoir une visite de voisinage comme celle-là, avec tout le monde qui mettait la main à la pâte.

Chapitre 6

LES HEURES SE suivaient, et Doreen s'efforçait d'aider en apportant de l'eau et en remplissant leurs tasses de café. Elle comprenait maintenant ce qu'avait sous-entendu Mack quant aux véritables dépenses induites par un groupe comme le leur, car le café disparaissait cafetière après cafetière. Elle venait à peine d'en préparer une nouvelle qu'elle était déjà en train de la vider et d'enchaîner avec une autre. Quand le milieu d'après-midi arriva, les hommes semblèrent extrêmement fiers d'eux. Pour sa part, Doreen n'avait pas la moindre idée de ce qu'ils avaient accompli pour l'être autant. Tous les parpaings étaient au sol, des cordes étaient alignées, et ils étaient tous debout, inactifs, l'air vachement content. Elle regarda Mack et haussa les épaules en guise de question. Il lui répondit d'un large sourire et indiqua :

— J'ai mis une douzaine de bières au frigo. Ce serait vraiment le bon moment pour les sortir.

— En effet, car on a épuisé, genre, notre dix-huitième tournée de café, blagua-t-elle.

Les types grommelèrent.

— Vous avez parlé de bière ? Vous voulez dire que vous

en aviez depuis tout ce temps ? s'insurgea Arnold. Pourquoi on boit du café alors ?

Les gars plaisantèrent et rirent entre eux, mais il était évident qu'ils avaient beaucoup de respect les uns envers les autres. Doreen alla dans la cuisine, échangea les deux packs de six bières à température ambiante avec les fraîches dans le frigo et les leur apporta dehors. Celles-ci atterrirent presque instantanément dans des mains avides.

Comme ils ouvraient leur canette et prenaient leur première gorgée, Doreen demanda :

— Alors, est-ce que quelqu'un pourrait m'expliquer à quoi rime tout ça ?

Elle désigna l'endroit où se trouvaient les cordes.

Le capitaine s'avança et lui donna une explication très claire sur la raison pour laquelle cette partie fondatrice de la nouvelle terrasse était si vitale et pourquoi ils travaillaient ainsi. Le fait qu'ils avaient creusé un drain sous les bâches afin que l'eau puisse aller dans les puits où se trouvaient les pompes l'étonna. Ils avaient laissé les bâches au-dessus pour ralentir la pousse des mauvaises herbes. Le capitaine poursuivit :

— Vous avez deux pompes ici, alors on voulait s'assurer que toute l'eau qui passe par là s'écoule vers elles.

Un tuyau dépassait du bout du fossé, où ils avaient creusé pour coïncider avec l'emplacement des puits.

— Waouh ! réagit Doreen, comprenant cette logique élémentaire. C'est parfait. (Elle était absolument ravie.) Et maintenant ?

— Maintenant, nous allons lever ces grosses poutres, expliqua Chester en s'essuyant le front.

Il avait une bière à la main, et elle voulait presque lui demander s'il était suffisamment âgé pour en boire. C'était un compliment, mais ce gosse semblait avoir 16 ans. Elle ignorait pourquoi elle n'avait pas remarqué ça auparavant, mais c'était incroyablement évident désormais. Un cri se fit entendre sur le côté de la maison. Mack s'y rendit, puis leva une main pour saluer et se tourna en annonçant :

— Les choses sérieuses commencent.

Et d'autres hommes arrivèrent, qu'elle reconnut plus ou moins. L'un d'eux était celui de la veille. Il approcha, jeta un œil à leur progression, sourit et dit :

— Hé ! On est arrivés pile au bon moment !

— Je ne crois pas, grogna Chester. Tout le sale boulot est terminé.

Les deux types échangèrent des tapes sur les épaules, et tout le monde se salua.

Mack leva sa bière et annonça :

— On a de la bière fraîche, si vous en voulez une !

Les gars se frottèrent les mains.

— Timing parfait ! s'exclama l'un d'eux. On vient d'arriver, et les bières sont déjà sorties !

Doreen disparut dans la maison et sortit un autre pack de six, espérant qu'elles seraient suffisamment fraîches. Si elle n'avait pas bénéficié du coaching de Mack, elle n'en aurait eu aucune idée. Car chez elle, avec son mari, les majordomes et les traiteurs étaient toujours à disposition pour s'occuper de ce genre de choses. Elle avait assimilé le remplissage de verre de vin et le lever de flûtes d'un plateau, mais anticiper l'instant où quelqu'un désirerait une bière était une compétence qu'elle ne possédait pas. De plus, elle n'était pas vraiment certaine de vouloir en boire. Ça sentait affreusement fort. Elle ne se rappelait pas si elle en avait déjà goûté une seule. La route était longue quand on n'avait connu que le champagne.

Le pack de six disparut assez rapidement, et les nouveaux arrivants suggérèrent de reculer un peu plus la terrasse afin d'avoir l'espace adéquat pour que les gens puissent s'asseoir et pour qu'elle soit mieux alignée avec la maison. Cela inaugura une nouvelle grosse discussion. Elle s'installa, se demandant si quelqu'un allait lui demander son avis, mais le truc c'était qu'elle s'en fichait un peu, car ce qu'elle souhaitait vraiment, c'était une grande terrasse, peu importait qu'elle soit plus loin ou plus près. Mack était en train d'exposer le sujet des jardins latéraux et suggérait d'y poser quelque chose comme un géotextile, du gravier ou autre, afin que Doreen soit en mesure de s'en servir pour ses allées et venues.

— Vous avez besoin de barrières également, informa le capitaine. Vous avez un chien et un chat. Il faut que vous fermiez l'accès sur le côté… sur les deux côtés en fait. Vous savez quoi ? Il me semble que j'en ai une petite à l'arrière de la maison. On pourrait probablement l'installer assez rapidement.

Et cela entama d'autres conversations.

L'homme fraîchement débarqué ajouta :

— S'il vous reste du bois, je peux en fabriquer une pour l'autre côté. Vous avez raison, elle doit garder les animaux dans le jardin.

Cela n'avait aucun sens pour elle puisqu'il n'y avait ni barrière ni clôture au niveau de la crique. Mais alors, elle s'inquiéta pour la rue devant la maison bien qu'il n'y ait aucun souci pour l'arrière. De toute façon, dans la mesure où les gars étaient contents, qui était-elle pour argumenter ? Cependant, tandis qu'elle écoutait leur logique, elle avait dû se poser la question. Ils s'amusaient tellement tout en restant eux-mêmes, il y avait une telle fraternité devant elle.

À ce moment-là, son téléphone sonna. Pendant que les

hommes discutaient, elle jeta un œil et remarqua qu'il s'agissait de Nan. Doreen sourit et décrocha :

— Salut, Nan !

— Je distingue des voix… Que fais-tu ?

— Eh bien, plusieurs gars bossent sur ma terrasse. Tu peux les entendre ? demanda-t-elle à sa grand-mère en dirigeant son téléphone pour que les discussions lui parviennent.

Nan rit.

— Oh, mon… Bien joué !

— Ça, je ne sais pas, mais je pourrais bien avoir une terrasse, enfin j'espère, car pour le moment, ce n'est pas le cas. Tout a été démoli.

Nan gloussa comme une petite fille.

— Mais ma chérie, tu as trouvé la meilleure chose qui soit ! De l'aide. Tu as obtenu de tous ces gaillards qu'ils viennent pour t'assister.

— Je ne crois pas que j'arrive à leur faire faire quoi que ce soit, minimisa Doreen en ricanant. C'est Mack qui dirige tout.

— Tous des flics, c'est ça ?

— Eh bien, au début, oui, dit Doreen avec précaution, mais d'autres personnes sont arrivées ensuite.

— C'est très bien tout ça !

Dans le fond, Doreen pouvait entendre Mack expliquer comment mettre les bases pour le patio tout du long vers la crique ainsi qu'un banc par là. Et les gars eurent une discussion encore plus animée, mais tous restaient en bons termes, car personne ne se mettait en colère. Elle était ébahie de constater que chacun lançait une idée pour rénover la totalité du jardin. Elle voulait simplement un énorme patio et une grande terrasse, ainsi qu'un sentier menant à la crique, mais cela ne semblait pas leur suffire. Non, ce devait être du béton estampé, et ça devait être comme ci et puis comme ça. Le seul truc, c'était qu'elle ne savait pas si tout le monde – excepté Mack – connaissait sa situation financière désespérée.

À un moment, Nan demanda :

— Tu les écoutes ou tu m'écoutes moi ?

— Honnêtement, Nan, c'est dur de distinguer quelque chose.

— Bon. Alors, je vais te le dire rapidement. La dernière victime n'avait pas de problèmes cardiaques.

— C'était laquelle déjà ?

— Bella, celle en surpoids. Kimmy était cardiaque, mais l'autre, Delilah, pas du tout. Enfin, elle a quand même succombé comme si elle avait eu une crise cardiaque.

— Je suppose que ça pouvait arriver, à son âge… lança avec précaution Doreen, son esprit distrait en pensant aux trois femmes… et aux kiwis…

— Peut-être… Mais crois-moi, la famille de Delilah trouve ça très étrange.

— Pourquoi ça ?

— Car elle venait de modifier son testament. Je l'ai entendue en parler à Rosie, à Rosemoor.

À la moindre mention d'argent, les oreilles de Doreen se dressaient.

— Au bénéfice de sa famille ou pas du tout ?

— Je savais que tu poserais cette question, lâcha Nan en riant. Elle a retiré son neveu.

— Oh, mince… Mais dans ce cas, ce serait un peu trop évident.

— Toutefois, s'il voulait se venger, c'était une bonne façon de s'y prendre.

— Mais six mois plus tard, il aurait pu revenir dans les

bonnes grâces de Delilah.

— Oh, je n'y avais pas pensé… Bon, je vais continuer de creuser ! conclut-elle avant de raccrocher.

Doreen mit son téléphone de côté, espérant tranquillement que tous les flics commenceraient maintenant à discuter de ces affaires. Mais au lieu d'attendre, elle se leva et bondit dans sa cuisine, puis écrivit ses notes rapidement dans son ordinateur sur ce que Nan venait de lui raconter. Comme elle venait de terminer, elle entendit quelqu'un s'approcher d'elle. Soudain, Mack occupait le seuil de la cuisine. Elle leva la tête d'un air coupable et referma brutalement son ordinateur. Il lança un regard noir à son appareil puis la dévisagea et rétrécit ses yeux. Elle lui adressa son sourire le plus doux possible.

— Comment ça se passe avec les bières ?

— Bien, répondit Mack. On a quelques idées à vous soumettre.

— Et moi qui croyais que vous, les gars, alliez prendre vos décisions tout seuls… le taquina-t-elle.

— Non, on finira toujours par vous consulter, assura-t-il après avoir ri. Cela ne signifie pas que vous voudrez entendre au préalable tout ce qu'on raconte, avant de parvenir à un accord.

— C'est le prix qui m'ennuie, marmonna-t-elle en se dirigeant dehors avec lui… avant d'être distraite par le capitaine qui tenait une barrière, et de lui sourire. Où avez-vous eu ça si vite ?

— Ma femme vient de la rapporter. Ainsi qu'une bombe de peinture en spray, noir métallique. Je me disais que, peut-être, vous aimeriez un petit portail de ce côté-ci. De toute évidence, on ne peut pas l'installer avant de bouger tout ce matériel, mais il irait pile-poil devant la maison, lui expliqua-t-il avant de lui faire signe de le suivre afin qu'elle puisse voir ce qu'il voulait dire.

— Ce serait super ! Comment pourrait-on l'attacher ?

— Ce n'est pas un problème ; on peut construire une barrière et veiller à ce qu'il s'ouvre et se referme. Peut-être dans cette direction. (Alors qu'il s'amusait à le faire pivoter, il ajouta :) Vous savez quoi ? Il me semble que celui-là est articulé dans les deux sens.

— On peut le verrouiller ?

Il ouvrit son autre main pour lui monter un verrou en métal et il répondit :

— Ma femme a amené ça aussi.

— Parfait ! s'exclama Doreen, ravie. C'est vraiment très gentil à elle !

— Je ne sais pas si elle est gentille… étant donné que c'est quelque chose dont j'étais censé me débarrasser il y a des mois ! admit-il penaud, comme s'il insinuait qu'il avait eu des ennuis avec cette histoire, ce qui fit rire Doreen.

— Hé, ça me va, à moi ! J'apprécie beaucoup.

— Pas de problème. On doit continuer ce qu'on a commencé, mais certains d'entre nous peuvent bosser dessus aussi.

— C'est parfait ! approuva-t-elle avec un grand sourire.

Comme ils se dirigeaient vers les autres, Mack l'appela vers le bord de la terrasse.

— Soit on met un escalier qui descend vers chez Richard, soit on met des marches tout du long, autour, proposa-t-il. Ou alors, mettre des garde-corps ?

Doreen plissa le front.

— Bon, nous voilà de retour avec cette histoire de garde-fous, hein ? Quels sont les avantages et les inconvénients ?

Immédiatement, les hommes y allèrent de leurs commentaires.

— Eh bien, si vous mettez une rambarde, vous pourrez installer les chaises plus près du bord. Aucun risque de tomber.

— Oh, d'accord… Je n'y avais même pas songé. (Elle contempla la limite de sa nouvelle terrasse et le dénivelé avec le sol.) Et c'est un problème même s'il y a des marches tout autour, c'est ça ?

— Surtout si vous voulez mettre un barbecue ou une table avec des chaises ici, expliqua le dernier arrivé. Ce que je suggère, c'est de faire sortir un peu plus la terrasse et d'agrandir cette zone. Il faudra qu'on ajoute deux autres blocs de ciment, mais c'est tout. Et il vous restera du matériel. Vous pourriez avoir des marches qui descendent là, et on pourrait mettre un garde-corps de ce côté et laisser le devant grand ouvert avec les marches. Cela vous donnerait un grand espace où vous asseoir, vous pourriez disposer toutes sortes de meubles ici et, en plus, vous auriez un escalier sur toute la longueur de la terrasse côté crique. Et un autre vers la clôture de Richard afin de descendre facilement vers ce côté de la maison.

Elle demeura immobile, mémorisant les nouvelles marques de cette version de l'aménagement et interrogea :

— On aura assez de matériaux pour ça ?

Mack secoua la tête.

— Non. Vous serez un peu à court, mais je ne crois pas que ce sera très dérangeant.

Alors, elle regarda au-delà de l'extension de la terrasse et demanda cette fois :

— On ne devait pas mettre un patio ici ?

— Et c'est encore possible, mais on le fera commencer de ce côté pour qu'il aille dans cette direction.

Il parla d'un patio en béton d'un bon mètre, qui démarrerait là où les marches traversaient un côté de la terrasse pour ensuite rejoindre une grande zone dédiée.

— Eh bien, ça aurait l'air plutôt joli, imagina-t-elle en montrant sa surprise. Bref, est-ce que vous allez faire descendre le patio et le sentier ici tout du long jusqu'à la crique ?

— Je peux partir d'un côté puis faire le tour de la maison, expliqua le nouveau venu. Jusqu'ici, désigna-t-il avec le doigt. Vous pourriez couler du béton estampé tout du long en descendant, des deux côtés.

— J'adorerais, avec cette zone toute propre, en béton estampé, admit-elle tout en haïssant le problème financier qui rugissait dans sa vilaine tête. Mais ça me paraît onéreux…

Les hommes se montrèrent soucieux en marmonnant à propos du montant de la structure et tout le toutim.

— Vous ne pourrez pas tout avoir ce soir, avertit le même gars. (Elle était incapable de se souvenir de son nom.) Mais si on peut monter ça, ça ne coûte pas très cher d'avoir les sacs de béton et de le mélanger nous-mêmes.

— Il faudra en couler beaucoup, en revanche, précisa le capitaine. Faudra être rapide.

— Et je ne peux pas me permettre de faire venir un camion, dit Doreen.

— Vous savez quoi ? Je ne pense pas que ça prendra autant de temps, contesta Tony, un des derniers arrivés. J'ai une petite bétonnière et c'est relativement simple. On pourrait sans doute créer tout ce petit sentier en une seule fois. Et pendant que quelqu'un nivelle, on pourrait mélanger une autre tournée pour aller ici.

Personne d'autre n'avait d'expérience avec le béton, alors il poursuivit :

— Donnez-moi le temps de rentrer chez moi, de jeter un coup d'œil à ce qu'on a, et de réfléchir à comment veiller à ce que ça marche. Vous, les gars, vous bossez sur la terrasse, et je reviens avec quelques planches qu'il me reste. (Puis il marqua une pause avant de reprendre :) Je crois que j'ai du grillage également. Je dois en avoir assez pour m'occuper de ce côté, compléta-t-il avant de partir.

Elle regarda tous les autres et leur lança :

— Je déteste l'idée de vous garder tout un week-end. C'est le bon moment pour arrêter pour aujourd'hui.

Les hommes secouèrent immédiatement la tête.

— Si on agrandit et qu'on allonge la terrasse, on va descendre les bastaings sur les blocs de ciment de l'autre côté, puis on ajoutera de grosses poutres.

Elle soupira, haussa les épaules et observa. Elle s'approcha de Mack qui était occupé à discuter avec le capitaine. Elle lui tapota gentiment le bras. Il baissa les yeux vers elle, sourit et s'enquit :

— Qu'est-ce que vous en pensez ?

— Je pense que tout le monde a de bonnes idées. Mais je m'inquiète qu'un petit projet devienne si grand.

— Oui, mais gardez en tête ce que votre budget d'origine était aussi.

Elle opina du chef. Puis, dans un souffle, elle demanda :

— Que diriez-vous d'une pizza ?

Chapitre 7

Samedi, début de soirée...

MACK HOCHA LA tête et regarda le capitaine.

— Vous serez là combien de temps ?

Il jeta un œil à sa montre et répondit :

— Oh ! je peux rester deux heures de plus. Vous ai-je entendu parler de pizza ? demanda-t-il tandis qu'un large sourire traversait son visage et qu'il se tapotait le ventre. Je ne peux en manger que lorsque ma femme n'est pas dans le coin. Autrement, vous savez ce que c'est...

Mack se mit à rire. D'autres gars se tournèrent, observèrent et questionnèrent :

— Vous avez bien dit « pizza » ?

— Eh bien, je songeais à en commander, confirma Doreen. Vous bossez si durement !

— Vous pouvez toujours le faire, répondit l'un d'eux. Mais bonne chance à vous pour parvenir à nous mettre d'accord sur la garniture !

— Est-ce vraiment un problème ? rétorqua-t-elle. Là, je pensais en prendre deux de la variété la plus commune, comme suprême, pepperoni et, également, vous savez, jambon et ananas ou autre...

Tous les gars opinèrent du chef.

— Vous savez quoi ? C'est bon pour nous, approuva Arnold.

Mack baissa les yeux vers elle et lui murmura :

— Comment pourriez-vous savoir quelles sont les pizzas les plus communes ?

Elle lui adressa un grand sourire.

— Internet ! lança-t-elle. Il donne tout un tas de bonnes idées. Donc… six ? (Mais sa voix se fit hésitante.) Vous en mangez une chacun ?

Arnold acquiesça, mais Chester secoua la tête. Arnold lui asséna immédiatement une tape dans le ventre et dit :

— Bien sûr que oui !

Chester roula des yeux.

— Tu es tellement drôle, le taquina-t-il. Si tu manges trop de pizza, je le raconterai à ta femme.

Là-dessus, les deux hommes se querellèrent. Doreen rit, considéra Mack et lui demanda :

— Vous pensez à quel nombre ?

— Prenez-en sept, simplement pour être sûre.

Elle opina du chef et rentra. Elle n'avait jamais commandé de pizzas de sa vie. Elle transporta son téléphone jusqu'à son ordinateur où était déjà ouverte une page web. On était supposé pouvoir passer commande en ligne, mais ça ne la tentait pas. Alors, elle les appela. Quand elle expliqua ce qu'elle voulait, le gars au bout du fil se mit à rire et lui annonça :

— Pas de problème. On peut vous livrer tout ça dans trente minutes.

Elle en était ravie. Il l'informa également qu'elle pourrait payer en espèces quand les pizzas arriveraient. Quand elle entendit le montant, elle fit les gros yeux.

— Bien sûr, dit-elle d'une voix étranglée. Ça me va.

Elle allait aussi devoir ajouter un pourboire. En y ajoutant le total pour les pizzas, elle prit son portefeuille et compta attentivement l'argent. Elle ne voulait pas déranger les gars pendant qu'ils bossaient, alors elle attendit le livreur. En plus, sa présence pourrait complètement les distraire. Comme elle remplissait son frigo avec d'autres bières, elle décida de rester dans sa cuisine, en dehors de leur chemin.

Mack bondit à l'intérieur, à la recherche d'une autre canette.

— Les pizzas sont en route, indiqua-t-elle.

— Bien ! répondit-il.

Elle avança d'un pas, plus près de lui et lui souffla :

— Vous pensez que je peux me permettre financièrement tous ces changements ?

— Ouaip ! Nous y arriverons. On devra peut-être se procurer d'autres trucs, mais ça ne devrait pas être trop mal.

— Je l'espère… vous savez à quel point je suis fauchée.

— Oui, mais pensez-y différemment. Vous valorisez nettement votre foyer. Plus que ça, vous allez vraiment adorer votre terrasse et votre patio. Le patio était vraiment une bonne idée.

— Combien coûterait un camion pour couler le béton ? demanda-t-elle.

Mack plissa le front.

— S'il est prêt à partir et que vous avez quelqu'un à disposition qui peut s'en occuper, ce serait aux alentours de 1 000 ou 1 500 dollars.

Elle retint son souffle en entendant ça. Mack confirma d'un signe de tête.

— Mais n'oubliez pas…

— Je sais, je sais, l'interrompt-elle. Nous avions prévu de

débourser au moins ça initialement de toute manière.

— C'est dur de dépenser de l'argent, dit-il en sympathie.

— C'est dur de dépenser l'argent qu'on n'a pas, rectifia-t-elle. Les pizzas coûteront environ quatre-vingts dollars.

— Oui, et n'oubliez pas qu'on devra répéter ça demain…

— D'accord. Une bonne chose que j'aie ce saladier rempli avec l'argent de Nan.

— Vous avez encore la monnaie ? Simplement au cas où.

— Oui, je n'y ai pas touché.

— Bien.

Il bondit hors de la maison. Doreen se tint là et, de la cuisine, regarda les hommes travailler. Elle avait préparé du thé glacé et, après s'être versé un verre pour elle, le remit dans le frigo. Entendant un bruit, elle marcha jusqu'à la porte d'entrée, où elle vit un livreur de pizza avancer jusqu'à elle avec une énorme pile de pizzas. Elle lui ouvrit quand il atteignit le sommet des marches et elle rit.

— Ouah ! En voilà une belle tour !

Il sourit et répondit :

— Eh bien, on dirait que vous avez toute une équipe qui bosse dans votre jardin.

— En effet, confirma-t-elle en tendant les bras pour prendre les sept pizzas.

— Montrez-moi où se trouve la cuisine, et je pourrai les y déposer directement. Vous n'allez pas les porter vous-même, elles sont chaudes.

Elle ouvrit plus grand la porte et le guida jusqu'à la table de la cuisine où il les laissa.

— Voici l'argent, avec un pourboire pour la livraison également. Merci pour ça.

En acceptant le paiement, il jeta un œil aux gars et réagit :

— Waouh, je vais filer, ce sont tous des flics !

Doreen gloussa.

— Ouaip, ce sont bien des flics.

Dès qu'il fut parti, elle referma la porte d'entrée et se dirigea vers la cuisine. Elle prit deux pizzas différentes et les apporta à l'arrière de la maison.

— Je n'ai pas de table d'extérieur suffisamment grande pour vous tous. Alors, je vais ouvrir les boîtes et donner de la pizza à ceux qui en veulent.

La première était celle au pepperoni. Tout le monde en eut une part, et elle fut vite partie. Doreen secoua la tête, ouvrit la boîte contenant la suprême et annonça :

— Celle-ci a tout ce qu'il faut.

Et tout le monde en attrapa un morceau également. Mais désormais, ils avaient chacun la part qu'ils étaient en train de manger et celle qu'ils tenaient dans l'autre main, et Doreen se retrouva avec deux boîtes vides. Elle alla chercher celle au jambon et à l'ananas et la tendit.

— Bon, maintenant que vous avez tous le ventre plein, je peux manger celle-là, hein ? les taquina-t-elle.

Cependant, Chester était déjà à court de nourriture.

— Tu as déjà les mains vides ? lui demanda-t-elle.

Il confirma d'un signe de tête et se servit la plus grosse part de la boîte. Elle en profita pour en prendre elle-même une portion ; c'était chaud, gluant et délicieux. Elle gémit de contentement.

— Je n'arrive pas à me souvenir de la dernière fois où j'ai mangé de la bonne pizza.

— Environ dix semaines, répliqua Mack, quand je l'ai apportée.

— Je m'en souviens.

Lui aussi avait tout englouti. Elle s'approcha avec la boîte de pizza à la main, et il attrapa une autre part. Avant qu'il ait fini de se servir, plusieurs gars s'étaient emparés d'une autre portion. Et cette pizza aussi fut liquidée. Doreen avait maintenant trois boîtes vides. Quand elle eut terminé son morceau, elle se rendit à la cuisine et ouvrit un autre carton qu'elle proposa aux gars. Et elle réitéra ses gestes pour la pepperoni qui vint après et, très rapidement, elle avait distribué tellement de pizza que seules quelques parts restaient. Pendant que les hommes mangeaient, elle regarda Mack et lui demanda :

— Bière ?

Il acquiesça, alla jusqu'au frigo et en sortit deux packs de six. Tout le monde prit une autre canette, et ils s'assirent sur les blocs de ciment ou sur le sol, à boire et à manger. Elle était effarée de constater qu'elle se retrouvait avec six boîtes vides.

— Eh bah, les gars, vous mangez pas mal !

— Il n'y a plus de cette pizza ? questionna Chester.

— Nope, confirma-t-elle. Mais j'en ai commandé une septième.

Il afficha un large sourire quand elle s'éloigna pour grimper les appréciables marches improvisées en blocs de ciment et qu'elle sortit avec le dernier carton.

— Si vous mangez encore plus que ça, vous êtes des porcs.

Immédiatement, ils se mirent tous à émettre des bruits et des grognements de petits cochons. Cependant, seuls quelques-uns souhaitaient un autre morceau, tandis que les autres annoncèrent avec un signe de main :

— Non, on est bon.

— Youpi ! Si vous m'en laissez, j'en aurai pour le petit-déj ! s'écria-t-elle en se moquant.

Immédiatement, Chester observa la part dans sa main.

— Elle plaisantait, l'interpella Mack.

— Mangez, intima-t-elle. Je suis contente de nourrir ceux qui construisent ma terrasse.

Il sourit et déclara :

— C'est comme ça qu'il faut faire ; c'est toujours meilleur d'avoir une bière et une pizza avec une bande comme celle-là.

Elle acquiesça.

— J'adore la camaraderie. Ravie de savoir que vous, les gars, ne vous détestez pas, après avoir travaillé ensemble tout ce temps.

Chester étant le dernier à continuer de manger, les autres se remirent au boulot. Elle pouvait constater qu'ils travaillaient plus lentement maintenant, mais ils avaient tout de même planté les autres blocs pour l'extension dont ils étaient en train de parler. Et rapidement, aidés d'un plan, ils bâtirent une structure avec des supports métalliques qui supportaient les poutres. Ça lui paraissait chouette même si elle savait qu'ils n'en avaient pas fait la moitié. Ceci accompli, deux d'entre eux annoncèrent qu'ils devaient partir.

Elle hocha la tête et leur dit :

— Merci beaucoup.

Quatre d'entre eux n'allaient pas revenir le lendemain apparemment, selon Mack qui se tenait à leurs côtés pour leur dire au revoir. Mais les autres oui.

Elle sourit et leur fit signe. Après environ une heure, le reste du groupe avait tout écoulé. Il était déjà plus de 19 h 30, et on se rapprochait des 20 heures.

— Ouah ! s'exclama-t-elle en poussant un long et lent soupir. Ça a été une longue journée.

— Une très longue mais bonne journée, corrigea Mack avec un rictus.

— Est-ce qu'on pourra en faire davantage demain ?

— Oui, lui confirma-t-il. Surtout maintenant que nous avons des bras en plus, ça devrait aller.

— Mais la plupart d'entre eux ne reviendront pas.

— Eh bien, non, mais j'ai d'autres gars qui pourraient se pointer.

— Vous aurez assez de bières ?

Il rit.

— Oui. Et vous, suffisamment de pizzas ?

Elle secoua la tête.

— Absolument pas, s'esclaffa-t-elle. Mais je peux en commander d'autres.

Chapitre 8

Dimanche matin…

L E MATIN SUIVANT, Doreen se réveilla doucement, traînant son corps hors du lit. Elle était courbaturée à des endroits qu'elle n'imaginait même pas pouvoir l'être. Et cela la déconcerta, car, eh bien, elle n'avait fourni aucun des efforts physiques accomplis par les autres la veille. Elle s'était lavée avant de se coucher, ce qui n'avait visiblement pas si bien fonctionné. Une bonne douche chaude devrait résoudre ses douleurs musculaires. Mais elle ne pensait pas en avoir le temps et sut qu'il lui fallait du café et de quoi manger avant que sa journée commence.

En vérifiant sa montre, elle fut surprise de remarquer qu'il était déjà 8 heures. Elle n'avait pas parlé avec Mack du moment où ils pourraient tous arriver pour bosser sur la terrasse, mais présuma que ce serait bientôt.

Après s'être habillée rapidement, elle descendit pour mettre en route la cafetière. Puis elle fit un pas dehors, marchant prudemment sur l'escalier temporaire qu'ils avaient mis en place afin qu'elle puisse entrer et sortir de la cuisine. Bien que beaucoup de travail avait déjà abattu la veille, il restait encore beaucoup à faire aujourd'hui. Comme ils avaient aligné les poutres pour les fondations, l'un des gars avait commencé à étendre quelques planches pour la terrasse. Mais cela n'avait pas duré, car c'était surtout pour s'assurer que ça aurait bonne allure. Et honnêtement, de là où elle se tenait, c'était de la bombe. Mais pas moyen de le confirmer tant que tout n'était pas terminé.

Elle demeurait stupéfaite par tout ce qui n'avait pas encore été réalisé, et pourtant, selon Mack, ça avait bien avancé. Elle avait supposé que la terrasse aurait pu être construite en un jour, mais avec toutes les mesures, les vérifications de niveau et les brainstormings, cela avait été une attente bien trop optimiste. Et qu'en savait-elle ? Elle n'avait aucune expérience dans ce domaine.

Quand le café eut fini de couler, elle bâilla, se versa une tasse et retourna dehors, parcourant son chemin avec prudence jusqu'au bord de la pelouse. Elle aurait dû passer par le garage, cela aurait été plus simple. Elle descendit jusqu'à la crique, fit tourner son cou et haussa les épaules, essayant de soulager certaines courbatures. Les animaux paraissaient aussi fatigués qu'elle. Elle posa les yeux sur Mugs et lui dit :

— C'est agréable d'avoir de la compagnie, hein ?

Mais il ne fit même pas l'effort de lui répondre par un grognement ou un aboiement. Il gémit un peu et poursuivit la tête baissée, avançant laborieusement. Elle compatissait. C'était bien quelque chose qu'elle pouvait comprendre, même si elle n'aimait pas ce qui s'annonçait. La vie devait continuer de la martyriser, d'une façon ou d'une autre.

Au bord de l'eau, elle s'assit avec précaution sur l'herbe, râlant quand ses fesses atterrirent sur le sol plus mou qui, pourtant, ne l'était pas encore assez. Comme elle levait la tête vers les nuages, elle imagina qu'aucun d'eux ne serait suffisamment doux non plus. Qui aurait cru que ses fesses auraient pu être aussi douloureuses ? Cela avait dû être causé par les nombreuses fois où elle s'était penchée et accroupie, mettant à l'épreuve ses muscles fessiers. Peut-être aussi que son escalier temporaire l'avait forcée à faire de gros mouvements avec ses jambes. Au moins, ça paraissait crédible. Elle resta assise là, en silence, somnolant à moitié, ses yeux se refermant, à siroter son café. Quand son téléphone sonna, elle vit que c'était Mack.

— Bonjour, Mack ! s'exclama-t-elle en essayant d'insuffler de l'énergie dans sa voix.

Mais il était distrait.

— Changement de plan, annonça-t-il de façon abrupte.

— Oh, comment ça ? demanda-t-elle, en se déplaçant pour regarder sa terrasse en construction.

— On a trouvé un autre corps.

— Une autre dame aux cheveux blancs ?

Elle bondit sur ses pieds, renversant son restant de café sur le sol. Elle grommela.

— Quel est le problème ? s'enquit-il.

— Je suis en bas de la crique et j'ai accidentellement renversé mon café.

La voix de Mack s'éclaircit :

— J'aimerais bien en avoir… Aucun de nous n'arrivera de sitôt.

— Oh… D'accord.

— Désolé… mais dans le cas présent, on est tous sur le coup. Bien que deux gars puissent se montrer chez vous. Vous devrez leur expliquer ce qui se passe.

— Bien sûr. Je suppose que la terrasse ne sera pas finie avant le week-end prochain, hein ?

— Je suis navré. Je crains que non.

Et elle discerna le regret sincère dans sa voix. Elle demeura un sourire aux lèvres, même si la déception était écrasante.

— Tout va bien. C'est comme ça !

— Peut-être, mais il est difficile d'affirmer si quelqu'un viendra cet après-midi. Je serai ici pour quelques heures puis la scientifique interviendra, et alors je pourrai m'échapper un petit moment. Je passerai quand et si je peux pour voir si quelqu'un est là.

— Mais les seuls qui pourraient arriver sont ceux qui n'ont pas été appelés, non ?

— Oui. Mais je crois que Tony est disponible de toute manière.

— Lequel est Tony ?

— Celui qui a apporté les dernières planches… et celui du béton.

— Waouh ! Rien qu'il ne puisse entreprendre, je crois ?

— Pas vraiment, mais vous pourrez toujours lui décrire ce que vous souhaitez et le prix à y mettre.

— Je peux. Est-ce que tout a déjà été mesuré ? Que Tony sache où s'arrêteront les marches… si nous ne voulons pas encadrer le patio en béton.

— Oui. On s'en est déjà occupé et on lui en a parlé.

— Ne devait-il pas regarder ce qu'il avait chez lui ?

— Oui, mais sa mère a fait une chute. (Il marqua une pause puis reprit :) Je ne vous l'avais pas dit ?

— Non… Je suis désolée d'entendre ça. J'espère qu'elle va bien.

— Elle était déjà à l'hôpital lorsqu'elle est tombée, alors, au moins, elle avait l'attention dont elle avait besoin sur place.

— Comment est-elle tombée dans ce cas ?

— Elle descendait le couloir et s'est pris le pied dans son

déambulateur, apparemment, exposa-t-il, mais une fois de plus, son ton était distrait.

— Ça a l'air vilain. Si je le croise, je m'entretiendrai avec lui. Autrement, je vous verrai quand vous serez là.

— Ça marche, acquiesça-t-il avant de raccrocher.

Elle baissa les yeux vers Mugs.

— Eh bien, ce n'est pas exactement ce qu'on espérait. Mais si on considère ce qui a déjà été accompli, peut-être que ce n'est pas la pire chose qui pouvait arriver.

Prendre ces décisions était bien au-delà de ses compétences. Soudain, comme elle faisait demi-tour et regardait plus attentivement, elle nota que les lattes n'étaient pas vissées. Elles avaient simplement été posées pour que les gens puissent avoir un aperçu. Elle hocha la tête.

— Bien. Donc un autre jour. Une autre journée entière. Surtout si on doit monter les garde-fous.

Elle grommela et se rendit à son garage, mais il était verrouillé de l'intérieur, et elle ne pouvait pas rentrer par là.

Avec difficulté, ses fesses étant douloureuses, elle réussit à atteindre la cuisine. Et pour les animaux, c'était encore plus difficile : Mugs essaya, mais tomba, alors elle dut revenir à l'extérieur et le lever jusqu'à la cuisine. Goliath réussit sans soucis, et Thaddeus la regarda avec un air de « pauvre de moi », alors elle le porta également.

— Seulement pour un petit moment, lui dit-elle gentiment.

Il caqueta plusieurs fois et posa sa tête contre la sienne. Elle sourit.

— Au moins, nous aurons une matinée plus tranquille.

Dans la cuisine, elle se remémora le reste de pizza. Elle ouvrit le frigo pour trouver les trois dernières parts de la veille. Même Chester en avait laissé. Quand Mack les lui avait tendues, il avait annoncé : « Et voilà votre petit-déj. »

Comme elle les regardait, elle les voulait toutes les trois. Rien que pour elle, toutes, maintenant.

Tout en riant, elle les plaça dans le micro-ondes pour les réchauffer, sachant que Mack lui conseillerait de les mettre dans le petit four, car cela éviterait de ramollir la croûte. Avec sa pizza et sa seconde tasse de café, elle sortit par la porte d'entrée et s'assit sur les marches. Elle mangea lentement, donnant de petits bouts à Mugs. Goliath renifla une fois et s'enfuit en courant, comme offensé. Thaddeus, quant à lui, faisait les yeux doux au poivron vert, excessivement enthousiaste. Elle prit celui sur le dessus et le lui offrit. Il en mangea la moitié et laissa le reste.

— C'est bon, hein ?

Il secoua bizarrement la tête comme s'il était d'accord avec elle. Elle se leva une fois son repas terminé, rentra puis nettoya la cuisine, qui était à peine sale puisque la pizza avait été dans un carton. Elle sortit ce dernier pour le recyclage et aperçut les autres boîtes, pensant à l'amusement des éboueurs s'ils constataient le contenu de sa benne en ce moment.

Ensuite, elle alla à son ordinateur. Il y avait peu de chances pour qu'il y ait des infos sur le dernier décès d'une vieille dame. Elle s'assit et son téléphone sonna de nouveau. S'attendant à ce que ce soit Mack, elle fut surprise de découvrir qu'il s'agissait de Nan.

— Hé, Nan ! dit-elle en essayant de prendre une voix enjouée.

— Tu as entendu ? demanda Nan, la voix brisée.

— Entendu quoi ? l'interrogea gentiment Doreen.

— C'est… Rosie McDougal, pleura-t-elle.

— Que lui est-il arrivé ? s'enquit Doreen en connaissant la réponse au fond d'elle. Est-ce qu'elle nous a quittés ?

— Elle est morte d'une crise cardiaque.

Les sourcils de Doreen se froncèrent.

— Où ça ?

— En dehors du chemin menant au manoir. Elle vit ici, à Rosemoor, mais pour une raison inconnue, elle a quitté le foyer pour se rendre à la crique.

— Et c'est là qu'elle est tombée raide morte d'une crise cardiaque ? extrapola Doreen, s'assurant de comprendre ce qui se passait.

— Oui, gémit Nan. Elle était si aimable ! Toujours à distribuer des kiwis à tout le monde. Elle ne faisait pas partie de cette fameuse clique, mais je crois qu'elle faisait ça pour se moquer, car elle courait après le trophée tant convoité cette année.

Kiwis ? Trophée ? Oh, oh…

— Elle était fragile du cœur ?

— Seulement à cause de son petit-fils, indiqua Nan d'une voix menaçante. Il était toujours si méchant avec elle et il essayait de lui soutirer de l'argent, ce qui la laissait en pleurs.

— Mais ça ne veut pas dire qu'elle avait une maladie cardiaque. Est-ce que quelqu'un s'attendait à ce qu'elle meure d'une attaque ?

— Oh ! non, non, non, sa tension artérielle était bonne. Elle allait vraiment bien après son dernier check-up à la suite de son cancer, et elle était clean de chez clean. Personne n'aurait pensé qu'une crise cardiaque l'aurait emportée.

— Et tu le tiens de source sûre qu'il s'agissait de son cœur ?

— Eh bien, elle est tombée raide comme les autres. Tu dois nous aider ! s'écria Nan. Doreen, cette affaire requiert tes compétences.

En entendant ça, Doreen haussa les sourcils.

— Nan, c'est une enquête en cours. Tu sais comment réagira la police si j'interfère.

— Je m'en fiche ! réagit-elle de façon rebelle. Il s'agit de Rosie ! Elle n'aurait pas fait de mal à une mouche !

— Ça ne signifie pas qu'elle n'est pas tombée ou qu'elle n'est pas restée étendue à terre un long moment sous le choc, puis que la peur n'a pas mis son cœur en surrégime et qu'elle ne s'est pas effondrée avant de mourir de façon naturelle, expliqua gentiment Doreen. Je suis consciente que ça ressemble aux autres affaires, mais tant que la police n'a pas mené d'investigation, nous n'aurons aucune certitude.

— Non, tu penses bien ! Ils ne nous diront rien, se plaignit Nan d'une voix définitivement fâchée.

— Je comprends ton énervement. Je sais que Mack s'y trouve en ce moment. Je sors et descends vers la crique pour venir à toi. Alors, donne-moi tes informations pendant que je suis en chemin.

Après avoir laissé une note pour Tony sur la porte de sa cuisine au cas où il arriverait pendant son absence, elle enclencha l'alarme puis quitta la maison en passant par le jardin arrière. Avec ses animaux à ses côtés, ils firent le tour et descendirent le sentier.

— N'étaient-ils pas censés être chez toi aujourd'hui ? s'étonna Nan.

— Oui. Heureusement, ils ont bossé hier. Mais ce décès a accaparé pas mal d'entre eux.

— Évidemment. Celui ou celle qui a fait ça le paiera très cher !

Doreen secoua la tête.

— Ma terrasse n'est pas vraiment une priorité maintenant.

— Eh bien, ça devrait ! Penses-y ! Je veux dire, s'ils n'étaient pas sur cette affaire, ils t'aideraient à la terminer.

— Bien sûr, mais il est plus important qu'on s'occupe de cette dame.

— Et c'est pourquoi tu es une femme si spéciale, approuva Nan, la voix agréablement chaleureuse. Tu feras la lumière sur cette histoire, hein ?

— Eh bien, je peux essayer, Nan. Mais tu sais aussi que ce n'est pas une affaire classée.

— Et si elle le devenait ? supposa Nan, excitée. Alors, Mack ne pourrait pas t'en tenir éloignée !

— Oh, bien sûr que si ! Pense à quel point il essaie de me garder hors de portée de ces choses-là !

— Oui, mais il n'en a pas toujours été ainsi, répliqua Nan, désormais frénétique. Laisse-moi voir s'il y a le moindre mystère dans la vie de Rosie, et je reviendrai vers toi.

Et là-dessus, elle entendit un petit *clic*.

Doreen regarda fixement son téléphone et grommela :

— J'étais consciente que ça devait arriver tôt ou tard, mais je ne voulais vraiment pas que ce soit aujourd'hui.

Pile à ce moment, la petite troupe atteignit le coin et s'approcha de Rosemoor. Comme elle se tournait pour regarder en direction de chez Nan, sans surprise, Doreen aperçut un groupe de policiers. Elle flâna vers l'appartement de sa grand-mère, sachant que Mack la remarquerait bien assez tôt. Et ce fut ce qui arriva. Il cessa de bouger et lui lança un regard noir. Elle haussa les épaules.

— Je n'avais vraiment pas le choix. Nan m'a téléphoné.

— Qu'est-ce que Nan a à voir avec ça ? questionna-t-il.

— Rosie McDougal était une de ses amies.

— Et comment sait-elle ce qui est arrivé ? insista-t-il avec suspicion.

Doreen leva les yeux au ciel.

— Allez, Mack ! Pensez au téléphone arabe, ici… Elle était déjà au courant. Elle m'a appelée et m'a demandé de venir ici pour que vous, les gars, sachiez que Rosie n'avait pas de maladie du cœur et qu'elle n'avait pas pu succomber à une crise cardiaque.

À ses propos, l'un des policiers redressa la tête et l'observa. Elle sourit.

— Salut, Arnold !

— Elle n'était pas fragile du cœur ? reformula-t-il en se grattant la tête. Parce que ça ressemble vraiment aux autres affaires !

Doreen branla du chef, le regard attiré par le corps recouvert d'un drap et ses alentours. Pas un kiwi en vue. Intéressant…

— Apparemment, non. Et son cancer était officiellement en rémission depuis un an, voire plus. Le moindre signe de kiwi près d'elle ?

— C'est vraiment horrible… dit Arnold, en considérant le corps. Et il y en a un dans sa poche, c'est ça le plus étrange !

— Arnold… l'avertit Mack en observant Doreen de travers.

— Toutefois, lança-t-elle avec un grand rictus dans sa direction, il y a un petit-fils suspect dans son entourage.

— Et pourquoi cela ? demanda Mack.

— Il embêtait toujours Rosie pour avoir de l'argent et la laissait en pleurs à chaque fois.

— Eh bien, il est possible que quelqu'un ait voulu la faire expirer plus tôt, prononça un autre homme derrière Mack qui se redressait après avoir été accroupi près de la barrière.

Elle regarda Chester et sourit.

— Chester, comment parviens-tu à marcher avec toutes les pizzas avalées hier ?

Il lui offrit un rictus en retour.

— Il y en a encore ?

Elle se pourlécha les lèvres et fit non de la tête.

— J'ai mangé les trois dernières parts au petit-déjeuner. Tu serais fier de moi.

— Hé, bien joué ! s'exclama Chester. Je dois avouer que c'est plutôt facile à engloutir le matin.

Elle rit et baissa les yeux vers la pauvre femme recouverte d'un drap.

— Je suis navrée pour elle et sa famille, s'il y a quelqu'un d'autre que son petit-fils. S'il s'agit de lui, j'espère qu'il ne va rien hériter.

— Peut-être pas, dit Mack, mais nous ignorons aussi s'il y a le moindre détail douteux à ce sujet.

Elle ricana.

— Quand quatre petites vieilles tombent raides mortes de la même façon, c'est suspect. Et puis il y a cette histoire de kiwi ! (Il la dévisagea, furieux, et elle leva les deux mains, frustrée.) Je sais, je sais ! Ce n'est pas une affaire classée. Mais vous êtes conscient que Nan ne me fichera pas la paix avec ça.

— Vous n'êtes pas autorisée à interférer, prévint-il en lui lançant un regard d'avertissement.

Elle le considéra en retour, d'un air innocent.

— Bien sûr que non. Qu'est-ce que je pourrais bien faire pour m'immiscer ? C'est votre enquête, Mack. Vous trouve-rez qui a commis ça d'ici quelques jours.

— Comment vous pouvez en être sûre ?

— Parce qu'une fois que les journalistes mettront la

main sur cette histoire, la pression sera incroyablement intense. Cela ne me coûte rien de vous indiquer que la mort récente de quatre petites vieilles dames est très louche.

— Peut-être que leur heure était simplement venue, suggéra Arnold.

— Bien sûr. Toutes dehors dans un endroit public, pas une d'entre elles n'était chez elle à préparer des cookies ? se moqua Doreen. (Le front d'Arnold se plissa ensuite, et il leva une main pour se gratter la tête tout en observant la femme qui gisait à terre.) C'est aussi relativement tôt le matin pour une dame qui n'aime pas marcher.

— Les mots sages de Nan, une fois de plus, je présume ? lança Mack.

— Oui. Rosie n'aimait pas marcher, et je n'ai aucune idée de ce qu'elle était en train de manigancer sur ce chemin à ce moment-là.

— Moi, je sais, rétorqua Mack en poussant un soupir désolé. (Il se pencha avec les mains gantées et sortit une enveloppe coincée dans la poche de veste de la vieille femme ; il y était écrit le nom de Doreen.) Elle venait vous voir.

Chapitre 9

Dimanche, en milieu de matinée...

DOREEN REGARDA FIXEMENT l'enveloppe, le cœur lourd.

— Oh, mon Dieu… Cette pauvre femme. (Elle secoua la tête, consternée.) Pourquoi me suis-je réveillée si tard ? déplora-t-elle. J'aurais pu arriver ici plus tôt. Peut-être que je l'aurais vue.

— Eh bien, elle n'était pas partie depuis bien longtemps, l'informa Arnold. Nous n'avons reçu le coup de fil qu'à environ 8 heures.

— Et je crois qu'il y a des règles quant à leur permission de quitter le manoir, dit Doreen, sourcils froncés. Nan pourrait m'en apprendre plus à ce sujet. (Elle observa l'enveloppe puis Mack.) Vous l'avez lue ?

— Je suis fier de vous, taquina-t-il. Vous ne l'avez même pas réclamée.

— C'est inutile… Vous ne me laisserez pas l'avoir avant la fin de l'investigation.

— Exactement. C'est mon enquête.

Elle roula des yeux.

— Alors, ouvrez-la et racontez-moi ce qui y est écrit. Elle

vous donnera probablement des indices sur celui qui a pu lui infliger ça.

Immédiatement, tout le monde se rassembla autour d'eux. Mack ouvrit avec précaution l'enveloppe qui n'était pas scellée et en sortit une petite note. Il prononça à voix haute :

— Salut, Doreen. Je suis une amie de votre grand-mère. Je suis un peu inquiète à l'idée de vous parler en personne, alors je vous ai laissé une note. Y a-t-il quelque chose que vous puissiez faire concernant mon petit-fils, Danny ? Il veut me voir morte et que cela arrive bientôt. (Il y eut presque un grand silence dans les airs à la suite de ça.) Il dit qu'il n'a pas d'argent, qu'il veut le mien et que je devrais mourir plus tôt que prévu. J'apprécierais vraiment votre aide. Merci, Rosie.

Tout le monde se recula, les traits durs sur les visages.

— C'est un peu trop parfait, affirma Doreen.

Mack la dévisagea et hocha la tête de connivence.

— Merci, lança-t-il. Je pensais la même chose.

— Vous voulez dire que le petit-fils n'y est pour rien ? interrogea Arnold, confus. Pourquoi ? C'est le suspect idéal !

— Oui, c'est assez vrai, admit Doreen, mais pourquoi les autres vieilles dames alors ?

— Ah… souffla Arnold en opinant du chef. C'est une chose que ce soit seulement elle, mais ça en est une autre maintenant que nous en avons quatre.

— Exactement, acquiesça-t-elle. Et j'ai saisi que l'une avait une maladie du cœur et l'autre pas du tout. Et je n'arrive pas à me souvenir de ce que Nan m'a raconté à propos de la troisième…

— Nous trouverons, dit Mack en remettant la note dans l'enveloppe qu'il glissa ensuite dans un sac de preuve qu'il scella.

Elle le regarda faire puis demanda :

— Quand il y en aura l'opportunité, si cela arrive, une chance que je puisse en obtenir une copie ?

— Pourquoi ?

— Dans mon propre intérêt. Je suis vraiment désolée de ne pas avoir pu l'aider avant qu'elle meure. D'un autre côté… reprit-elle en observant lentement la lettre dans le sac, avez-vous la moindre écriture avec laquelle la comparer ? Car si quelqu'un détestait le petit-fils, quel moyen idéal de commencer à lier ces meurtres à lui…

Chester afficha un large sourire.

— J'aime sa façon de réfléchir ! Elle est sournoise !

— C'est surtout qu'elle n'est pas flic ! éluda Mack en tendant l'enveloppe à Chester. Assure-toi que ce soit étiqueté et traité.

Chester se dirigea immédiatement sur le côté, où il remplit le formulaire de la scientifique pour la chaîne de contrôle. Elle les regarda continuer leur enquête et aperçut alors trois hommes qui arrivaient par l'angle.

— Ah, le médecin légiste est là, annonça-t-elle en reculant un peu.

— Oui, pourquoi ne pas retourner chez vous, maintenant ? lui suggéra Mack. Je vous ai dit que je viendrais tôt ou tard.

Elle leva les yeux au ciel et répondit :

— Vous marquez un point. Je vais rentrer et boire un café.

Elle appela les animaux et se rendit à son domicile. Elle s'arrêta à la crique, dans un coin pas loin, et s'assit sur une pierre pour les observer à distance. Elle n'était pas certaine de la façon dont ils allaient traiter ce dernier décès, mais cela ne prendrait pas longtemps avant de trouver le rapport avec le reste. Et même si les quatre décès n'étaient *pas* liés, elle espérait qu'une diligence raisonnable serait assurée, car, dès que les flics s'en iraient, elle redescendrait et enquêterait également. Elle appela Nan et lui raconta :

— Je viens de passer sur la scène de crime.

Immédiatement, sa grand-mère s'exclama de joie.

— Je savais que tu pouvais y arriver !

— Eh bien, ton amie allait me rendre visite. Enfin, elle prévoyait de placer une lettre sur mon escalier à l'arrière ou via un autre moyen pour que je la trouve.

Elle résuma rapidement à Nan ce que contenait le courrier.

— Oh, ça ressemble tellement à Rosie ! s'écria Nan. Elle n'aimait pas du tout les confrontations et ne voulait causer de tort à personne.

— Mais son petit-fils lui suscitait de l'angoisse, de toute évidence.

— Oui. Et c'est vraiment triste parce qu'elle n'avait pas beaucoup d'argent non plus.

— Alors, pourquoi est-ce qu'il croyait le contraire ?

— Je ne sais pas… Le problème, c'est qu'il était au courant qu'elle en avait eu dans le temps, mais qu'elle en avait perdu la plupart depuis.

— Comment l'a-t-elle perdu ?

— Dans des actions, des cautions et ensuite, bien sûr, car son propre fils était aussi un peu fainéant, alors elle le tirait toujours d'affaire çà et là. Mais il est mort dans un étrange accident de voiture. Il est parti il y a bien quinze ans ou plus maintenant.

— Et donc le petit-fils de Rosie est le flemmard successeur ?

— Malheureusement, oui. La pomme ne tombe jamais

loin de l'arbre…

— Comment était le mari de Rosie ?

— Dans le même genre…

— Pauvre Rosie… Elle a connu un tas d'ennuis dans sa vie. Quel type d'homme était son époux ?

— David était un joueur. Il aimait tout sauf travailler. Il trouvait que tout était trop beau pour lui. Il se considérait lui-même comme un jardinier hyper extravagant.

— Un jardinier ? Ça représente beaucoup de boulot pour un fainéant…

— Eh bien, pendant longtemps, ils en ont employé, l'informa Nan, sa voix prenant un air snob. Tu vois ce que je veux dire…

Doreen soupira.

— Oui… mais ça ne fait pas tout ; Heidi avait de l'argent, mais elle jardinait encore beaucoup elle-même.

— Eh bien, je pense que David était pareil. Bref, il a été porté disparu il y a quelques années, peut-être dix ans maintenant.

— Qu'entends-tu par *porté disparu* ?

Nan s'exclama :

— Mais bien sûr ! La voilà ton affaire classée ! C'est ton ticket d'entrée pour cette enquête ! J'avais oublié ça !

— Qu'est-ce que tu avais oublié ? cria Doreen, frustrée. Nan, est-ce que tu es en train d'affirmer que le mari de Rosie a disparu il y a une décennie ?

— En tout cas, un jour il était là et l'autre, il n'y était plus. Et la pauvre Rosie était hors d'elle. On venait de lui diagnostiquer pour la première fois son cancer du sein, je crois. Et après, ça a été très pénible pour elle, car David n'est jamais revenu.

— Eh bien, si c'est un salopard, peut-être qu'avoir une

femme potentiellement en phase terminale lui semblait de trop.

— Je ne lui aurais pas pardonné ça, déclara Nan d'un ton décisif. Ce n'était vraiment pas quelqu'un de bien.

— Et a-t-il été déclaré mort ?

— Je l'ignore, répondit pensivement Nan. Tout ce que je sais, c'est que Rosie a bien pu divorcer sans l'avoir dit à quelqu'un.

— Eh bien, si elle voulait sauver la face, c'est possible. Ou s'il a commencé à fréquenter une femme bien plus jeune, c'est aussi envisageable, imagina Doreen, pensant à sa propre histoire.

— N'est-ce pas triste ? Elle a été avec son mari pendant plus de quarante ans, puis elle a été diagnostiquée malade en phase terminale, et il s'est simplement levé pour s'en aller.

— Mais est-ce que le cancer à ce moment-là était au stade terminal ? Parce qu'apparemment, elle a vécu dix années de plus.

— On doit se rapprocher des onze ans même, car elle a effectué deux cycles après la disparition de son cancer.

— C'est la raison pour laquelle sa mort ce matin est si pénible, commenta Doreen en remuant la tête. Sa maladie n'avait toujours pas récidivé, et elle aurait pu vivre encore dix ou quinze ans.

— Tout à fait. Elle n'avait que 74 ans, il me semble…

— Intéressant… Donc suffisamment âgée pour avoir une crise cardiaque, mais encore assez jeune pour avoir l'opportunité de vivre vingt-cinq années de plus.

— Exactement. On devrait vraiment avoir une discussion avec ce petit-fils…

— Quelqu'un – ce sera sûrement Mack – s'occupera d'interroger les parents proches. Sinon, je suis sûre qu'il questionnera le petit-fils ne serait-ce que pour la lettre. Tu sais qui était son avocat ?

— Non, je n'en suis pas certaine. Je me souviens de lui avoir recommandé quelqu'un, il y a quelques années. J'ignore si elle avait suivi mon conseil ou pas.

— OK parce que, autrement, son petit-fils pourrait hériter.

— Elle était en train de s'occuper de ses affaires il y a quelques jours. J'aurais dû lui demander à ce moment-là si elle avait une raison de le faire… Mais tu sais, beaucoup d'entre nous essaient de mettre les choses en ordre afin d'avoir l'esprit clair et libéré concernant nos volontés, le moment venu, pour ne pas filer de maux de tête à nos héritiers.

— OK, répondit sèchement Doreen. Je ne pense pas que beaucoup d'entre eux ont été aussi généreux que toi cependant.

— Seigneur… Tu n'as aucune idée de ce que je possède désormais, révéla Nan en gloussant. Il y a un coffre-fort quelque part qui contient toutes sortes de choses.

Doreen se raidit.

— Que veux-tu dire par *toutes sortes de choses* ?

— Toutes sortes de choses ! répéta chaleureusement Nan. Tout que j'ai cru pouvoir utiliser ou devoir garder pendant des années se trouve dedans.

— Comme quoi, Nan ?

— Eh bien, c'est la raison pour laquelle ça se trouve dans un coffre-fort, pour que je ne m'en souvienne pas. Comment pourrais-je me rappeler ce qu'il contient ? Donc ne demande pas.

Encore un puits sans fonds avec Nan… Doreen prit une inspiration lente, apaisante et questionna :

— As-tu la clé de ce coffre ?

— Je crois, oui. Ou alors je l'ai laissée à la maison. As-tu trouvé des clés dans des poches ou dans les placards et tiroirs quand tu as fouillé un peu partout ?

— Oui, il me semble qu'il y en avait. Je n'ai pas du tout imaginé que l'une d'entre elles pouvait provenir d'un coffre-fort en revanche…

— Eh bien, je l'ai peut-être encore ici. Je ne suis jamais trop loin d'elle.

— OK, Nan, mais si elle est toujours à la maison, tu n'en es pas très proche, la corrigea gentiment Doreen.

— Oh, ça va ! Tout le monde se moque de tout ce four-bi là-dedans de toute manière, enfin jusqu'à ce que je parte.

— Est-ce que ce sont des informations compromet-tantes ? s'enquit lentement Doreen.

Elle n'avait aucune idée de ce que manigançait Nan.

— Eh bien, pour certaines personnes, probablement, indiqua Nan avec certitude. Je me suis amusée toutes ces années à collecter des choses.

— Est-ce qu'il y a quoi que ce soit de valeur là-dedans ?

— Pas dans celui-là. Dans l'autre, oui.

Doreen leva la main et se pinça l'arête du nez.

— Nan, es-tu en train de me dire que tu possèdes deux coffres-forts ?

— Oh que oui ! Peut-être plus… je vérifierai. J'ai indi-qué tout ça par écrit. Je te l'ai montré, non ?

— Non, je ne pense pas. Je ne crois pas que tu m'aies fourni la moindre liste de comptes bancaires ou de choses de ce genre.

— Je l'ai sûrement fait ! rétorqua Nan avec colère. Je suppose que tu as simplement oublié !

— Eh bien, c'est possible… Si c'est le cas, je suis désolée.

Ce n'est pas pour t'embêter, mais j'ai eu sous les yeux une affreuse quantité de paperasse dernièrement.

Nan se mit à rire.

— C'est exactement ça, je t'ai donné une pile de papiers à me scanner. Tu t'en souviens ?

Et, en réalité, oui, Doreen se le rappelait.

— C'est vrai ! J'avais oublié ça… Mais je n'ai pas encore regardé. C'était à toi ?

— Pauvre enfant… Cette pile contient tout : les comptes bancaires, mon avocat, et je crois que le testament s'y trouve également.

— Peut-être… mais ça ne me revient pas.

— Eh bien, tu m'enverras une copie numérique, comme ça tu pourras jeter un œil à ce que tu as, car c'est là, quelque part.

— Peut-être, je chercherai.

— Fais donc ça. Parce que tu sais quoi ? Si je suis la prochaine petite vieille aux cheveux blancs qui tombe raide morte, tu devras te charger de mes biens.

Et après avoir balancé ça, Nan raccrocha, laissant Doreen fixer son téléphone sous le choc.

Chapitre 10

Dimanche, fin de matinée...

DOREEN RENTRA DANS sa maison, ignorant la tentation de retourner sur la scène de crime de Rosemoor, sachant qu'ils travaillaient au ralenti désormais puisque le légiste s'était pointé. Elle avait conscience que Mack arriverait sous peu de toute manière. Il restait un peu de café, mais il était froid, alors elle le versa dans un gros mug et le plaça au frigo pour le boire plus tard, si la journée se révélait finalement chaude. Puis elle mit en route une nouvelle cafetière. Elle était plus perturbée qu'elle ne le voulait par les derniers mots de Nan.

Le fait que sa grand-mère possédait plusieurs coffres-forts et que l'un d'eux était rempli de toutes sortes de mystères la dérangeait plus qu'elle ne l'aurait cru, mais le pire était qu'elle avait insinué qu'elle pourrait être la prochaine dame aux cheveux blancs à mourir... bien qu'elle ait teint ses cheveux d'une nuance lavande dernièrement. Mais Doreen ignorait si ça avait été en réaction à ces femmes tombées raides mortes... Même si elle pensait qu'une certaine sélection était faite et que Nan n'y correspondrait pas.

Cependant, malgré toutes les personnes qui aimaient

Nan, Doreen était sûre que certains ne l'appréciaient pas. Rien que ses jeux d'argent la plaçaient du mauvais côté, selon un tas de gens. Doreen adorait sa grand-mère pour ce qu'elle était pour elle, et elle se fichait du reste, mais tout le monde ne voyait pas les choses ainsi. Et n'était-ce pas ce qui était triste également ? Car Nan était quelqu'un de très spécial. Cela ne changeait rien concernant qui elle était ou n'était pas, mais le fait était que l'idée de la perdre suffisait à déprimer profondément Doreen. Elle venait seulement de la retrouver et elle n'avait plus envie de manquer un seul moment de partage avec sa grand-mère. Elle était toujours en train d'y songer quand un bruit de ferraille provint de sa porte.

Sursautant, elle se tourna pour remarquer Mack qui entrait. Il fronça les sourcils en la voyant.

— Quel est le souci ? (Sa voix était plus sévère qu'il ne l'aurait cru, et il s'adoucit immédiatement en reprenant :) Désolée, je ne voulais pas vous faire peur, mais vous avez l'air contrariée.

Elle fit un geste vers son téléphone.

— C'est Nan. C'est simplement que la dernière chose qu'elle m'a dite était que je devais connaître l'existence de coffres-forts et d'autres trucs au cas où elle finirait par être la prochaine petite vieille dame à décéder.

Mack ne plissa les yeux que davantage.

— Je ne crois pas qu'elle sera la suivante. Il n'y a aucune raison de le penser.

— Mais le fait est qu'on n'en sait rien. Ça fait quatre petites vieilles dames maintenant. *Quatre*. En effet, un décès n'est pas suspect quand il est sans circonstances particulières. En revanche, deux morts similaires peuvent être connectées. Et quand il y en a trois, c'est exagéré d'imaginer qu'elles ne sont pas reliées, pas quand toutes les victimes sont des femmes ayant plus ou moins le même âge et qu'on note la présence de kiwis. Mais une quatrième mort ressemblant beaucoup aux trois précédentes, tout ça en quelques jours ? Ces quatre décès ont forcément un rapport ! C'est obligé ! Ils sont liés, vous le savez.

— Oui. Et je mettrai en place une sécurité à Rosemoor, mais cela n'a pas nécessairement une corrélation avec…

— C'est déjà assez effrayant d'y songer, l'interrompit Doreen, à voix basse.

Mack acquiesça doucement.

— Ça l'est. Mais je suis sûr que Nan a des tas de bonnes années devant elle, dit-il sur le ton de la blague.

Elle parvint à sourire malgré la vague de larmes dans ses yeux. Elle les essuya avec impatience.

— Vous savez quoi ? Je me suis réveillée fatiguée ce matin, mais cette conversation avec elle m'a plongée dans une spirale descendante.

— Dans ce cas, prenons un café et allons nous asseoir au soleil.

— Vous devrez retourner au travail ?

— Non, pas pour le moment. Techniquement, c'est mon jour de repos, et d'autres gens seront disponibles.

— Et concernant l'enquête sur cette mort ?

— La scientifique se trouve toujours sur la scène de crime. On a une équipe qui s'occupe de la déclaration.

— Je pensais que vous vous en seriez chargé.

— Arnold connaît Rosie, alors il souhaitait le faire.

— Intéressant… Je suppose que tout le monde connaissait Rosie. Chaque personne est reliée à une autre, non ?

— Jusqu'à un certain point, oui. Mais vous savez que ça ne se résout pas toujours comme ça.

— Je vois, répondit-elle, mais ce n'était pourtant pas le cas. Tant pis pour la terrasse, hein ?

— Eh bien, à la base, nous ne nous attendions pas à la terminer ce week-end de toute manière. On a bien avancé hier. (En la regardant, il lui sourit.) C'est toute la préparation, vous ne vous rendiez probablement pas compte que cela prendrait autant de temps.

— En effet, confirma-t-elle en hochant la tête.

— On en est presque au moment de faire le plancher de la terrasse. (Il descendit à l'arrière, tenant prudemment une tasse de café dans la main.) Je peux en poser un petit peu aujourd'hui, mais je finirai probablement par retourner au bureau et bosser sur cette affaire.

— Elle est vraiment importante, acquiesça-t-elle immédiatement. En dehors d'un inconvénient pour moi, la terrasse n'est pas vraiment un problème.

Juste à ce moment, un cri parvint du côté de la maison, et Wilbur s'amena. Mack le dévisagea brièvement, et les deux se tapèrent la main.

— Il n'y a que toi aujourd'hui ? l'interrogea Wilbur.

— On a trouvé un cadavre ce matin, l'informa Mack.

— Ah… Je n'étais pas en poste de tout le week-end, alors je n'en ai pas entendu parler. Bien dommage… vous auriez pu vous occuper de la terrasse à la place.

— Eh bien, quelques personnes pourraient se pointer, indiqua Mack. Mais s'il n'y a que moi, je n'arriverai pas à faire grand-chose aujourd'hui.

— Eh bien, nous sommes deux à présent. Je pourrais probablement contacter quelques gars et voir s'ils sont disponibles pour venir. Il ne reste que le plancher désormais ?

— Et les escaliers. Nous devions commencer à découper les poutres ce matin.

— D'accord. Les marches sont importantes. Tu sais quoi ? Un de mes potes en installe tout le temps, laisse-moi l'appeler et lui demander s'il est libre une heure. Si on parvient à les découper et à les placer, je pourrai commencer à accrocher les planches. Ou en tout cas, ce serait un boulot simple que tu pourrais réussir toi-même.

— D'accord.

Sur ce, Wilbur se tourna pour scruter autour de lui et s'enquit :

— Est-ce que Tony n'était pas censé nous rejoindre avec sa bétonnière ?

— Je l'espérais, confirma Mack, mais personne n'a de temps à accorder.

— Je comprends. Bon, laisse-moi passer mon coup de fil.

Il marcha vers son fourgon en parlant dans son téléphone. Quand il revint quelques minutes plus tard, il annonça :

— Tony est en chemin, tout comme mon pote, Warren. Il a quelques gabarits qu'il utilise pour des petits travaux à deux marches. Il a dit qu'il les amènerait, ainsi qu'une scie circulaire. On pourra les découper et les positionner, et ensuite, y aura plus qu'à poser.

— Je sais, acquiesça Mack. Et les garde-fous, bien sûr.

Pendant que Doreen était assise devant la porte ouverte, les pieds suspendus au-dessus de l'espace ouvert, à observer le bois qui semblait terminé – mais en fait, pas du tout, évidemment –, elle sourit en entendant d'autres véhicules arriver.

— Quelqu'un vient, annonça-t-elle en considérant Mack.

Un homme arriva par le coin, et Wilbur présenta Doreen à Warren. Elle lui sourit et dit :

— Je crois que je vous connais, non ?

Il confirma d'un signe de tête.

— J'étais l'un des plongeurs qui ont aidé à remonter ce petit garçon, Paul, expliqua-t-il en lui serrant la main. Et je suis plus que ravi de passer quelques heures à fabriquer votre terrasse !

— Eh bien, nous avons très certainement apprécié que vous plongiez, lui répondit-elle.

— Pas de problème. Je suis parent avec la famille de l'homme à tout faire qui a coulé dans la rivière avec Paul, et c'était un mystère qu'on voulait résoudre depuis longtemps. Un tas de mauvais sentiments non mérités ont émergé de tout ça, alors nous étions plus qu'heureux de voir cette histoire résolue.

— Bien. Alors comme ça, vous êtes l'homme à escalier ?

Il rit.

— C'est bien moi, et j'ai apporté quelques gabarits.

Après ça, ils entendirent plusieurs cris et d'autres hommes apparurent, ceux qui avaient bossé chez elle la veille ainsi que deux nouvelles têtes. Mack la dévisagea et lui sourit.

— Vous devriez vous assurer qu'il y a assez de bières fraîches au frigo.

— Vous allez pouvoir rester ? s'enquit-elle rapidement en chuchotant.

— Pas longtemps, admit-il en remuant les épaules. Mais je serai en mesure de revenir.

Elle opina du chef, se leva, mit en route une autre cafetière et chargea le frigo avec les bières restantes, espérant que ce soit suffisant. Elle se rendit compte cependant qu'elle devrait commander d'autres pizzas. Quand elle ressortit, Mack expliquait le boulot à effectuer et déployait une stratégie d'organisation rapide et simple. Elle ne connaissait pas tous ces hommes, mais elle en identifia certains. Elle discutait avec quelques-uns quand Mack disparut et que les escaliers commencèrent à surgir. Certains des types commencèrent à encadrer quelque chose, mais elle n'était pas complètement sûre de ce dont il s'agissait. Elle s'approcha de Tony et lui lança :

— Je déteste être curieuse, mais qu'est-ce que vous êtes en train de faire ?

Il s'accroupit et lui adressa un large rictus.

— Quelqu'un a dit que vous vouliez un patio.

Elle frappa dans ses mains.

— J'ai vraiment envie d'un patio !

— Il n'y a rien tout le long de la maison, et ce serait pertinent de le placer là où vous serez en mesure de le nettoyer au tuyau d'arrosage et de le balayer.

Et il lui montra comment il allait transformer ça en trottoir, sur toute la longueur entre l'allée de devant et l'arrière de la maison, puis jusqu'à l'abri de jardin. Il ferait également un détour jusqu'au patio. Ce dernier ne serait pas carré, mais plutôt ovale ou, du moins paraîtrait-il courbé. Elle n'était pas certaine de ce à quoi ça ressemblerait en définitive. Et enfin, un sentier descendrait jusqu'à la crique.

Elle sourit.

— J'ignore à quel point vous pourrez avancer aujourd'hui, mais ça me paraît phénoménal !

— Il faut dire que j'ai eu une drôle de surprise hier quand je suis allé vérifier le béton qu'il me restait, raconta Tony en se relevant. J'avais environ huit sacs que je souhaitais donner, mais il en fallait plus, alors je me suis rendu au magasin d'outillage pour voir si je pouvais profiter d'une bonne promo. Quand j'ai expliqué au gars ce dont j'avais besoin, il m'a refilé vingt sacs gratuitement !

Doreen le considéra, stupéfaite, la mâchoire décrochée.

— Sérieusement ? Pourquoi ça ?

— Parce que la petite Crystal était une de ses étudiantes, à l'école. Il s'est inquiété et interrogé pendant longtemps. Puis il a fini par quitter son boulot de prof et rentrer dans l'entreprise familiale, le grand magasin de béton en centre-ville… Parce que cette histoire lui avait brisé le cœur. Maintenant que vous avez résolu l'affaire, il était plus que ravi de faire don de béton.

Doreen hocha la tête, quelque peu émue de cette dé-monstration de reconnaissance pour ses actions. Elle renifla et chassa les larmes qui avaient coulé. Tony continua de parler comme si elle n'avait pas pleuré devant lui.

— Et voilà le béton facile à mélanger, et je suis quasi sûr que si on en a besoin de plus, on pourra s'en procurer.

— Et comment on le mélange ?

Il désigna l'arrière d'un pick-up où se trouvait une grosse machine en forme de tonneau.

— Dans ce cas, on en fera pas mal à la main. Alors, on espacera les moules selon les repères et, ensuite, on versera des sections individuelles.

Elle était absolument surexcitée de se rendre compte qu'elle allait avoir un patio par la même occasion.

— Si vous me donnez le nom du prof, je serai plus qu'enchantée de l'appeler et de le remercier. Je suis si contente qu'il l'ait retrouvée.

Chapitre 11

Tony donna rapidement le nom et le numéro de téléphone du professeur à Doreen. Ensuite, elle se mit sur le côté et l'appela. Et quand Ron Howard décrocha et qu'elle lui expliqua qui elle était, il rit et répondit :

— Je suis plus que ravi de vous les avoir offerts, mais ces sacs ne suffiront jamais à vous rendre la pareille. Laissez-moi réfléchir... Je pourrais peut-être vous livrer une palette, il suffirait que vous nous passiez un coup de fil, et on vous apportera tout ce dont vous aurez besoin.

À son tour, elle s'esclaffa, ravie. Quand elle se retourna vers Tony, elle lui raconta sa conversation avec Ron. Il opina du chef, sourit et commenta :

— C'est énorme !

— Est-ce qu'on devra d'abord terminer la terrasse ?

Il secoua la tête.

— Non, tant que nous savons où se trouvent les repères et les marches, on l'arrêtera temporairement et on coulera le béton directement au bord.

C'était une journée encore plus remplie et chaotique que la veille, et elle n'aurait pas cru cela possible. Mack vint. Puis il partit. Il réapparut et reprit congé. Quand il fut de retour pour la troisième fois, il était 3 heures. Il s'approcha et lui souffla à l'oreille :

— Proposez de la bière.

Elle s'exclama bruyamment :

— J'ai oublié ! Il se passe tellement de choses, et tout le monde est si occupé. Je crois qu'il est désormais sûr de passer par la terrasse, non ?

Mack alla parler à quelques gars puis tendit la main, aidant Doreen à poser le pied sur la première marche, la seconde et enfin sur sa nouvelle terrasse. Cette dernière et les escaliers étaient solides et bien sécurisés.

— Ouah ! lâcha-t-elle, observant cette énorme esplanade autour d'elle.

Les escaliers se trouvaient à l'avant et sur le côté, permettant de faire le tour de la maison jusqu'à l'allée menant au garage. Et un patio était en cours de construction. Elle était sous le choc.

— C'est vraiment beau !

À cet instant, Tony s'approcha et demanda :

— Vous vouliez un jardin par ici ? Vous n'avez pas de marches, là. Je sais qu'un garde-corps va être monté, mais je me demandais si vous souhaitiez quelque chose comme une plate-bande de moins d'un mètre à cet endroit, où vous pourriez placer des plantes grimpantes.

Elle donna immédiatement son accord.

— Oui, s'il vous plaît ! Je pourrais y installer un treillis et de la clématite ou autre. Ça fera vraiment joli.

Donc ils coupèrent leurs planches et lui fabriquèrent une solide plate-bande avant de répéter la même opération de l'autre côté. Comme elle les observait, ils réalisèrent une structure faisant tout le tour du bord. Elle s'adressa à Mack :

— Vous arrivez à croire que je suis sur le point d'avoir une terrasse et un patio ?

Il rit.

— Je ne suis pas surpris. (Il entra dans la cuisine, et elle le suivit.) Sortons les bières, intima-t-il. On n'a pas envie qu'ils prennent une trop longue pause si les choses sont vraiment devenues sérieuses.

Elle afficha un air étonné en se rendant compte que le béton avait déjà été coulé.

— C'est un gros chargement ou quoi ? Il avait dit qu'il enverrait une palette de sacs.

Mack stoppa immédiatement en entendant le son d'un gros camion en train de reculer, avec ses *bips-bips* retentissant dans tout le jardin. Il s'avança et s'enquit :

— C'est quoi ça ?

Tony rit.

— Je suppose que notre spécialiste du béton a décidé de tout envoyer… On a presque cinq mètres ici, ce qui est pas mal pour ce qu'on veut, indiqua-t-il, en plus on aura une belle teinte rustique pour le patio. On essaie tant bien que mal de finir ça afin de pouvoir commencer à verser.

Doreen était suffisamment proche pour l'entendre, et elle lui demanda :

— Vraiment ? Donc on ne mélange pas ?

Tony secoua la tête.

— Il va reculer, c'est le meilleur des scénarios. Et on a apporté quelques brouettes en plus des nôtres. Alors, on va déplacer le béton manuellement, car on n'a pas de camion pompe à béton pour l'amener sur ce côté de la maison.

Tous ces termes techniques la rendaient folle, mais elle était plutôt contente de se tenir là, avec ses deux packs de six dans les mains, tandis que les hommes commençaient à remuer le béton. Elle regarda Mack et lui tendit les bières. Il remua les épaules.

L'un des gars qui bossait sur la terrasse s'approcha et dit :

— J'en prendrai une.

Elle sourit, en sortit une des anneaux en plastique et lui tendit.

— Si on peut au moins mettre en place les escaliers, alors on n'aura pas à poser le pied sur le béton, indiqua-t-il.

— Oh… alors il va falloir être prudents.

Il rit, prit une longue gorgée de sa bière, la posa sur la terrasse puis retourna d'un bond où il était avant et commença à reprendre sa corvée assez rapidement sur les marches en bois. Pendant que Tony et d'autres s'occupaient de verser le béton pour le trottoir sur le côté de la maison, Warren déclara :

— Il faut que je fasse couper ça rapidement avant de couler le béton. (Il observa Doreen et ajouta :) À cause de la sciure.

Elle retint son souffle tandis que les trois hommes travaillèrent immédiatement sur les escaliers. Les planches avaient été taillées, façonnées et clouées en place tout du long à l'avant et s'arrêtaient ensuite à l'endroit qui comporterait un garde-fou et un treillis de jardin. Ensuite, des marches plus petites furent positionnées du côté de la maison de Richard. Et, soudain, elle observa l'arrivée du béton, brouette après brouette, tout autour du flanc opposé de la maison.

— Tellement dommage qu'on ne puisse pas répéter ça au niveau de ce flanc de la maison, lança Doreen.

— Vous pourrez sûrement, lui indiqua Tony. On dispose encore de tous les sacs que j'ai ramenés, ils devraient suffire. Mais pour l'instant, on doit se servir du camion, car le béton doit continuer d'être mélangé, et on ne peut l'utiliser que durant un certain temps.

Elle recula sur-le-champ quand les hommes coururent chacun avec sa brouette jusqu'au camion pour remplir tout l'espace coffré devant elle. Mack la tira sur le côté et lâcha :

— La poussière est horrible, alors restez à l'arrière et en dehors du chemin.

— Vont-ils se charger de ça avec les brouettes ?

— Si c'est nécessaire, ouais. C'est assez courant, et cela vous affranchit d'un camion à pompe à mille dollars.

— Eh bien, je pourrais vraiment avoir besoin de ces économies, sinon cela creuserait un énorme trou dans mes finances.

— Vous pourriez marchander un prix à sept cents, mais il y a des chances pour qu'ils aient à nettoyer le camion, et cela représenterait cent cinquante dollars de frais en plus.

Elle roula des yeux, confuse.

— Tout ça coûte tellement cher. (Trois brouettes réalisèrent un aller-retour.) Est-ce qu'il y a un moyen de savoir ce qu'ils sont en train de faire ?

Il la mena sur le côté de la clôture pour avoir un meilleur aperçu. Une glissière venant du camion-toupie envoyait du béton, remplissant lentement une brouette, puis cela s'arrêtait, cette brouette disparaissait, et une autre chargeait à sa place. Le même cycle recommençait, jusqu'à ce qu'une troisième arrive en position. Et quand c'en était fini pour cette dernière, la première était de retour. Les gars couraient, littéralement. Cela dura encore environ une heure. Et le chauffeur du camion annonça :

— Ça devrait être bientôt terminé.

— Ça me paraît bien, dit Tony. On est un peu à court, mais on a encore des chargements de brouettes ici…

— On verra, répondit le camionneur. Vous avez utilisé

la quasi-totalité du contenu de la toupie. Il doit en rester quatre mètres cubes, mais je ne suis pas certain que ce soit suffisant.

— On a du béton qu'on peut mélanger aussi, en cas de besoin, mais je n'ai pas la même teinte. Tant que tout ce qui est de ce côté est de la même couleur… On dirait qu'on en a encore un paquet ici, donc on va couler tout l'arrière du coin opposé et ensuite voir si on peut allonger ce trottoir ici. Après ça, on pourra se servir de mes sacs de béton pour s'occuper de l'autre partie, et ça ne devrait pas être trop mal. On doit encore bouger les matériaux sur le côté afin decoffrer le trottoir aussi.

Et sans surprise, au moment où ils eurent terminé, il restait une brouette pleine, dans l'attente que quelqu'un détermine où elle devait être vidée. Doreen était stupéfiée par la quantité de béton qui avait coulé chez elle, et, comme elle observait, les hommes se redressaient et effectuaient de drôles de mouvements de haut en bas pour le tasser avant de l'aplanir. Mack essaya d'expliquer les différentes étapes, et elle était franchement fascinée. Le trottoir allait directement de l'avant de la maison, et elle en était étonnée. Mais cela signifiait qu'il n'y avait aucun moyen pour quiconque de marcher sur les côtés de la maison, sauf sur un espace de quinze centimètres le long de la clôture. Ils bétonnèrent un chemin, un patio et un sentier qui descendait à la crique.

— Maintenant, je présume qu'il y aura du gravier le long du bord, ici ?

— Du gravier, et peut-être qu'on pulvérisera quelque chose pour empêcher les mauvaises herbes de passer au travers, expliqua Tony. Et il faudra que vous en mettiez un peu sur les flancs de la maison aussi, car on ne pourra pas verser le béton directement contre le mur.

Doreen acquiesça.

— Et cela nécessitera sans doute un camion de gravier aussi…

— Non. L'équivalent de deux mètres cubes, il n'y a pas beaucoup de terre ici. Et de l'autre côté, vous devrez faire la même chose.

Cela prit entre une demi-heure et une heure pour que le béton soit terminé. Tandis qu'elle regardait, tous les escaliers avaient des planches, ainsi que le dessus de la terrasse. Et d'un coup, les travaux arrivèrent à leur terme. Elle contempla bouche bée sa belle terrasse et remarqua que deux des hommes étaient en train de mettre en place deux garde-corps, l'un qui sécurisait les marches, et l'autre qui longeait la terrasse et descendait sur un côté. Il y avait plusieurs poteaux de support en place. Doreen afficha un sourire.

— On dirait que le timing est parfait.

— Il l'est, confirma Mack en se tenant à ses côtés.

Elle observa les hommes qui tiraient un morceau de balustrade entre les deux supports, le vissaient puis répétaient leurs gestes jusqu'à avoir fini la première partie.

— Ouah ! s'exclama Doreen alors que le processus était reproduit sur les marches du côté de la maison où la seconde balustrade était installée, et qu'une extrémité était ancrée au mur de la maison. Ensuite, elle considéra la grande étendue devant sa terrasse, face à la crique et demanda :

— On a besoin d'un garde-corps ici ?

Mack secoua la tête.

— Non, c'est parfait comme ça.

Sur ce, tous les hommes reculèrent, une bière à la main, pour jeter un regard au boulot bien effectué.

— C'est absolument phénoménal ! lança Doreen chaleureusement. Je n'arrive pas à y croire !

— Eh bien, on doit appliquer une couche de lasure pour protéger le bois, indiqua l'un des hommes qui venait de mettre la balustrade. Et on dirait bien qu'il va pleuvoir demain, alors on devrait probablement se dépêcher.

— Bah ! J'ai ma bétonnière ici, annonça Tony. On coulera le reste du trottoir dans la partie la plus éloignée de la maison, et ensuite le béton sera terminé.

Elle observa l'un d'entre eux qui traçait doucement un beau dessin dans le béton qui descendait tout le long du pignon de la maison jusqu'au patio. Elle se retourna pour contempler sa crique. Mack hocha la tête.

— Ça dépend si vous aurez encore du béton ou pas, déclara-t-il. Mais on peut couler manuellement des blocs tout du long.

— J'ai un de ces modèles de bloc de dalle, indiqua l'un des gars. Chez moi… je pense que je peux en avoir quatre. (Avec ses amis qui le taquinaient, il reprit :) D'accord ! Moi je m'en fiche de travailler deux heures de plus ! Il faudra que je mange, mais je peux rentrer à la maison en courant et m'occuper de ça.

— Oh, Bon Dieu ! s'exclama Doreen. Je suis ravie de recommander des pizzas !

— De la pizza, c'est bien, acquiesça un homme pour l'y encourager. Assurez-vous qu'il y ait plus de bière aussi.

Elle rit et répondit :

— Je vais vérifier ça !

Et, accompagnée de Mack, elle se rendit dans sa cuisine. Il restait deux packs de six au frigo. Elle les étudia et s'inquiéta.

— Ce sera assez ?

Il branla du chef.

— Un pack supplémentaire serait le bienvenu.

— Je ne sais même pas comment m'en procurer…

— Bon. Il faut leur demander qui voudra quoi.

— Je n'ai pas de soda non plus.

— Non, mais vous pouvez en commander en vous faisant livrer les pizzas. (Il appela les hommes dehors.) Quelqu'un veut une boisson gazeuse avec sa pizza ?

— Carrément ! s'éleva un quorum de voix pour lui répondre.

Ils se mirent donc rapidement d'accord sur une autre pizza et du soda, et elle passa le coup de fil. Quand on lui dit que ce serait prêt d'ici une heure, elle hocha la tête et les remercia. Puis elle retourna dehors et annonça :

— OK, soixante minutes pour la pizza, et on aura du soda aussi. Je mets en route le café, et il reste également de la bière.

— Vous avez tout prévu, la complimenta l'un des gars en lui souriant.

— Je prévois un peu, minimisa-t-elle, très sérieuse, mais il faut dire que cette bande de gars, je n'aurais jamais cru l'avoir. Vous n'avez aucune idée de ce que ça représente pour moi.

— Hé ! héla l'un d'eux, on est contents de vous épauler. Vous avez aussi beaucoup œuvré pour la communauté.

Les autres opinèrent du chef pour afficher leur accord.

— Eh bien, je ne songeais pas à ça… Je veux dire, j'essaie de résoudre certains problèmes afin d'aider les familles à tourner la page. Vous ne réfléchissez pas vraiment au bonus que ça pourrait rapporter quand vous faites ça.

— Parce que vous n'y pensez pas, corrigea l'un d'eux, mais ça peut arriver aisément.

Elle hocha la tête et afficha un rictus.

— Bon, maintenant, comment va-t-on utiliser les sacs de

ciment ? demanda-t-elle en regardant deux hommes remplir la bétonnière.

— On va les vider là-dedans, et on le mélangera à du sable, décrivit Tony. J'en ai dans mon fourgon, et on ajoutera du gravier. Ça finira en béton. Puis on en préparera suffisamment pour créer un chemin à l'autre bout de la maison. Pour cela, on le coffrera, on versera un lit de gravier comme pour le patio et le sentier, et on coulera le béton. On peut faire ça proprement, mais ça n'aura pas la même allure. Ça donnera plus un côté « pavé ».

— Les pavés, ça me convient, indiqua Doreen. Et en plus, le dessin sur le premier trottoir y ressemble pas mal.

— En réalité, je n'ai effectué que ça, révéla l'un des hommes – qui selon elle s'appelait Harry – quand j'ai découvert qu'un des autres gars avait des moules en forme de pavé pour le chemin. Donc maintenant, ça correspondra au moins un peu.

Chapitre 12

Dimanche, fin d'après-midi…

AVANT L'ARRIVÉE DES pizzas, le gars était revenu avec ses moules. Et elle s'écria, ébahie, quand elle découvrit les formes en plastique ultrarésistant. Il y en avait cinq, posées en rang – de son patio jusqu'à la crique –, qu'ils remplirent ensuite simplement de béton. Alors, en attendant que le béton prenne suffisamment pour pouvoir retirer et réutiliser les gabarits, les hommes s'attelèrent à d'autres tâches. Ils coulèrent une grosse quantité le long de la maison.

Parce qu'ils devaient le mélanger à la main, et que ce ne serait pas fait en un seul gros versement comme plus tôt avec le camion, chaque tournée de béton serait réalisée séparément. Cela laisserait un espacement, comme du carrelage de salle de bains en attente de ses joints – mais c'était bien aussi. Ils combleraient avec de la terre ou de la pierre. Immédiatement, son esprit pensa à recouvrir cette zone de mousse sur laquelle elle pourrait marcher.

Cela ne serait pas assorti avec l'autre partie bétonnée, mais combien de gens en réalité circulaient de ce côté-ci de la maison ? Cela stopperait complètement les mauvaises herbes cependant, et ils en avaient mis contre la quasi-totalité du mur de la maison. Le gravier pourrait encore être utile ici. La transformation de ce flanc de sa maison prit environ une heure. Et quand les hommes eurent fini, elle arriva avec une grande pizza deluxe avec plein de choses dessus et ouvrit le carton devant eux.

Ils affichèrent un large rictus et se servirent.

— Ce n'était pas dur du tout, affirma Tony. Ça a l'air joli.

— J'ai du colorant avec moi, annonça l'un des gars. Ce ne sera pas parfaitement similaire, mais ça restera suffisamment proche puisque les deux zones ne sont pas adjacentes. J'ai bossé là-dessus là-bas.

Et il montra à Doreen ce qu'il avait expérimenté sur un morceau de planche et du béton restant. La correspondance était vraiment bonne. Ça se rapprochait du marron, mais ce n'était pas moche.

Elle sourit.

— Vous savez quoi ? Je pense que ce sera vraiment chouette.

— Bien ! s'exclama-t-il. Parce qu'après manger, on commencera à mélanger et à couler des blocs pour réaliser un petit chemin et une bordure le long des jardins, un sur la droite et un sur la gauche.

— Ça mettra combien de temps à sécher ?

Le gars teintant le béton regarda Tony pour répondre.

— Difficile à dire, répondit Tony. Ça dépendra de la météo. Cela peut prendre trois jours. S'il pleuvait, ce serait parfait. Mais de toute façon, on l'arrosera plusieurs fois.

Doreen le dévisagea, stupéfaite, et Tony lui adressa un rictus.

— L'eau aide le béton à sécher, expliqua-t-il. Et ça lui permet de prendre sa forme, alors c'est une bonne chose s'il pleut. C'est pourquoi on se presse maintenant, car le ciel est menaçant. En revanche, je ne veux pas qu'il flotte avant que le béton soit en place. (Tony leva les yeux vers les gros nuages et hocha la tête.) Les gars, vous avez encore une heure devant vous ? C'est sûrement le temps dont on aura besoin.

— Et pour ce qui est des moules ? s'enquit Doreen, en les désignant du doigt.

— J'en ai d'autres dans le fourgon. Mais ça, ce n'est pas prioritaire. Ça dépendra. On ne les a pas coulés trop épais, alors c'est important qu'on les laisse en place aussi longtemps que possible. J'en ai quelques-uns, donc on verra comment ça se passe.

Ils firent plus de vingt formes avant de se poser et de visualiser le résultat.

Juste à ce moment, le téléphone de Tony sonna. Il rit en parlant à quelqu'un et, ce faisant, il marcha jusqu'à l'avant puis revint avec un autre homme, en portant d'autres gabarits.

Doreen sourit à cette vision. Ils mélangèrent plus de béton et remplirent d'autres moules. Désormais, tout le monde travaillait vite, comme s'ils couraient contre la météo. Elle les entendit discuter au moment de déplacer les formes.

— Ce n'est pas risqué de les démouler si vite ? Est-ce que les blocs de béton ne vont pas perdre leur forme ?

— Eh bien, ils pourraient glisser légèrement le long des bords si vous marchez dessus trop tôt, mais autrement, je ne pense pas qu'il y aura de problème, répondit Tony. (Il regarda son pote.) À ton avis ?

— Non, je ne crois pas. On a ajouté des activateurs de prise. Je n'ai pas laissé le mien très longtemps. Qui a du temps devant lui ? Je suggère d'en couler cinq autres, de nous procurer plus de bouffe et de voir comment ça se goupille.

Chaque moule mesurait plus d'un mètre de long, alors elle avait déjà dix-huit bons mètres de maçonnerie sur un côté et douze sur l'autre. S'ils pouvaient en réaliser six de plus avant qu'il pleuve…

— Le truc, reprit Tony tandis qu'ils finissaient, c'est qu'il ne faut poser aucun poids dessus pendant au moins deux jours. Je préfèrerais laisser les moules plus longtemps, mais… au moins, on en a suffisamment pour avancer plus rapidement.

Doreen opina du chef. Elle maintint tous les animaux à l'intérieur, car il y avait trop de monde dehors, et l'absence des marches sous la porte de la cuisine posait problème. Elle avait ouvert la porte-moustiquaire afin qu'ils puissent la voir, mais ils ne paraissaient pas trop ennuyés. Elle se rendit également compte à quel point ils étaient coincés, sans accès au jardin. Elle ne pouvait pas faire le tour par la gauche ou la droite.

— Je suppose qu'il n'y aura pas moyen de sortir par ici durant les deux prochains jours, hein ?

Tony secoua la tête.

— Non, il faut laisser tout le béton sécher. Je pourrai revenir demain avec ma bétonnière, si ce n'est pas un problème pour vous.

— Non, je suis totalement d'accord avec ça.

Et cela ne prit pas longtemps avant que cinq autres moulages soient réalisés. Maintenant, elle avait environ six mètres de plus sur ce côté, ce qui représentait un total de dix-huit mètres descendant des deux côtés. Tony se retourna pour regarder vers la crique et commença à mesurer.

— Il nous en faudra davantage, dit-il. On va prendre une pause, manger, et on verra. Dans le pire des cas, je devrai mélanger le reste demain.

Comme elle observait autour d'elle, les hommes appliquaient déjà du produit de finition sur le bois de la terrasse. Elle considéra Mack. Il avait un pinceau dans une main et une part de pizza dans l'autre. Il était occupé à poser de la lasure sur la balustrade, la rampe et le dessus des poteaux.

— Ouah ! s'exclama Doreen en s'approchant de Mack. C'est extraordinaire !

— Ça l'est ! confirma-t-il en acquiesçant.

Elle se tint près de lui, émerveillée, surtout avec l'aspect frais et brillant qu'il y avait partout dessus. Est-ce que ce sera sec avant qu'il pleuve ?

— C'est du séchage plutôt rapide. Et ça imbibe le bois. Ça séchera rapidement pour environ soixante-quinze pour cent de chaque couche et il faudra un jour de plus pour le reste.

— Parfait ! lâcha Doreen.

Il la regarda, lui sourit et lui indiqua :

— Ensuite, vous appliquerez une autre couche.

Le visage de Doreen s'assombrit.

— Oh… ce sera un peu difficile.

— Pas seulement ça, mais vous devrez aussi le poncer.

— Oh, Seigneur… Vraiment ?

— Oui, si vous voulez faire les choses proprement. Un tas de gens s'affranchissent de cette étape, mais elle est importante si vous souhaitez que votre bois soit lisse.

— Intéressant… Ça prendra un peu de temps.

— Oui, et vous aurez besoin d'une petite ponceuse. Mais je pourrai vous en prêter une.

Elle afficha un rictus.

— Vous savez quoi ? Je devrais en avoir une !

— Vous pourriez… Je me renseignerai. Vous n'aurez pas envie de vous en charger à la main.

— Non, grommela-t-elle. Absolument pas.

À cet instant, elle se sentait rassasiée à cause de la pizza. Elle avait l'impression que son jardin était désormais un endroit différent. Elle n'avait pas seulement une superbe terrasse, mais également un énorme patio, les deux côtés de la maison étaient ornés de chemins proprement bétonnés – elle n'avait donc pas à s'inquiéter des mauvaises herbes –, et elle disposait d'une magnifique allée en pierre qui descendait jusqu'au milieu de son terrain, reliant le patio à la crique.

Et maintenant, elle avait aussi de petits sentiers pavés qui traversaient tout le jardin. Elle regarda sur le côté et se demanda si elle devait prendre le coupe-bordure pour tailler l'herbe ou la laisser pousser le long du chemin. Elle retourna là où Tony déplaçait cinq moules des escaliers d'origine remplis de béton.

— Ça sèche aussi rapidement ?

Il fit non de la tête.

— Pas vraiment, mais les blocs conservent leurs arêtes. L'intérieur est assez liquide même en y ajoutant un accélérateur de prise. Alors, on construit une structure pour les maintenir en place.

Il désigna l'endroit où son camarade avait installé une simple ossature de la taille d'une poutre tout le long des contours.

— Oh ! c'est une bonne idée, déclara Doreen en souriant. Est-ce que je devrai continuer de tondre la pelouse par là, mettre du gravier ici aussi, ou est-ce que je laisse l'herbe pousser jusqu'au béton ?

— Des cailloux devraient convenir. De cette façon, vous n'aurez pas à vous soucier des mauvaises herbes qui passeraient au travers, et vous aurez une ligne propre et nette sur laquelle vous pourrez passer la tondeuse.

Doreen appréciait ce point de vue. Et cela lui donnait une tâche qu'elle pouvait accomplir. Elle saisit son coupe-bordure et commença à tailler une belle ligne soignée.

— Je vais devoir mettre des graviers, dit-elle.

— Je peux vous laisser ce qui me reste, l'informa-t-il. On en a déjà utilisé pour combler le trou entre la maison et le trottoir, puis celui entre ce dernier et la clôture. On répétera l'opération le long du côté opposé de la maison et pour ce nouveau trottoir, mais vous voudrez probablement remplir cette zone également.

— Et en ce qui concerne le géotextile ? Est-ce que c'est gênant si je n'en mets pas ?

— Je ne pense pas. Mais si vous déposez un peu de pierres par ici, les herbes ne poseront pas un gros problème.

Elle opina du chef tout en se posant la question, car elle possédait bel et bien du géotextile. Mais il semblait que c'était plus un inconvénient qu'un avantage la moitié du temps. Au moment où elle atteignit la crique, elle put remarquer qu'ils avaient choisi d'installer la structure de poutres complète tout du long de chaque chemin. Bien qu'elle pensât avoir un tas de bois en trop à un moment, il n'y en avait presque plus désormais. En réalité, on aurait dit qu'ils commençaient à en manquer, à ce stade.

Elle retourna à la maison pour inspecter son stock de matériaux, mais ils avaient tout déplacé pour couler cette allée. Dès lors, le bois résiduel se trouvait à l'arrière, une moitié dans son jardin et une autre en dehors. Ils avaient presque tout utilisé. Il restait deux lattes qui semblaient destinées à la terrasse. Puis elle aperçut deux chutes de bois ainsi que d'autres planches bien plus grandes qui avaient servi au-dessous de l'esplanade.

Il n'y en avait plus beaucoup. Tous les sacs de ciment

auraient bientôt été vidés par Tony, tous les blocs d'ancrage avaient servi, et Doreen supposa que toutes les vis avaient été employées pour fixer le plancher de la terrasse. Elle n'avait rien eu à acheter, sauf ces vis, la bière et les pizzas ce week-end. Elle sourit en y songeant, car s'il existait de la main-d'œuvre bon marché, ce système entre camarades devait être le secret le mieux gardé du monde.

Doreen retournant vers la crique, Tony coula la cinquième marche du dernier escalier le long de la bordure du jardin. Les premières tenaient toujours avec un espace entre elles, même si certaines paraissaient être en mouvement.

— C'est extraordinaire, lança-t-elle, émerveillée.

— Oui, ça l'est ! confirma Tony. Ces moules supplémentaires ont aidé à tout installer rapidement, et donc, comme j'ai dit, on espère que ça gardera sa forme avec les madriers.

— Je suis reconnaissante de l'avoir, même comme ça !

— Ça a l'air cool, n'est-ce pas ? commenta-t-il gaiement. On est à pratiquement deux mètres, là, et il vous en faudra peut-être cinquante centimètres de plus.

— C'est ce que je constate, mais sans doute pas des formes pleines, si ?

— Je ne crois pas. (Il observa l'herbe coupée et hocha la tête.) Je ne peux pas me déplacer ici avec le gravier. On s'est seulement occupé de ce qu'on pouvait atteindre devant, alors le reste devra attendre demain.

— C'est sans doute mieux comme ça, car vous allez devoir retirer les panneaux de bois du chemin principal également.

— Dans ce cas, on devrait garder les cailloux pour le jour suivant. Je peux très bien décharger le reliquat dans votre allée, et on pourra le déplacer à la brouette, une fois que le béton aura complètement pris.

— Hé, vous avez déjà tant accompli ! Je n'arrive pas à y croire !

— C'est quasiment une transformation complète dans ce coin-ci. Et de toute évidence, vous avez abattu pas mal de boulot dans les jardins également.

— Je me débrouille. J'ai rapporté pas mal de plantes de chez Heidi récemment…

Se souvenir de ça lui fit plisser le front.

— C'est la femme que vous avez envoyée en taule ? demanda-t-il en riant. On dirait que les gens ne vous apprécient pas beaucoup, hein ?

— Non, confirma-t-elle. Je continue d'essayer de me faire des amis, mais je finis par les mettre en prison, à la place.

En réaction, Tony s'esclaffa bruyamment.

— Je voulais prendre les fleurs dont elle ne voulait plus, poursuivit Doreen.

— Ma mère en a une tonne. Je lui en parlerai et lui indiquerai que vous en recherchez, si vous le souhaitez.

— Bien sûr ! Ça me plairait !

— Doreen ! l'appela Mack.

Elle jeta un œil dans sa direction et le vit lui faire signe ; elle se dirigea vers lui.

— Hé ! Quoi de neuf ?

— Certains gars vont partir. On ne peut plus toucher au bois maintenant qu'une première couche a été appliquée. Il ne vous reste qu'un quart du pot. Cela pourrait suffire pour une seconde, car la précédente a plutôt bien imbibé le bois, mais c'est difficile à estimer.

— Alors, on va devoir en racheter ?

Il confirma d'un hochement de tête.

— Et on va garder tous ces rouleaux et le reste pour lundi. Et comme j'ai dit, on pourra toujours poncer avant de mettre la seconde couche.

— Est-ce que deux couches suffiront ?

— Normalement. Vous auriez pu le laisser tel quel, car les planches sont traitées, mais cela augmentera leur durée de vie.

Doreen sourit.

— Je suis complètement d'accord pour faire ce qu'il faut.

— C'est ce que je me suis dit.

Elle marcha jusqu'aux hommes qui s'en allaient, leur serra la main et leur lança :

— Un grand merci !

— Pas de problème, répondit l'un.

Et environ six d'entre eux prirent congé.

— Ouah… souffla-t-elle à Mack. Je ne sais même pas qui ils sont, pour la plupart !

Il se pencha vers elle et lui murmura :

— Je n'en suis pas certain non plus.

Elle rit puis se tourna pour contempler son jardin nouvellement refait. Tony travaillait à l'autre bout près de la crique, et elle descendit avec Mack pour aller à sa rencontre.

— C'est mignon, déclara Mack en se protégeant les yeux de la main. Le chemin bordant le jardin met bien en évidence l'ensemble du terrain.

— Je suis vraiment contente ! s'exclama Doreen, rayonnante.

Tony opina du chef.

— Ça a l'air chouette, on a beaucoup avancé aujourd'hui.

— Oui, en effet, confirma Mack. Je n'arrive pas à croire que tout ce travail a été accompli.

— Carrément !

Comme Mack et Doreen se dirigeaient vers la maison, des hommes continuaient de s'affairer.

— On passe à quoi après ? demanda l'un des gars.

— Pas grand-chose, indiqua Mack. C'est surtout du nettoyage maintenant. Et puis, quand on y pense, il est assez tard.

Doreen le dévisagea.

— Ah oui ?

— Oui. Il est déjà 19 h 30.

— Ouah ! Incroyable ! s'écria-t-elle, car, effectivement, la journée était passée si vite… Vous avez appris quelque chose concernant Rosie ?

— Non. Les gars m'ont remplacé afin que je puisse être disponible ici, mais je vais y retourner maintenant.

— Vous avez eu de la pizza ?

— Oui. Mais je vais en reprendre avant de partir.

Et très rapidement, il ne resta plus que Doreen, Tony et deux gars qui œuvraient avec lui. Elle rapporta quelques bières de plus pour eux et leur demanda s'ils souhaitaient de la pizza. Ils étaient tous d'accord pour avoir les deux.

Chapitre 13

DOREEN PRIT UNE autre boîte de pizza, franchit la porte d'entrée et traça son chemin avec précaution jusqu'au jardin pour annoncer :

— Voilà les restes, alors finissez-moi tout ça !

Les hommes sourirent et continuèrent de creuser. Elle laissa le carton sur la chaise la plus proche et les regarda mélanger du béton supplémentaire. Puis ses yeux se posèrent sur Tony.

— On en a assez ?

— En réalité, on arrive à la fin. Alors, ce que j'espère, c'est que les derniers sacs permettront de terminer le travail.

— Ce serait une bonne chose.

Et, en effet, tandis qu'elle observait, un des hommes dit :

— Ces sacs-là étaient les derniers. Et ils sont vides, puisqu'ils sont tous dans la bétonnière désormais.

Ils venaient de finir de couler le dernier chemin au bord de sa propriété. Doreen afficha un rictus.

— Je n'aurais pas imaginé, même en un million d'années, qu'on aurait fait tout ça. Je n'avais pas espéré tout ce bétonnage. C'est magnifique !

— Surtout quand on voit comment ça a commencé, hein ?

— Eh bien, le début a été un peu rude, confirma-t-elle.

L'un des gars qui avait bossé sur le béton était un flic nommé Bruce, d'après elle. Elle lui demanda :

— Est-ce que vous êtes impliqué dans l'affaire du dernier corps retrouvé près de la crique, la quatrième vieille femme qui est morte ?

Bruce confirma d'un signe de tête.

— Ça me donne envie de prendre des nouvelles de ma grand-mère.

— Oui, n'est-ce pas ? Je ressens la même chose avec la mienne.

— Je ne crois pas que ce soit contagieux, minimisa Mack, mais suspect, de toute évidence.

— Eh bien, quelques drogues peuvent imiter une crise cardiaque, révéla un des hommes, qu'elle considéra avec surprise avant qu'il hausse des épaules et reprenne. Mon père est médecin.

Elle lui adressa un large rictus.

— C'est parfait ! Mais attention, je pourrais avoir des questions à vous poser parfois…

Il rit aux éclats.

— Hé, j'ai suivi les épisodes de vos antiquités avec grand intérêt ! Ma femme est une grande amatrice.

Doreen lui sourit et posa sa question :

— Et donc… quelles drogues peuvent provoquer une attaque cardiaque ?

— Eh bien, ça dépend, lui lança-t-il en lui rendant son rictus, avant de lui citer plusieurs produits pouvant causer des morts accidentelles comme des overdoses, et d'autres qui pouvaient entraîner ce qui ressemblait à un infarctus.

Honnêtement, ajouta-t-il, s'ils sont sous intraveineuse toute la nuit durant, c'est relativement facile d'ajouter ça dans la perfusion. On sait que la digitale et les anticoagulants peuvent entraîner ça aussi.

Il lui donna quelques noms chimiques qu'elle ne connaissait pas. Elle sortit son téléphone, appuya sur la touche d'enregistrement et lui demanda :

— Vous pourriez me répéter ça ?

Il s'exécuta rapidement afin qu'elle puisse effectuer des recherches plus tard. Elle regarda Mack.

— Je suppose que le légiste enquêtera sur ces drogues, non ?

— Absolument.

— Bien ! Mais on doit aussi s'intéresser de plus près à cet adorable petit-fils.

— Il nous faut un mobile.

— Il y en aura un. Mais c'est difficile de l'accuser des autres morts en revanche.

— Sauf si c'étaient des tests, intervint le fils du médecin. Il y a peu de temps, on a eu quelques affaires impliquant des gens qui avaient essayé différentes méthodes pour déterminer celle qui marchait le mieux, afin de tuer la personne qu'ils souhaitaient assassiner.

Elle le fixa dans les yeux et secoua la tête.

— Waouh… tellement typique de certaines personnes, n'est-ce pas ?

— Ce ne sont pas les plus faciles à comprendre…

— C'est une façon de considérer les choses.

Il lui sourit et reprit :

— Ma femme voulait que je prenne une photo de vos animaux, mais vous les avez gardés à l'intérieur. (Il observa le béton humide, opina du chef et continua :) Et puis en voyant tout ça, ils sont où ils doivent être.

Doreen s'esclaffa.

— Comme vous partez aujourd'hui, je vous emmènerai à l'intérieur, et vous pourrez rencontrer la bande.

— Eh bien, ça me donnera une excuse pour être en retard ce soir, accepta-t-il, radieux. La seule raison pour laquelle je suis venu, c'était parce que c'était votre maison.

— On dirait que vous et votre femme vivez un mariage adorable, dit-elle en gloussant.

— Il est prisonnier, commenta Tony avec un large et affable rictus. Et c'est comme ça qu'il préfère !

Doreen gardait son sourire.

— Hé, si vous parvenez à réussir votre mariage, alors vous avez tous les pouvoirs.

Les hommes avaient pas mal de blagues concernant le mariage, et, en les écoutant, elle comprit que certains étaient engagés et d'autres non. Tony était séparé et vivait avec une nouvelle petite amie. Et un autre, dont le nom était Sam, avait divorcé quatre fois. Elle le dévisagea avec stupeur. Il haussa les épaules en réponse, sourit, penaud, et se justifia :

— Je ne cesse de tomber amoureux !

— Mais vous arrêtez d'aimer tout aussi vite ? questionna-t-elle, avec des pincettes.

Les autres gars se mirent à rire.

— Je ne crois pas… Mais apparemment, je ne suis pas fait pour les relations durables.

— Et vos femmes ?

— Elles non plus, en un sens. Mais j'aime vraiment cette idée d'engagement à long terme, les débuts du feu d'artifice du mariage. Après ça, eh bien… ce n'est plus la même chose.

Elle ricana.

— Et donc, combien vous en faudra-t-il ? Une demi-douzaine ?

Les autres participèrent à la blague :

— Une douzaine, même !

— Treize, pour la malédiction ! participa Mack en s'esclaffant lui aussi.

Sam afficha un rictus et répliqua :

— Je trouverai le véritable amour un jour ! (Il s'adressa à Doreen :) Vous êtes mariée ?

— Toujours en instance de divorce, lâcha-t-elle avec mélancolie.

— Mais c'est votre premier ?

— Personnellement, je trouve qu'un seul est suffisant pour quiconque, rit-elle. Je ne souhaite pas vivre ça plusieurs fois, comme vous.

— J'avoue… admit-il avant d'ajouter, avec une certaine nostalgie : mais tomber amoureux, c'est beau !

— Oui, je peux comprendre. Mais ensuite, il y a le reste…

Et maintenant que le débat était terminé, le temps était venu pour tout le monde de remballer et de partir.

Chapitre 14

Dimanche soir…

MACK ET LES autres partis, Doreen se sentait épuisée. Elle lutta pour retourner dans sa maison, qu'elle devait contourner jusqu'à la porte d'entrée. Tous les outils et le reste avaient été laissés tels quels, car il était impossible de faire un pas dans la zone pour l'instant. Les planches reposaient sur le haut de la structure en béton qui séchait, formant de petits ponts pour traverser plus facilement. Et personne n'était autorisé sur la terrasse non plus, donc tout le monde devait emprunter ces passages provisoires pour atteindre le jardin à l'avant. Ils avaient tous promis de revenir le lendemain pour nettoyer. Elle sourit et s'adressa à Mugs :

— Je m'en fiche, honnêtement. Demain, ce sera fini, ça, c'est sûr. Et j'apprécierai d'être seule après toute cette intimité partagée.

Il aboya, fatigué et peu content d'avoir été enfermé toute la journée, mais ravi que Doreen soit avec lui.

— Allons nous promener un peu, lui proposa-t-elle avant de se diriger vers la porte de devant.

Elle voulait descendre à la crique, mais cela représenterait une promenade plus longue. Alors, elle se dirigea vers le foyer de Nan à la place. Elle sortit son téléphone en s'en approchant et l'appela.

— Bonjour, Doreen ! répondit Nan d'une voix fatiguée et frêle.

— Je suis en train de marcher pas loin de chez toi, mais je suis consciente qu'il est tard.

— Ce sera tout de même agréable de te voir.

Et il y avait suffisamment de tristesse dans la voix de Nan pour que Doreen augmente la cadence de son pas.

— On est juste au coin.

— Il est trop tard pour un thé…

En arrivant, Doreen put découvrir Nan qui était vêtue d'une longue robe de chambre molletonnée. Se sentant mal à l'idée de la déranger, elle avança jusqu'au patio et se pencha pour l'embrasser.

— Tu entames déjà ta nuit ?

— Oui, acquiesça Nan. Je dois admettre que la mort de Rosie m'a assommée plus que je ne m'y serais attendue.

— Je suis tellement désolée… Je sais que c'est dur de perdre une amie, à tout moment. Mais quand tu imagines que quelque chose cloche…

— Eh bien, je ne peux rien faire d'autre que penser à ce petit-fils qui aurait pu l'aider à mourir.

— C'est possible.

— Je ne veux même plus penser à l'éventualité que mes autres amies y passeront.

— C'est difficile d'être laissée derrière, hein ? lui dit gentiment tout bas Doreen.

Les yeux de Nan se remplirent de larmes.

— C'est ça le truc. C'est vraiment terrible de voir tout le monde partir avant toi. C'est dur d'être abandonnée, et pourtant je ne veux pas t'abandonner, toi.

— Et j'apprécie beaucoup. Je ne serai jamais prête à te perdre.

Nan lui tapota la main, et elles s'assirent confortablement pour savourer l'air du soir. Cependant, Doreen ne voulait pas rester trop longtemps, alors elle déclara :

— Je t'en prie, ne pars pas en balade toute seule.

— Non, la rassura Nan. Pas avant que tu aies résolu ça. (Elle lui adressa un sourire.) Je suis sûre que tu rendras justice à Rosie.

— Nan, je sais que tu crois en moi, mais tu ne peux pas trop compter là-dessus, car cette affaire-ci est toujours en cours d'investigation.

— J'en suis consciente. Mais quand les résultats des tests de dépistage de drogues reviendront pour prouver qu'on lui avait administré quelque chose, ça deviendra horriblement compliqué d'avoir attendu aussi longtemps.

— C'est vrai. Au fait, qui est ce petit-fils ?

— Il a été dans sa chambre toute la journée, indiqua Nan en reniflant. À essayer de nettoyer, mais je ne vois pas ce qu'il y avait comme ménage à faire.

— Il y est en ce moment ?

— Je n'en suis pas certaine… Peut-être, lança Nan en regardant derrière elle, vers son appartement. Je suis assez fatiguée d'avoir à le supporter. Il est tellement ignoble.

— Est-ce que c'est avéré, pourtant, qu'il voulait qu'elle meure assez vite ?

— Je l'ignore. Je sais que Rosie s'en inquiétait tout le temps, elle avait toujours peur de lui.

— Et ça, c'est pas bon.

Juste à ce moment, elles entendirent un hurlement provenant de l'intérieur.

Chapitre 15

Dimanche soir…

NAN SE MIT immédiatement sur ses pieds, se rendant dans son appartement par sa porte d'entrée.

Et, avec Mugs courant à ses côtés, Doreen la suivit.

— Tu sais ce que ça signifie ?

— Je ne suis pas sûre… Je ne vois pas qui ça pourrait être.

Elles sortirent dans le couloir et trouvèrent Ritchie en train de réprimander un jeune homme. Doreen s'approcha et tapota gentiment l'épaule de Ritchie.

— Je vois que tout le monde est à cran. Calmons-nous maintenant…

L'inconnu la dévisagea, ricana, la scruta des pieds à la tête et recula un peu.

— Et qui êtes-vous ?

Ritchie se hérissa, et Nan devint tout de suite furieuse. Puis le gosse eut un regard pour les animaux aux pieds de Doreen, et il fit la moue.

— Oh, c'est dégoûtant ! Un chien et un chat ! Et qu'est-ce que c'est que ce truc sur votre épaule ? Une sorte de tumeur ?

— Maintenant, je vois qui vous êtes, lui dit Doreen, gardant le sourire. Vous devez être le très cupide et impoli petit-fils de cette pauvre Rosie. Le cœur du problème, c'est que le corps de cette femme n'est pas encore froid, et pourtant vous voilà, à essayer de mettre la main sur ses affaires.

— Ce n'est pas comme si elle possédait quelque chose de toute manière, rétorqua-t-il. Et pourquoi, d'abord ? ricana-t-il à nouveau. Ce n'est pas juste. Il devrait y avoir quelque chose pour moi.

— Pourquoi ça ? demanda Doreen. Pourquoi pensez-vous mériter quoi que ce soit ?

— Elle n'avait personne d'autre à qui léguer.

— Je crois que beaucoup de refuges pour chats ont besoin de dons, taquina Doreen, n'appréciant pas du tout ce mec. Et encore plus de refuges pour chiens requièrent de l'argent aussi. Je suis certaine qu'il y en a même un pour les oiseaux quelque part, et Rosie aurait définitivement aimé aider les animaux.

Ritchie acquiesça.

— Oh oui, elle aurait adoré, complètement ! confirma-t-il. Pourquoi devriez-vous hériter ?

— Car je suis sa seule famille, vieil homme, balança Danny au visage de Ritchie.

Immédiatement, Doreen lui rua dans les brancards.

— Le harcèlement envers les aînés n'est pas autorisé ici, lâcha-t-elle sèchement. Maintenant, vous sortez d'ici de vous-même, ou j'appelle la police.

— Les flics ne vous écouteront pas. Vous n'êtes rien d'autre qu'une vieille et faible domestique sur la fin, vilipenda-t-il avec ce sourire méprisant de nouveau. De plus, c'est ici que vivait ma grand-mère.

— Bien ! Je suis ravie que vous le mentionniez, car nous sommes en fin de mois, et il y a un loyer à payer. Alors, vous seriez bien avisé de vous en acquitter maintenant, jeune homme. Autrement, vous n'avez plus rien à faire ici.

Elle le dévisagea d'un air furieux, mais elle avait son portable en main et composait déjà le numéro de Mack.

— Vous appelez qui ? interrogea Danny. Donnez-moi ce téléphone.

Et il tenta de lui saisir l'appareil des mains.

Immédiatement, Mugs commença à grogner. D'une voix très douce, Doreen menaça Danny :

— Touchez-moi encore une fois, et ce chien vous arrachera le pied.

Il lança un regard noir à Doreen puis à Mugs.

— Vous êtes farfelue. Personne ne vous prêtera attention.

— Eh bien, c'est ce qu'on verra. Car le petit-fils de Ritchie est flic lui aussi, et personne ne touche ma mamie sans que Mack soit au courant.

Mack répondit à l'appel et s'enquit :

— Doreen ! Il y a un problème ?

— Le petit-fils de Rosie est en train de faire sensation en attaquant ce pauvre Ritchie à Rosemoor, quand il a essayé de l'empêcher de mettre le bazar dans la chambre de Rosie, rapporta-t-elle. Je suis venue pour rendre visite à Nan, et Danny se trouve dans le couloir et crée du désordre.

— Il n'a absolument pas le droit de se trouver dans la chambre de Rosie, réagit Mack, d'une voix sévère. Qui l'a laissé entrer ?

— Personne, je suppose. C'est le genre de petit rat destructeur qui se faufile partout, se fichant éperdument de sa propre grand-mère. Mais c'est désormais une scène de crime, non ? questionna Doreen, un air de satisfaction dans la voix. Alors, je suggère que vous veniez ici maintenant pour sécuriser la chambre et vous assurer que ce gars passe la nuit en cellule.

— Je ne suis pas ici pour me retrouver en prison ! cria Danny. Mais vous êtes quoi, une timbrée ? C'est la chambre de ma grand-mère !

— Ce qui n'en fait pas la vôtre ! rétorqua Doreen. Et au cas où vous n'auriez pas vu le mémo, sa mort n'avait rien de naturel, et ils considèrent cette pièce comme une scène de crime. Ce qui signifie que vous êtes en train d'interférer, alors vous n'irez nulle part.

— Vous ne pouvez pas m'arrêter, lui dit-il avant d'avancer son visage près du téléphone et d'enchaîner : Vous non plus, pauvre con !

Sur ce, il tenta de faire demi-tour et de déguerpir. Mais Mugs sauta sur ses rotules quand il pivota, et il tomba. Dans sa chute, Goliath sortit de nulle part et dérapa sur son dos, laissant de profondes entailles sur sa chemise.

Danny hurla qu'on était en train de l'attaquer.

— Doreen, qu'est-ce qui se passe ? s'écria Mack.

— Danny a eu un geste menaçant envers moi, alors Mugs et Goliath se sont un peu mis sur la défensive. Maintenant, Danny est au sol à pleurer comme un bébé. Vous venez ?

— Est-ce que j'ai le choix ? demanda Mack en soupirant lourdement. Darren va m'accompagner. On sera là dans cinq minutes.

Elle tapota l'épaule de Ritchie qui paraissait plus que diminué après cette confrontation.

— Est-ce que ça va ? s'enquit-elle.

Il hocha la tête.

— Ça ira, sauf que Danny est toujours là.

Doreen observa ce dernier au sol et lança :

— Quel tocard vous faites !

— Je ne suis pas un tocard, répliqua-t-il en se positionnant sur ses genoux.

— Vous avez tourmenté votre pauvre grand-mère pour les quelques pennies qu'elle possédait, déclara-t-elle sèchement. Trouvez-vous un boulot et gérez votre vie vous-même !

— J'avais un travail. Ce n'est pas ma faute si j'ai été renvoyé.

— Alors, qu'est-ce que vous fichez ici, si ce n'est fouiller sa chambre pour de l'argent ?

— Je cherchais son testament. Tout est supposé m'appartenir.

— Qu'est-ce qui peut vous appartenir ? Vous avez raconté que Rosie n'avait rien.

— Mais cette chambre était bien payée ! Ce n'est pas un endroit financièrement accessible.

— Non, en effet, mais restez sur terre, c'est probablement sa pension qui finançait.

— C'étaient ses investissements et ses économies, expliqua-t-il. Et maintenant, ils me reviennent.

— Seulement si un testament le stipule. Mais je n'y croirai pas de toute façon.

— Qui est son avocat ? demanda Nan à Danny.

— J'ignore si elle en a un, répondit-il, se remettant lentement debout et essuyant la saleté sur ses vêtements. (Il baissa les yeux sur Mugs et dit :) Si je revois ce chien s'approcher de moi de nouveau, il aura un coup de pied.

— Eh bien, ce chien ne vous aurait pas attaqué si vous ne vous en étiez pas pris à Doreen, prononça un homme d'une grosse voix venant de l'autre bout du couloir.

Danny se tourna vivement et remarqua Mack, puis fronça les sourcils.

— Hé, vous êtes qui ?

— Je suis le flic qu'elle a eu au téléphone, indiqua Mack en croisant les bras.

Le jeune Darren était là aussi, et il marcha immédiatement vers Ritchie.

— Grand-père, ça va ?

— Tu dois te charger de lui, l'intima Ritchie, faisant un mouvement rapide de la main vers Danny. Il se trouvait dans la chambre de cette pauvre Rosie, à la recherche de quelque chose à dérober.

Darren considéra Danny et fronça les sourcils.

— Vous n'avez aucun droit sur ce qui se trouve dans cette pièce.

— Elle était ma grand-mère. J'hérite tout ce qui lui appartenait.

— Bien ! Cela inclut ses dettes, j'espère ! lâcha Doreen.

— Non, pas ses dettes, informa-t-il. Ses capitaux.

— Ce n'est pas à vous d'en décider, répliqua Mack. Mais peut-être qu'un testament vous donnera ces droits.

— Il y en aura un, assura Danny, relevant le menton avec pugnacité. Il faut simplement qu'on le trouve. C'est ce que j'étais en train de chercher.

— Je me fiche de savoir si vous étiez à sa recherche ou pas. Vous n'avez rien à faire ici !

— Mais vous ne pouvez pas m'arrêter. Vous n'êtes pas une personne de pouvoir ici.

— Pas à Rosemoor en soi, mais je représente la loi. Et je ne vais pas vous laisser le choix. Vous allez rentrer chez vous maintenant, et l'un de nos gentils officiers va vous y conduire. Ainsi, on saura exactement où vous vivez, et on pourra vous contacter si un avocat a besoin du testament de Rosie. On verra dans ce cas si quelque chose vous a été légué ou pas.

Frustré, et de toute évidence en colère et contrarié face à cette tournure des événements, Danny se tourna, vit Doreen et la dévisagea froidement.

— Je vous ferai payer ça.

— Je prends bonne note que vous me menacez maintenant publiquement devant deux officiers de police, lui répondit-elle d'une voix calme.

Danny referma ses poings et avança d'un pas. Immédiatement, Mugs se mit à grogner. Danny baissa les yeux vers lui et ramena sa jambe en arrière.

— Je m'abstiendrais si j'étais vous, l'avertit Nan d'une voix très grave. (Elle se tenait bien droite et fixait le jeune homme.) Seul un plus bas que terre attaquerait un animal, surtout si ce dernier est en colère.

Là-dessus, Mack saisit Danny par le haut du bras puis l'obligea à descendre le couloir en le tirant.

— Je pense qu'une nuit en cellule l'aidera ! déclara Doreen, avec espoir.

— Non, s'écria Danny. Ce n'est pas ce qui arrivera !

— Il m'a attaquée ! s'exclama Doreen. Et si je veux porter plainte, Mack ?

Ce dernier se tourna pour la regarder et lui demanda :

— Vous voulez ?

— Et si on le mettait en prison pour la nuit et que je me rétractais demain ?

Il soupira.

— On pourrait aussi le renvoyer chez lui. Peut-être que s'il doit de l'argent à quelqu'un, il le trouvera lui à la place ?

— Hé, vous ne pouvez pas faire ça ! s'interposa le jeune

homme maigrichon.

— Pourquoi pas ? lui dit Mack, poussant désormais le gars qui ne voulait pas rentrer chez lui.

— Parce que je dois effectivement de l'argent à quelqu'un, indiqua-t-il, une note désespérée s'étant installée dans sa voix. Si on me trouve, j'aurai des ennuis.

— Et en quoi c'est notre problème ? intervint Doreen. Vous étiez ici pour vous introduire dans la chambre d'une femme qui vient de mourir pour voir ce que vous pouviez voler. Vous avez pris ses friandises aussi ?

Il se tourna et la fixa méchamment.

— Ce sont mes friandises désormais, lâcha-t-il avec ce sourire méprisant qui lui correspondait bien.

— Le simple fait que vous soyez un parent vivant de Rosie ne signifie pas que vous pouvez tout avoir, contesta-t-elle.

Pendant un temps, il continue de la dévisager.

— Si.

Mack secoua la tête.

— Non. Cela dépend du testament.

— Eh bien, j'étais en train d'essayer de le trouver, mais elle et Ritchie ne m'ont pas laissé faire.

— Une bonne chose, lança Darren. On ne veut pas que vous contrariiez les personnes âgées ici.

— Trop tard, commenta Ritchie, agitant son poing en direction de Danny. Je dis que ce voyou devrait partir, qu'il puisse rentrer chez lui, et on verra si les gars à qui il doit de l'argent le trouvent.

Et tout en continuant de hurler et de brailler, le gamin fut emmené par Mack hors du foyer.

Doreen pivota pour regarder Nan.

— Tu pourras dormir ce soir ?

Nan laissa échapper un profond soupir.

— Je vais d'abord devoir me calmer. (Elle leva les yeux vers Ritchie.) Je ne sais pas… Ça a été une journée assez difficile, hein ?

— Absolument, confirma Ritchie. Ces jeunes gens, ils empirent avec le temps.

Nan acquiesça. Elle tapota la main de Doreen.

— Je te remercie tellement d'être venue à notre rescousse, déclara-t-elle en désignant de la tête la chambre de Rosie devant elle. Elle va me manquer.

Doreen branla du chef.

— Ça me brise le cœur de savoir que son minable petit-fils essaie de prendre le peu qu'elle possédait. (La porte de la chambre de Rosie était ouverte.) Elle m'apportait une lettre, et j'aurais aimé qu'elle puisse venir jusque chez moi. J'aurais alors pu lui parler et découvrir ce qu'elle voulait que je fasse pour elle.

Ritchie requit des précisions à propos de la note, et elle lui raconta la version condensée. Il soupira puis déclara :

— Elle était vraiment soucieuse à propos de son petit-fils. Elle avait parlé à son avocat de son testament, mais j'ignore si elle a entrepris quelque démarche que ce soit en définitive.

— C'est une situation pénible, déplora Doreen.

— Je suppose qu'il faut attendre et voir ce qui se trouve dans sa chambre, ajouta Ritchie.

Doreen se tourna pour s'adresser à Darren :

— Est-ce que vous avez fouillé sa chambre aujourd'hui ?

— Deux officiers s'en sont chargé. Je ne suis pas sûr qu'ils aient trouvé quelque chose.

Doreen hésita.

— Et il n'y a pas moyen que je puisse y jeter un œil, hein ?

Darren secoua la tête.

— Je ne peux pas vous laisser faire ça.

— Ce n'est pas un souci, mais mon nom est sur la note accrochée sur le mur, là… Est-ce que vous pouvez au moins aller voir ce que ça dit ?

Il la regarda avec surprise, puis observa le papier sur le mur et avança d'un pas dans la chambre, pendant que tout le monde se rassemblait sur le seuil de la porte ouverte.

— « Ne pas oublier de parler à Doreen. » (Il considéra cette dernière de nouveau et extrapola :) Ça pourrait être la lettre dont vous avez parlé.

— Tournez-la. On ne sait jamais… quelque chose pourrait être écrit au dos.

Il souleva un coin du post-it et confirma d'un signe de tête.

— En effet…

Il enleva la punaise et retourna le papier avant de siffler.

— Qu'est-ce que ça raconte ?

— « Discuter avec Doreen au sujet des meurtres. Elle est la seule qui puisse comprendre. »

D'abord, il y eut un silence, puis tout le monde se regarda avant de poser les yeux sur Doreen. Ses sourcils se haussèrent quand elle interrogea Darren :

— Il y a autre chose ?

Il branla lentement du chef.

— Qu'est-ce que vous savez à propos de meurtres ? lui demanda-t-il, l'observant suspicieusement.

— Rien. Je sais qu'elle voulait me parler d'un truc en particulier, alors j'essayais de savoir si elle avait laissé des notes à ce propos dans sa chambre.

— Non. Pas pour le moment ni ici en tout cas.

— Quelqu'un doit pénétrer là-dedans et fouiller davantage, intima Nan. Pourquoi ne laissez-vous pas Doreen agir ?

Darren eut l'air un peu épuisé comme tout le monde le bombardait de questions. Finalement, il leva la main et lâcha :

— Stop ! Je demanderai à Mack. Alors, c'est à lui que reviendra la décision de laisser entrer Doreen ou pas.

Sur ce, il sortit son téléphone, appela Mack et se tourna légèrement pour que personne ne puisse l'écouter. Mais ce n'était pas comme si la voix de Mack pouvait être entendue.

Il finit par ranger son portable et annonça :

— Doreen, et seulement elle, peut y aller. C'est uniquement parce que des officiers ont déjà fouillé une première fois. (Il courba un doigt et se tourna vers Doreen.) Vous pouvez entrer.

Elle hocha la tête et marcha jusqu'au premier interrupteur avant de l'allumer.

— Maintenant, jetons un coup d'œil… dit-il avec un grand sourire.

Et elle se dirigea droit vers la table de nuit.

— Qu'est-ce que vous cherchez là-dedans ? s'intéressa Darren.

— Tout le monde sait ça, quand on a une petite chambre, on met les choses importantes – vraiment cruciales à nos yeux – au plus près de soi. Rosie passait la plupart de son temps au lit, alors tout ce qu'elle souhaitait garder vers elle devrait se trouver ici, dans ce meuble.

Doreen ouvrit le tiroir, le renversa sur le lit et examina le contenu. Et, comme elle s'y attendait, scotchée sur le dessous se trouvait une enveloppe avec le nom de Doreen inscrit dessus. Sans la toucher, elle tendit le tiroir et déclara :

— Vous voyez ?

Chapitre 16

DARREN ENFILA RAPIDEMENT des gants, retira l'enveloppe du tiroir dans les mains de Doreen et la posa sur le lit. Puis il prit des photos de ses deux faces. Juste après, son téléphone sonna.

— Oui, Mack, tu dois revenir ici. (Elle pouvait entendre la voix confuse à l'autre bout du fil.) Oui, elle a trouvé quelque chose. Les gars l'ont manqué… Non, je ne sais pas comment. Une enveloppe était cachée sous le tiroir de la table de nuit avec le nom de Doreen dessus. J'ai suivi le protocole standard et j'ai pris des photos de l'enveloppe, que je vais t'envoyer. J'espère qu'il y aura des empreintes digitales ou quelque chose dessus. Oui, je suis conscient que ce seront sûrement celles de Rosie. (Il observa Doreen en biais qui le dévisageait fixement.) Oui, elle est toujours là et, forcément, elle veut l'ouvrir. Je me suis dit que tu devrais revenir et t'occuper de ça. (Là, Doreen mit les poings sur ses hanches et lui jeta un regard noir, ce qui fit sourire Darren.) Oui, OK. Je te recontacte sous peu. (Il raccrocha et annonça :) Mack va revenir ici.

— Les seules empreintes là-dessus sont celles de Rosie,

déclara Doreen. Vous êtes au courant, hein ?

— Peut-être… mais vous savez aussi qu'on l'a touchée.

— Ce sera une copie du mot qu'elle voulait me transmettre ! lâcha-t-elle en croisant les bras sur sa poitrine. Puis-je continuer mon examen ?

Il opina lentement du chef, mais lui tendit une paire de gants, cette fois. Elle les prit brutalement avec un sourire grimaçant.

— Et maintenant, c'est officiel !

Elle pouvait entendre les autres sur le seuil. Elle tourna la tête pour voir Nan lever les pouces à son intention. Même le rictus de Ritchie était immense, et tous deux repoussaient les autres seniors du foyer. Doreen se rendit immédiatement vers la pile sur le lit, qu'elle avait sortie de la table de nuit. Elle remarqua une grosse quantité de chewing-gums, plusieurs vieilles lettres, des médicaments qui semblaient être des antidouleurs que n'importe qui pourrait se procurer dans une pharmacie, des cartes de vœux que Doreen ouvrit et étudia avant de les mettre avec précaution sur le côté.

— Est-ce que la scientifique est passée par là ou seulement les flics qui étaient à la recherche de tout et n'importe quoi ?

— Les flics, informa Darren.

— Alors, c'est logique…

— Ce n'était pas considéré comme une scène de crime.

— Je sais ça. (Elle continua de fouiller dans la paperasse et trouva un petit carnet d'adresses. Elle l'extirpa et sourit.) Je n'en avais pas vu depuis des années.

Darren jeta un œil par-dessus son épaule.

— Je crois qu'ils ont dit qu'il était vierge.

Elle le feuilleta et confirma.

— Il l'est.

Excepté pour les toutes dernières pages qui étaient un peu épaisses. Elle les étudia avec attention et annonça :

— Sauf ces deux dernières feuilles qui sont collées entre elles.

— Laissez-moi voir.

Elle lui tendit le carnet et retourna au reste des affaires. Un long courrier avait été rédigé à l'intention de quelqu'un qui portait le nom de Posie.

— Nan, est-ce que Rosie avait une sœur nommée Posie ?

— Oui, répondit Nan. Qu'est-ce que tu as trouvé ?

— Rosie a écrit une longue lettre à sa sœur, mais elle date de quelques semaines… Elle ne l'a jamais envoyée.

Nan haussa simplement les épaules.

Doreen la mit de côté, se demandant pourquoi Rosie ne l'avait pas postée. Comme elle continuait de trier le contenu de la table de nuit, elle entendit un brouhaha près de la porte. Elle pouvait entendre l'arrivée bruyante de Mack jusqu'à elle.

— Voici venus les problèmes… grommela-t-elle.

Darren gloussa.

— On n'y peut rien, concéda-t-il. C'est assurément le territoire de Mack.

— Pourquoi ? Parce qu'il est flic ?

— Eh bien, c'est l'une des raisons. Il est aussi ce qu'on pourrait appeler votre responsable, ajouta-t-il avant d'exploser de rire.

Doreen le regarda d'un air furieux.

— Ce n'est pas drôle !

— Qu'est-ce qui n'est pas drôle ? questionna Mack, se glissant entre Nan et Ritchie, aucun des deux ne voulant lui laisser un peu de place.

Cependant, Mugs s'extirpa de toutes ses forces vers

l'avant comme s'il était conscient que Mack était là pour le faire reculer.

Mack s'avança et vit Darren pointer du doigt le tiroir qui avait été retourné. Il observa fixement l'enveloppe puis secoua la tête et demanda :

— Pourquoi, Doreen ?

— Qui sait ? plaida-t-elle sinistrement. Mais de toute évidence, elle avait quelque chose à me révéler.

— Peut-être…

Il enfila des gants, tendit le bras et, avec précaution, ouvrit l'enveloppe. Et là, sans le ruban adhésif, ils purent voir qu'elle n'était visiblement pas scellée. Ils se rassemblèrent autour de lui alors qu'il en tirait doucement un papier plié. Il le déplia et découvrit un trophée.

— Les meilleurs kiwis du jardin, lut-il. Ça date de l'an dernier, un trophée, mais qui n'a pas été décerné à Rosie.

Doreen regarda la feuille et s'enquit :

— Quel est le nom inscrit dessus ?

— Je ne suis pas sûr… (Il le leva vers la lumière.) C'est vraiment difficile à lire.

— C'est Marsha, annonça Nan. Elle a gagné l'année dernière.

Doreen se tourna vers elle.

— Gagné quoi ?

— Le meilleur fruit tropical, indiqua Nan comme si ça tombait sous le sens.

Le froncement de sourcils de Doreen fut instantané.

— Le meilleur quoi ?

— Le concours ! réagit Ritchie avec impatience. Le concours de jardin. Tout le monde sait que nous avons tous ce genre de compétitions pour les plus belles fleurs et les plus beaux légumes, et cetera, et cetera ! (Il ponctuait ses mots en faisant des signes de main.) Mais tu n'étais pas là l'été dernier, n'est-ce pas ?

Doreen secoua lentement la tête.

— Non, confirma-t-elle. Et je n'ai vu aucune publicité pour ça.

— Ils ont lieu en fin de saison. Et Marsha gagne tout le temps. Chaque année !

Tout le monde se tourna pour observer le trophée.

— Alors, pourquoi Rosie a-t-elle ça ? interrogea Doreen.

Nan haussa les épaules.

— Qui sait ? Mais je dois te prévenir que les kiwis de Rosie étaient autre chose…

— Quels kiwis ? questionna Doreen, perplexe. Vous êtes autorisés à avoir vos propres jardins, ici ?

— Non, révéla Ritchie. Cependant, une parcelle précise y est dédiée, si vous voulez planter quelque chose, mais Rosemoor n'aime pas trop les jardins individuels, surtout ceux pour les légumes.

— C'est quoi le problème avec les légumes ? s'enquit Doreen, perplexe. (Elle ne comprenait pas ce qui se passait par ici, mais cette lettre continuait de captiver son regard.) De quoi avaient l'air les kiwis de Rosie ?

— De grands gagnants, répondit Ritchie. Elle a une longue histoire de gains de trophées de toutes sortes.

— Et elle a demandé à la direction si elle pouvait planter des kiwis, dit Nan.

— Quelle fut leur réponse ? demanda Mack, pris dans la discussion malgré lui.

Nan afficha un grand sourire.

— Non, mais elle a parlé aux jardiniers qui eux, ont dit oui.

— Et donc… l'encouragea Mack à poursuivre pendant

qu'il reposait le trophée sur le lit.

— Oh, ses kiwis n'étaient pas là !

— Elle a dû être une concurrente pour la victoire cette année, supposa lentement Doreen.

— Le fils de Rosie a mis en place un jardin collectif, il y a des années, avant de mourir dans un crash, expliqua Ritchie. Mais il est plein à craquer.

Mack et Doreen échangèrent un regard. Tout ça n'avait pas beaucoup de sens…

Même Darren regarda Ritchie pour l'interroger :

— Mais alors, ce seraient les kiwis de son fils ?

— Eh bien, il n'en avait pas à cet endroit, raconta Ritchie, exaspéré. Poursuis, jeune homme !

Darren grogna, Doreen gloussa et Mack grimaça un rictus. Doreen scruta de nouveau le trophée et déclara :

— J'aimerais une copie de ça également, peu importe ce que vous en ferez, s'il vous plaît. (Et elle lui adressa un grand sourire.) Il y a mon nom dessus.

Mack lui lança un regard d'avertissement.

— Ce serait bien que vous restiez en dehors de ça…

— Ce serait bien, oui, mais ce n'est pas vraiment une situation réalisable, si ?

— Je verrai… lui répondit-il d'une voix évasive.

— Dans ce cas, continua Doreen, laissez-moi prendre une photo maintenant. (Elle sortit son téléphone, photographia rapidement le trophée reposant sur le lit puis observa de nouveau Mack pour lui dire :) Maintenant que vous êtes là, vous allez m'empêcher de fureter, n'est-ce pas ? (Comme il lui lançait un regard noir, elle haussa les épaules et reprit :) Je veux finir le boulot ! (Elle désigna le carnet d'adresses que tenait Darren.) Vous avez trouvé quelque chose là-dedans ?

— Pas vraiment, lui répondit-il. Ça peut vouloir dire

n'importe quoi.

Et il le laissa tomber sur la pile. Doreen s'en saisit immédiatement pour l'étudier encore une fois.

— Qu'est-ce qui cloche avec ça ? s'enquit Mack.

— Deux pages sont collées ensemble.

— Mais toutes les autres sont blanches ?

— Oui.

Elle le mit de côté et continua de fouiller le reste des affaires jetées sur le lit, qui provenaient de la table de nuit. C'était hallucinant tous les petits trucs amassés dans une vie. Ceci fait, elle retourna auprès de la table de chevet et vérifia derrière. Elle déplaça même tout ce qui se trouvait dessus et examina en dessous et à l'intérieur ; elle ne trouva rien. Mais pendant qu'elle y était, elle en profita pour contrôler sous le lit. Elle ne pouvait pas discerner grand-chose, mais Mack et Darren jetèrent un œil au matelas, entre ce dernier et le sommier, puis en dessous également.

Au moment où ils eurent terminé, quarante bonnes minutes plus tard, ils n'avaient rien trouvé d'important. Doreen hocha la tête.

— OK... Je rentre chez moi. Ça vous embête si j'emporte ce petit carnet ?

Elle tendit celui avec les pages collées. Mack fronça les sourcils... puis haussa les épaules.

— Non, c'est bon.

— Pas de testament ici ? demanda Nan depuis le seuil.

Doreen fit non de la tête.

— Pas de testament, pas même le nom d'un avocat. Il faut qu'on trouve ça, en hommage à Rosie.

C'est alors que son regard tomba sur le miroir, sur le mur opposé. Elle s'en approcha et le retira de son crochet.

— Vous avez vérifié derrière, les gars ?

— Bien sûr qu'on l'a fait ! s'exclama Mack.

Elle opina du chef en étudiant le dos du miroir.

— Et à l'intérieur ?

Mack arriva derrière elle, et Doreen décolla le carton au dos, y trouvant un bout de papier. Elle le tendit à Mack qui l'attrapa immédiatement avec ses doigts gantés et annonça :

— Il s'agit de ses dernières volontés et de son testament. En tout cas, c'est ce qui est écrit ici. (Il vérifia la date et parut soucieux.) Signé il y a quatre jours.

— Bien ! lâcha Doreen. Ça devrait au moins être aussi authentique que toute autre chose !

— Pas s'il n'est pas signé correctement.

Darren arriva derrière Doreen. Ils purent constater que deux signatures témoins étaient apposées.

— Maintenant, il va falloir que vous trouviez ces gens, déclara Doreen.

Mais son regard était attiré par le contenu à proprement parler du testament. Elle sortit son téléphone et réalisa rapidement un cliché. Mack se tourna pour la fixer, et elle haussa les épaules.

— Vous ne me laisserez pas voir plus près que je ne le suis maintenant, si ?

— Non. Ça, ça va partir directement au poste. On contactera un avocat et on verra ce qui s'y trouve.

— Rosie a modifié son testament à la dernière minute. Et, étant donné que le vilain petit-fils était là, je peux comprendre pourquoi.

— Il va sûrement vouloir défendre ça au tribunal, dit Darren.

— À moins… que vous mettiez la main sur ces témoins. Il n'y a pas que de simples signatures, des noms les accompagnent, alors ce sont probablement des membres du personnel.

Mack montra son accord.

— J'ai déjà une liste de tous les employés de Rosemoor. On leur parlera. Maintenant, rentrez chez vous. En plus, il fait noir dehors. Darren, est-ce que tu pourrais la raccompagner à pied avec ses animaux, s'il te plaît ?

Celui-ci accepta d'un signe de tête.

— Bien, souffla Doreen en retirant ses gants. Mon boulot ici est terminé.

Et, tout en gloussant, elle marcha vers Nan qui avait un énorme sourire sur le visage.

— J'étais persuadée que tu ne laisserais pas tomber Rosie. (Elle regarda la glace.) Elle fixait ce miroir tout le temps…

— Ah… Mais je me demande pourquoi elle a cru que ce testament serait retrouvé à cet endroit…

— Elle ne pensait probablement pas que ce serait découvert, mais espérait plutôt que quelqu'un d'autre ne tomberait pas dessus, corrigea Ritchie.

Cela avait du sens pour Doreen, bien que ce soit codé.

De retour chez eux, elle et ses animaux se dirigèrent directement vers le lit.

Chapitre 17

Lundi, tôt le matin...

D OREEN SE RÉVEILLA le matin suivant en notant que c'était un lundi. Il était dur de croire que le dimanche avait été témoin d'un tel pic d'activité. Comme elle restait au lit, elle fixa le plafond, se demandant ce que ce trophée pour jardin avait à voir avec le reste. Personne ne tuerait pour une telle raison, et elle pariait toujours sur ce petit-fils prétentieux, Danny. Elle avait vérifié rapidement les photos sur son téléphone quand elle les avait prises la nuit dernière, contente de les avoir, mais c'était bien trop difficile de réussir à lire le testament. Et cela l'agaça encore plus.

Elle sauta du lit et descendit les escaliers vers la cuisine pour mettre en route la cafetière, mais s'arrêta à la porte de derrière. Elle la déverrouilla et l'ouvrit puis contempla, émerveillée, son jardin amélioré. Elle dut toutefois retenir les animaux et fermer rapidement la porte moustiquaire afin qu'ils ne bondissent pas dehors. Car même si elle voulait vraiment retrouver sa vie et profiter pleinement de son jardin, elle n'était pas certaine qu'il soit encore sûr de marcher sur la terrasse, surtout que le béton demeurait constamment humidifié par les arroseurs automatiques. Elle appela rapidement Mack. Il répondit, la voix groggy.

— Je suis désolée, souffla-t-elle. Je ne voulais pas vous réveiller.

— Je suis déjà réveillé. Et si ce n'était pas le cas, il le faudrait de toute façon pour que je puisse me rendre au travail. Quel est le problème ?

— Je ne sais pas si nous pouvons sortir par la porte arrière… La terrasse, le béton…

Il émergea davantage du sommeil en l'écoutant.

— Bonne question… Je dirais que pour le moment, non. Faites de votre mieux pour éviter.

— Alors, on sort par l'avant de la maison aujourd'hui ? Car je ne peux aller nulle part sinon.

— On doit aussi appliquer une autre couche de lasure sur le bois. Vous devriez vous arranger pour marcher le moins possible dessus.

— Et le béton ?

— Absolument pas pendant un jour, voire deux.

Doreen grommela.

— Si vous le dites…, abdiqua-t-elle en observant ses adorables jardin et patio… qu'elle ne pouvait admirer pleinement. Je suppose que je vais devoir les mettre tous en laisse et faire le tour, puis approcher du côté de la crique, pour avoir un aperçu.

— Vous pouvez. Mais souvenez-vous que les animaux ne doivent pas non plus déambuler sur le béton, alors ne leur laissez pas l'occasion de s'échapper.

— En d'autres mots : pas de promenade. J'ai pigé. OK, il me faut du café dans ce cas.

Et elle raccrocha.

Elle pivota pour allumer la cafetière, consciente que ses compagnons voulaient courir dehors. Dès qu'elle eut une tasse en main, elle marcha jusqu'à la porte d'entrée et les appela. Là, elle les laissa sortir dans la parcelle de devant, vagabondant un peu pour jeter un œil à ce qui avait été réalisé, sous cet angle. De chaque côté de la maison, des rambardes bloquaient l'accès. Rassurée à l'idée que Mugs ou Goliath ne parviendraient pas à l'arrière de la propriété de cette façon, elle les prit avec elle pour une courte balade autour du cul-de-sac et en bas de la crique en partant dans cette direction.

Elle méritait au moins d'emporter sa tasse dans son endroit préféré. Mais Mack avait raison. En remontant la crique de cette façon, elle mettrait en danger la terrasse et tout le béton fraîchement coulé si les animaux marchaient dessus. Quand elle eut fini son café, elle avait assez d'énergie pour suivre le parcours vers l'impasse et rentrer chez elle par la porte de devant. Elle se versa une seconde tasse et s'assit devant des toasts et du fromage.

Puis, tous les animaux nourris à ses pieds, elle se demanda ce que pourrait lui apporter cette journée. La veille n'avait été qu'une action ininterrompue. Elle savait que les hommes allaient revenir pour embarquer l'équipement. Et l'énorme tas de gravier dans son allée devrait être déplacé avant qu'elle ait besoin de se rendre quelque part en voiture, car ils l'avaient jeté devant sa porte de garag. Elle grommela en y pensant.

— Heureusement que je n'avais rien de prévu maintenant…

Environ une heure et demie plus tard, pendant qu'elle continuait d'effectuer des recherches sur les concours de jardins et les fêtes communales classiques de Kelowna, Nan l'appela.

— Bonjour, Nan ! décrocha chaleureusement Doreen.

— Ravie de t'entendre si joyeuse et enthousiaste. Seigneur… je n'ai pas très bien dormi.

— Je suis navrée d'entendre ça, répondit Doreen d'une voix compatissante. C'est difficile d'enchaîner après une rude nuit, hein ?

— Oui, ça l'est. Surtout ici. Tout le monde est en effervescence au sujet de ce nouveau testament.

— Le truc, c'est qu'aucun de nous ne sait ce qu'il contient.

— Mais tu as pris une photo, réagit Nan avec espoir. Tu n'arriverais pas à le découvrir ?

— Il faudrait que je la charge sur mon ordinateur et que je voie si je parviens à l'agrandir suffisamment pour réussir à le lire. Mais là, tout de suite, je ne peux rien déchiffrer du tout sur mon téléphone.

— Eh bien, fais donc ça puis rappelle-moi.

Et elle raccrocha.

Se rendant compte du mauvais effet qu'elle avait sur sa Nan généralement très polie, Doreen connecta son portable à son ordinateur et transféra les clichés qu'elle possédait. Elle les ouvrit, mais le testament souffrait d'un affreux éclairage. Il fallait admettre qu'elle avait pris la photo trop rapidement avant que Mack puisse l'arrêter. Modifiant les ombres un tant soit peu, elle put remarquer que différentes œuvres de charité étaient mentionnées, tout comme Rosemoor. Ça, c'était une surprise ! Donc Rosie avait de l'argent ou un capital à léguer, pour de vrai ? Mais ce qu'elle ne trouvait pas ici, c'était le nom du vilain petit-fils. Elle était consciente que Mack serait vraiment en colère si elle racontait quoi que ce soit à quelqu'un à propos du testament, mais elle n'était pas tout à fait sûre de ce qu'elle avait le droit de raconter à Nan. Juste au moment où elle se demandait si elle devait la recontacter, Mack la rappela.

— Maintenant que je suis réveillé, je vous ai bien avertie sur l'importance de ne pas partager la moindre information à propos d'hier, exact ? questionna-t-il, son ton ne tolérant aucun argument.

— Nan m'a déjà téléphoné ce matin pour me demander ce que contenait le testament.

— Eh bien, si vous lui révélez, nous aurons un problème.

— Je ne lui dirai pas. Mais je peux lui parler de ce qui n'est pas dedans, non ?

— J'apprécierais que vous vous absteniez. Le temps qu'on démêle tout ça. Vous ne voulez plus provoquer personne. Et si Nan allait voir Danny en lui lançant : « Hé ! Vous n'êtes pas dans le testament ! » Il pourrait riposter et la blesser.

Doreen grimaça à cette idée.

— Je suppose qu'il n'y a aucun moyen de présumer du tempérament d'un gamin aux mauvaises manières comme lui, n'est-ce pas ?

— J'essaie aussi de trouver exactement ce qu'était le capital de Rosie.

— Une bonne chose. Surtout qu'elle en laisse une partie à Rosemoor.

— Bien. Et ce n'est pas forcément inhabituel, mais on doit s'assurer que personne à Rosemoor ne l'a forcée à écrire ça dans son testament.

Elle hoqueta.

— OK, je ne dirai rien, c'est un bon argument.

— Absolument, oui. C'est pourquoi ce sont les flics qui s'en occupent, vous vous en souvenez ?

Et il raccrocha.

Chapitre 18

PLUSIEURS HEURES PLUS tard – que Doreen avait passé à effectuer ses recherches –, la sonnette de l'entrée retentit. Elle se leva vivement, Mugs aboyant comme un fou, et elle le réprimanda.

— Quel genre de chien de garde tu fais, si on doit attendre que quelqu'un sonne à la porte ?!

Mais cela ne l'intéressait pas de lui répondre et il se contentait de sauter partout devant la porte. Doreen ouvrit et vit l'un des gars qui avaient été présents ce week-end.

— Hé, Harry ! Comment ça va ?

— Je vais bien ! Je suis sorti tôt du boulot et je voulais voir comment se portait la terrasse. Je ne peux pas faire le tour, car le trottoir n'est pas encore praticable.

Elle lui ouvrit la porte moustiquaire et dit :

— Entrez ! On peut passer par la cuisine, mais est-ce qu'on peut évoluer sur la terrasse ? Je ne m'y suis même pas encore risquée, car je n'étais pas sûre d'y être autorisée.

Il rit.

— Ça dépend de la couche qu'on a passée dessus, mais c'était presque sec la nuit dernière. Ça devrait être possible de

"

marcher dessus aujourd'hui.

Elle le guida de la cuisine à la terrasse. Dès que la porte du fond fut ouverte, il s'accroupit, tendit le bras et toucha avec ses mains. Il hocha la tête et posa immédiatement les pieds dessus.

Doreen hoqueta, mais le suivit, pieds nus. C'était encore humide à cause de toutes les fois où le béton avait été mouillé. Elle déambula, admirant le résultat ; elle ressentait une telle joie !

— C'est absolument magnifique ! s'extasia-t-elle chaudement.

— Vous savez quoi ? Oui, c'est plutôt joli, confirma-t-il en opinant du chef. On vous a laissé un bout de jardin près de ce patio. Une fois qu'on retirera le coffrage, ça embellira vraiment le tout.

— J'en suis dingue ! continua-t-elle sans pouvoir s'arrêter de sourire. (Elle baissa le regard vers le bois.) Il va falloir appliquer une seconde couche, je crois, non ?

— Oui. Et je crois bien qu'on peut déjà s'en occuper.

— Mais il faut d'abord le décaper un peu, c'est ça ?

Harry émit un petit rire.

— En effet. Et j'ignore si les pinceaux et les rouleaux ont survécu à cette nuit. S'ils ont été nettoyés convenablement, ils conviendront.

Elle l'observa avec surprise et désigna ensuite le matériel posé en bas de l'escalier, sur une planche qui traversait le trottoir.

— Pour autant que je sache, tout est là.

Il descendit jusqu'à la dernière marche et souleva rapidement l'outillage pour le vérifier.

— Oui, c'est très bien. Ça pourra être finalisé en une ou deux heures, max !

— Sérieusement ? (Elle le dévisageait avec surprise.) J'aurais cru que ça prendrait plus de temps.

— La seconde couche s'applique plus rapidement. Vous pourriez en vouloir une troisième sur le dessus de la rambarde, même si je n'en suis pas certain. C'est du bois traité de toute façon. (Il la regarda.) Mais je n'ai pas apporté de ponceuse.

— J'ai !

Elle ouvrit la voie entre la cuisine et le garage puis appuya sur l'interrupteur et scruta tout en approchant de son grand établi.

— Ouah ! s'exclama Harry en tournant sur lui-même. Je suis vraiment impressionné ! Je n'ai pas d'atelier aussi sympa à la maison.

— Je l'ai obtenu d'une amie qui déménageait. Son mari est décédé, alors j'ai recréé exactement la même chose ici. J'ai beaucoup de travaux à effectuer à la maison, mais je ne sais pas encore vraiment quoi.

Il remua la tête puis prit deux petites ponceuses… Enfin, elle supposait qu'il s'agissait de ponceuses. Il les étudia de plus près puis regarda Doreen.

— Vous auriez du papier abrasif, par hasard ?

Elle désigna l'ensemble de tiroirs derrière lui.

— Tiroir du haut.

Il l'ouvrit, hocha la tête et échangea rapidement les vieilles toiles contre les nouvelles.

— Et une rallonge ? (Il chercha sur les murs et en décrocha deux.) Vous avez déjà utilisé un de ces appareils ?

— Non, jamais. Mais je n'ai jamais tenu de pinceau non plus.

Harry se mit à rire.

— Eh bien, on dirait que c'est votre jour de chance ! (Il

retourna à la terrasse où il brancha immédiatement les ponceuses, puis lui montra comment s'en servir.) On se contente de passer très légèrement sur le dessus. Vous voyez cette planche ? On ne l'a pas encore poncée. (Alors, il alluma la ponceuse et la fit déambuler légèrement sur la surface. Puis il l'éteignit et dit :) Maintenant, touchez comme c'est lisse.

Doreen en fut stupéfaite.

— Ouah !

— C'est pourquoi on réalise cette opération. Ça retire les irrégularités et ça permet d'appliquer plus facilement une seconde couche. Je vais m'occuper de ce côté. Si vous avez du temps à perdre, peut-être qu'on peut tout poncer puis envisager une seconde couche.

— Je suis partante !

En bossant sur le côté gauche – proche de son voisin Richard –, elle ne cessait de vérifier qu'elle s'y prenait correctement, caressant de la main chaque surface qu'elle avait poncée. Puis elle se rendit jusqu'au plus petit ensemble de marches, géra la contremarche du bas en premier et remonta. Cela ne prit pas beaucoup de temps. Cela la sidérait de constater le résultat obtenu avec la ponceuse. Quand elle eut terminé un tiers de sa partie de la terrasse, Harry avait presque achevé le reste et alla à son encontre. Elle éteignit sa ponceuse et demanda :

— On fait quoi ensuite ?

— On va poncer les rambardes. Et on doit encore se charger des grandes marches devant la terrasse.

Elle passa donc à l'escalier pendant qu'il gérait la rambarde. Et rapidement, ils se tinrent debout à admirer le travail correctement effectué. Harry afficha un large sourire.

— Et à deux, on bosse plus vite que tout seul !

Elle acquiesça et rangea les ponceuses au garage, après les

avoir légèrement secouées pour en retirer la poussière. Quand elle revint, il avait les rouleaux, mais considérait Doreen.

— Il me faut un chiffon. On doit essuyer toute la terrasse pour s'assurer qu'il ne reste plus du tout de sciure à la suite du ponçage, pour que ce ne soit pas pris dans la seconde couche.

Doreen courut à la cuisine et revint avec deux chiffons humides.

— Est-ce que ça ira ?

— S'ils sont propres.

— Nettoyés avec de l'eau chaude.

— Parfait. On les rincera dès qu'ils seront sales pour passer sur l'ensemble un second coup de chiffon. Un aspirateur conviendrait également, mais je ne crois pas que, dans le cas présent, ce soit une bonne idée.

— J'ai un petit souffleur, ça irait ? s'enquit-elle avant de partir et de revenir avec.

Il y jeta un rapide coup d'œil puis sourit et indiqua :

— C'est l'opposé d'un petit aspirateur. (Il souffla rapidement dessus pour chasser la poussière puis l'essuya avec le chiffon.) C'est parfait.

Cela leur prit environ une heure et demie, Doreen avec le souffleur et Harry à essuyer.

— On appliquera cette seconde couche en un rien de temps, prédit Harry. (Il retira le couvercle du pot et y plongea l'un des rouleaux.) Je vais utiliser le rouleau. J'aimerais que vous preniez le pinceau. (Il montra comment peindre les balustres du garde-fou.) Vous vous chargez de tout ça. Je vais m'occuper rapidement de la base des marches puis du dessus, comme ça, quand vous aurez terminé, on pourra s'occuper de ces dernières planches près de la cuisine, OK ?

Doreen hocha la tête et se rendit au coin opposé puis commença à peindre lentement et méthodiquement. Elle n'était pas très douée et n'allait pas très vite, mais elle ressentait une certaine fierté à œuvrer elle-même pour sa terrasse. Jusqu'à présent, tout le monde avait fait tout le boulot.

— J'ai appris que Mack était sur une nouvelle drôle d'affaire, lança Harry.

— Oui, une autre vieille dame décédée, répondit-elle avec tristesse. Et celle-ci sera beaucoup regrettée.

— Il faut espérer qu'elles le soient toutes, enchérit-il à voix basse. La dernière chose dont on a envie, c'est de finir dans sa tombe et que personne ne pleure dessus.

— C'est vrai… Ce serait vraiment triste !

— Ce serait vraiment horrible, je trouve. Mais c'est quand même dingue, vous savez, le nombre de personnes âgées qui trépassent régulièrement et dont on n'a jamais entendu parler. Je ne suis même pas certain de ce qui liait ces victimes-ci. Excepté les kiwis qu'elles avaient sur elles.

— Probablement le fait qu'elles aient été retrouvées dans des lieux publics.

— La plupart des seniors que j'ai connus sont décédés dans leur propre lit ou dans une maison de retraite, ou quelque chose dans ce genre.

— Ce qui est logique. (Doreen se redressa et grimaça en essayant d'atteindre les balustres sous le garde-corps.) Qu'en dites-vous ? lui demanda-t-elle.

Harry s'approcha, vérifia avec attention et déclara :

— Beau travail. Maintenant, vous pouvez appliquer une couche plus épaisse sur le dessus de la rambarde, et cela devrait nous éviter de repartir pour un autre tour.

Et il lui montra comment poser une goutte bien épaisse

pour ensuite manier le pinceau sans que ça dégouline. Les deux rambardes étant peintes, Doreen recula et mit le pinceau dans le pot de lasure, puis observa Harry qui finissait de passer le rouleau sur les escaliers puis sur la grande surface de la terrasse. Parce qu'il utilisait un rouleau, ses grands mouvements le faisaient progresser très vite. Il se tourna et regarda le pot, puis interrogea Doreen :

— Il vous en reste ?

— Oui, mais pas beaucoup. Peut-être un quart ou un cinquième.

Il lui prit le pot des mains et versa son contenu dans son bac. Ils risquaient d'en manquer.

— On en aura assez ? s'inquiéta-t-elle.

— Avec de la chance, oui, répondit-il tout en continuant de travailler.

Il n'avait plus que deux planches à terminer quand il lui fit signe de rentrer dans sa cuisine tant qu'elle le pouvait. Puis il prit le pot et, à l'aide du pinceau, le racla autant que possible pour peindre les deux dernières planches au rouleau et au pinceau. Quand il eut fini, il recula jusque dans la cuisine, sourit et lança :

— Je n'aurais pas souhaité que ce soit plus tendu.

— Mais ça ira ?

— C'est parfait ! (Il mit la main dans un sac en plastique tout proche et inséra ce dernier dans le pot.) Laissez-le sécher comme ça. Ensuite, d'ici deux jours, vous retirerez le sac qui devrait emporter avec lui le reste de lasure, comme une peau qui pèle après un coup de soleil. Ensuite, le pot pourra être recyclé.

— Bonne astuce ! s'exclama Doreen en souriant, avant de demander : Et le pinceau ?

— Celui-là, vous pouvez le laver à l'eau, indiqua-t-il

avant de mieux l'examiner et de froncer les sourcils. Il perd déjà ses poils.

— Oui, ça m'a posé des problèmes. Je n'arrêtais pas d'en déposer sur les surfaces lasurées.

— Dans ce cas, vous devriez tout simplement le jeter à la poubelle, car la prochaine fois que vous l'utiliserez, il perdra encore des poils. (Il leplaça dans un autre sac.) Ne vous inquiétez pas, je peux tout embarquer avec moi. Vous ne voudriez pas que les animaux s'en approchent.

— Je ne vous ai même pas offert de café, déplora-t-elle en riant.

— Pas de souci. Je suis vraiment content qu'on ait fini ça. (Il consulta sa montre et sourit.) C'est l'heure à laquelle je rentre d'habitude de toute façon.

— Alors, quand pensez-vous que je pourrai marcher sur la terrasse ? questionna-t-elle, anxieuse.

— Pas pendant les vingt-quatre prochaines heures, c'est sûr. Alors, n'allez pas de ce côté avant au moins la même heure, demain. D'ici là, on retirera le coffrage du béton de toute façon.

Il leva une main pour dire au revoir et prit congé. Doreen se tint sur le seuil de la cuisine, essayant de bloquer Mugs qui voulait désespérément sortir. Elle prit plusieurs photos puis ferma la porte moustiquaire et la verrouilla.

— Tu ne peux pas aller là, le gronda-t-elle. Ni personne.

Il lui aboya dessus, mécontent.

Chapitre 19

Doreen envoya les photos à Mack et ajouta un message : **Seconde couche appliquée.**

Elle n'obtint pas de réponse, mais cela étant, comme il continuait d'essayer de lui faire comprendre, il était occupé. Elle en avait bien conscience, mais cela la surprenait de ne pas recevoir rapidement de message de sa part. En l'occurrence, elle était un peu bloquée à essayer d'obtenir plus d'informations sur la mort de Rosie. Mais elle avait poursuivi ses recherches sur les kiwis et les concours, tout comme sur les foires dédiées. Et comme elle s'y attendait, cette femme gagnait depuis des années à Kelowna, à chaque fois. Doreen sourit en y pensant, puis vérifia son nom et remarqua qu'elle était une autre femme aux cheveux blancs.

— Vous devriez rester sur vos gardes, car vous pourriez être la prochaine, marmonna-t-elle.

Et alors, elle se rendit compte que ce qu'elle venait de dire était horrible.

— Peut-être que ce n'est rien du tout…

Elle retourna à sa tâche et entendit son estomac gronder. Il lui restait encore de la pizza. Elle n'en désirait plus vraiment, car elle avait grand besoin de manger davantage de légumes. Elle se prépara donc une grande salade.

Quand elle entendit un martèlement sur la porte d'entrée, elle grommela. Mugs s'y trouvait déjà, mais agissait d'une drôle de façon ; au lieu d'aboyer comme un hystérique, il gémissait. C'était probablement Mack qui se trouvait dehors. Elle ouvrit la porte et le découvrit en train de la regarder fixement.

— Normalement, vous entrez tout bonnement ! lâcha-t-elle avec colère.

— Hmmm, oui, peut-être. J'ignorais si vous étiez en train de faire une sieste ou pas.

— Et donc tambouriner à la porte était un meilleur moyen de me réveiller ?

— C'était mieux que d'arriver et de surgir au-dessus de votre tête, dans votre salon ou ailleurs.

Elle y réfléchit un instant et dit :

— OK, vous marquez un point. Vous avez reçu mes photos ?

— Oui. Comment avez-vous fait ça ?

Alors, elle lui raconta la visite de Harry, le ponçage et la lasure de la terrasse. Mack sourit.

— Et vous vous êtes amusée à réaliser ça vous-même ? lui demanda-t-il d'un ton taquin.

— Absolument ! Je ne me suis pas sentie trop stupide et je me suis également approprié la terrasse, car j'ai eu l'impression d'aider en accomplissant quelque chose.

— Et c'est un très bon argument ! J'aurais dû y songer…

— On ne doit pas s'attendre à ce que vous pensiez à tout, répondit-elle en riant.

Les yeux de Mack atterrirent sur l'ordinateur de Doreen.

— Les kiwis ?

— C'est une recherche sur des concours qui récompensent les plus gros, les plus juteux et les plus sucrés. Ce n'est pas commun d'en cultiver par ici, alors c'est classé dans la catégorie des fruits tropicaux. De plus, je ne peux pas laisser de côté l'élément du kiwi dans les quatre décès. Je n'ai pas encore élucidé toute cette histoire… Et toutes les femmes avaient des kiwis avec elles, vous vous souvenez ?

— Ils sont difficiles à cultiver ?

— Ils ont besoin de beaucoup d'ensoleillement et font partie des quelques plantes qui sont mâles et femelles. (Les sourcils de Mack se haussèrent à cet instant, et Doreen hocha la tête.) Certains végétaux sont ainsi. (Elle montra sa salade.) J'étais en train de me préparer à manger.

— Il reste de la pizza ? questionna-t-il en se massant le ventre.

Elle ouvrit les yeux.

— C'est la raison pour laquelle j'ai prévu de la salade, car je n'étais pas sûre de supporter encore de la pizza. (Mack la considéra avec surprise, et elle grogna.) OK, j'ai pigé, il n'y a rien de mal à en manger trois fois par jour, sept jours sur sept… quand on est un homme. Mais j'aime la nourriture saine aussi.

Il ouvrit le frigo et rit quand il aperçut les deux boîtes de pizzas.

— Alors, vous n'allez plus en manger ?

— Oh que si… J'ai pensé que je pourrais l'accompagner de légumes.

— OK, ça paraît bien. Vous partagez ?

— Absolument ! acquiesça-t-elle, souriante. Et ce sont des restes de toute façon…

— Oui, mais parfois… parfois, vous êtes un peu protectrice avec la nourriture.

— Parfois, je ne sais pas… Moi, j'aurais dit tout le temps.

Mack s'esclaffa en ouvrant le carton pour en sortir trois parts.

— Vous ne voulez pas de la deuxième aussi ? N'est-ce pas une autre sorte ? s'enquit-elle en sortant l'autre boîte.

Mais Mack était déjà en train de réchauffer ses trois portions au micro-ondes. Il la dévisagea et indiqua :

— J'en prendrai au second round.

Quand il ouvrit la porte de la cuisine menant au-dehors, Doreen s'écria :

— Non !

Il se tourna pour la fixer et lui répondit :

— Je me contente de regarder, je ne vais pas sortir.

— Bien… Je craignais que vous marchiez dessus et laissiez des empreintes de pas.

— Non, ce n'était pas ce que j'avais prévu.

— Vous devez faire attention à Mugs aussi, il n'est pas vraiment ravi de ne pas avoir accès à son jardin.

— Ça se comprend… Encore un jour et ça devrait être bon.

— C'est ce que j'ai pensé. J'ai demandé à Harry, qui m'a dit pas avant demain au moins. Et avec de la chance, on pourra aussi retirer le coffrage des grandes dalles de béton en même temps.

— Peut-être… j'en parlerai à Tony.

— Je l'espère… Veillez sur Mugs.

Il hocha la tête. Il avait préparé sa posture, et Mugs ne put se faufiler entre ses jambes. Mack finit par refermer la porte, et Doreen laissa échapper un soupir de soulagement. Il lui sourit.

— Honnêtement, je savais que je n'étais pas censé aller

dehors...

— J'en suis consciente. Mais c'est stressant. J'ai hâte que soit passé le point critique.

— Vous y êtes sûrement déjà. Je ne l'ai pas touché pour vérifier si c'était sec, mais je suis impressionné par la rapidité avec laquelle on a atteint l'état actuel.

— Eh bien, faites-nous savoir demain. Il faudra seulement trouver comment traverser d'ici là. (Dans un effort pour changer de sujet et le garder loin de la terrasse, elle s'enquit :) Des nouvelles sur l'affaire de Rosie ?

— Non. Le plus long à attendre dans les résultats d'une autopsie, c'est la toxicologie. Si on leur a administré quelque chose pour favoriser une crise cardiaque – et oui, je sais que plusieurs drogues en sont capables –, ça pourrait prendre des semaines.

— Vous pouvez libérer les corps dans ces cas-là ?

— Oui, on peut.

— Et est-ce qu'ils ont déjà été enterrés ?

— Coïncidence intéressante, toutes les quatre avaient acquis des concessions funéraires dans le même cimetière.

— Oh... Moi, je veux être incinérée.

— Quoi ? s'étonna-t-il sur un ton moqueur. Ne souhaitez-vous pas un énorme monument consacré à Doreen et à toutes les affaires qu'elle a résolues, un endroit où tous les touristes pourront venir filmer et prendre des photos de votre dernière demeure ?

Elle le fixa avec horreur.

— Les médias me narguent constamment ici, maintenant que nous sommes sur le chemin d'une tournée de car japonais ! s'écria-t-elle. Mais qui a pu penser que c'était une bonne idée ? Et pourquoi j'aurais envie que ça continue une fois morte ?

Mack ricana.

— Aucune idée… (Il marcha jusqu'à la table de la cuisine avec sa pizza réchauffée et s'assit. Puis il lui désigna l'autre chaise.) Vous allez vous joindre à moi ?

Elle ajouta de la vinaigrette dans son saladier, se coupa des morceaux de fromage qu'elle disposa sur le côté de sa salade, puis alla chercher une fourchette et lança :

— Oui, j'arrive. Mais vous ne m'avez parlé d'aucun résultat sur les enquêtes encore.

— Il n'y a rien à en dire. Pour l'instant, on n'a trouvé aucun mobile pour ces meurtres.

— N'y a-t-il personne qui attend leur fortune ?

— Deux d'entre elles n'ont pas d'argent. L'une survivait tant bien que mal, sa retraite payait sa chambre chaque mois, puis nous avons Rosie, dont nous continuons de retracer les capitaux mentionnés uniquement sur son testament écrit il y a seulement quelques jours. On a trouvé son avocat en revanche, alors il s'en occupe.

— Oh, parfait ! En parlant d'avocat…

Mack opina du chef.

— Vous vous rappelez ? Mon frère est supposé venir le week-end prochain…

Elle fronça les sourcils.

— Ce serait vraiment bien si je pouvais éviter cette visite…

— Impossible, rétorqua Mack, la voix dure. Ne vous défilez pas. On doit en finir avec ça. Et au moins, il nous expliquera ce qu'il a trouvé jusqu'ici.

— Oui… pas vraiment le temps fort de mon existence.

— Voyez comme votre vie est plus excitante aujourd'hui !

— Bien plus excitante ! confirma-t-elle avec un rictus.

Mais tellement triste aussi, car cela me remémore tout ce que je n'ai pas eu avant.

— Vous ne pouvez pas persister à vous focaliser sur le passé. Ça pose peut-être un problème que vous vous occupiez d'affaires classées… Tout ce vous faites, c'est regarder sans cesse en arrière.

— Ce qui explique pourquoi, indiqua-t-elle tout en continuant de sourire, je serai ravie de vous aider dans votre enquête actuelle. (Il l'observa fixement.) Ensuite, n'oublions pas que le mari de Rosie s'est un jour levé et s'est éloigné sans crier gare… pour ne jamais plus faire entendre parler de lui.

Mack, levant un gros morceau de pizza avec ses deux mains, stoppa net et la dévisagea.

— Oh, vous n'êtes pas au courant de ça ?

— Racontez-moi ! lui ordonna-t-il.

Elle haussa les épaules et répondit :

— Je n'ai pas vraiment de détails… mais apparemment, son mari a disparu il y a environ dix ans.

— Intéressant… Est-ce que ça a été rapporté à la police ?

— Je l'ignore. Mack, est-ce que la police a eu vent de ça ? (Elle battit des cils.) Si quelqu'un sait quelque chose, c'est vous.

— Je vais devoir consulter les dossiers. Mais rien n'est sorti quand j'ai entamé des recherches sur elle, déclara-t-il en mordant dans la pizza brûlante. (Son regard s'était déporté vers le jardin, comme si contempler un paysage aurait eu un impact sur le mystère.) Je me demande si elle l'a déclaré mort… Peut-être que les dernières volontés et le testament démêleront cette histoire de mari disparu. Après tout, sauf si ce document est valide, je présume que sa fortune lui reviendrait, s'il est en vie et s'ils sont toujours mariés. Ou le petit-fils sait-il quelque chose à propos du grand-père ?

— Difficile à dire, admit Doreen, en mâchant sa salade. Est-ce que quelqu'un lui a parlé ?

— J'ai eu une discussion avec lui ce matin.

— C'était drôle ?

— Non. Il ne raconte rien, excepté qu'il a les pleins droits sur tout.

— Vous lui avez parlé du testament ?

— Non, pas encore. Cela incombe à l'avocat qui s'occupe de ses affaires.

— Et donc est-ce que ce nouveau document sera respecté ? s'enquit-elle, inquiète.

— C'est à nous d'aider l'avocat à régler cette question.

— Ce qui signifie que vous ne m'informerez pas si vous trouvez des témoins et si vous allez leur parler ?

— Non, je ne vous dirai rien, confirma-t-il gaiement.

Elle lui lança un regard noir.

— Mack, vous avez un mauvais côté.

En entendant ça, Mack explosa de rire.

— Peut-être, mais certaines choses ne peuvent être révélées au grand jour.

— Super ! Ce n'est pas juste, vous le savez ?

— C'est ainsi !

Et elle dut se satisfaire de ça.

Chapitre 20

Mardi matin...

MARDI MATIN, DOREEN se réveilla en entendant un bruit étrange. Elle jeta un coup d'œil à sa montre et se rendit compte qu'il était déjà 7 heures. Elle bondit hors du lit et regarda par la fenêtre pour voir deux hommes dans son jardin. Elle hoqueta, s'habilla rapidement puis, avec Mugs sur ses talons – Goliath l'ignorant complètement et préférant s'étirer au lit –, et Thaddeus braillant sur son épaule, elle descendit les escaliers en courant.

Elle ouvrit la porte en bois de la cuisine et s'écria à travers la moustiquaire :

— Bonjour !

Tony leva les yeux, sourit et lui fit signe.

— J'ignore si la terrasse est suffisamment sèche pour qu'on marche dessus… Elle l'est ? demanda-t-elle.

Il s'approcha et l'interrogea :

— Quand l'avez-vous peinte ?

— Hier, en milieu de matinée. Peut-être un peu plus tard.

Les deux hommes s'observèrent puis opinèrent du chef.

— C'est bon, l'informa-t-il, vous pouvez sortir. On est là

pour jeter un œil au béton.

Elle mit la laisse à Mugs, puis ouvrit la porte moustiquaire et avança d'un pas avec lui sur la terrasse. Elle adorait le simple fait d'avoir cette belle terrasse en bois désormais.

— C'est magnifique !

— Ne mettez pas de meuble dessus pour l'instant, prévint Tony. Il faut encore un peu de temps pour que ça soit complètement solidifié. Vous pouvez déambuler dessus, mais ne prévoyez pas encore d'installer une table et des chaises. Sinon, elles vont vite érafler le revêtement.

— Jusqu'à quand ?

— Demain matin, ça devrait aller. Honnêtement, même en fin d'après-midi, ça irait. Mais on a toujours envie d'accorder une journée complète pour que ça durcisse.

Doreen remua la tête, pressée d'y poser le pied, surtout avec Mugs qui reniflait intensément le bois.

— Et le béton ?

— Tout le coffrage peut être retiré. Je ne commence pas le boulot avant 10 heures, alors j'ai pensé venir ici tôt et m'en occuper, comme ça vous pourrez accéder à votre jardin. Mon pote Brody, là, a un pick-up, et il aimerait récupérer le bois.

Elle regarda ce dernier qui, lui, ne la remarquait même pas ; il mesurait les planches.

— Il va s'en servir pour quoi ?

— Pour la même chose, répondit Brody. Une fois que ça a été taché avec du béton, on ne peut l'utiliser pour rien d'autre.

— Je suppose que vous pourriez en l'écaillant et en le ponçant, dit-elle.

Les deux hommes rirent.

— Du bois comme ça est bon marché. Faire ça, ça représenterait une tonne de boulot.

Elle acquiesça et ignora quoi ajouter, mais pensa que Mack saurait. Alors, elle lança :

— Je rentre et prépare du café. Ça m'embête de l'admettre, mais je dors debout ce matin.

— Allez-y, acquiesça Tony. Vaquez à vos occupations.

Sur ce, elle rentra, lança la cafetière puis envoya rapidement un message à Mack. Quand le téléphone sonna, elle pensa s'être mal exprimée.

— Désolée, Mack. J'essayais de comprendre si c'était normal.

— Qu'est-ce qui est normal ? demanda-t-il, d'un ton professionnel.

— Que le bois soit donné à quelqu'un d'autre, précisa-t-elle à voix basse.

— Le bois utilisé pour couler du béton finit souvent de cette façon. Tant qu'il est encore en bon état, il peut être réutilisé pour réaliser le coffrage d'une autre structure. Pour le patio circulaire, on a utilisé une bordure en plastique solide avec armature pour conserver la forme qu'on souhaitait. Les moules en bois, les bordures en plastique et l'armature, tout ça peut être réutilisé. Tony a apporté une bonne partie de ce bois de toute façon. Vous non, alors c'est une bonne chose de le refiler à votre tour.

Le soulagement la fit sourire.

— Merci, répondit-elle. Je ne voulais pas paraître radine alors qu'ils ont accompli tant de boulot. Je n'étais simplement pas sûre qu'on aurait encore besoin du bois ou pas.

— Non. Et le plus important, c'est que vous n'aurez pas à payer pour un retrait en déchetterie.

Elle hoqueta de joie.

— Oh, oui ! Je n'y avais même pas pensé !

— Voilà… alors, tout ça, c'est le mieux pour vous.

— D'accord ! Dans ce cas, je suppose que je devrais leur offrir du café, hein ?

— Moi, je le ferais. Vous ne savez jamais quand vous pourrez avoir de nouveau besoin de leur aide.

Et il raccrocha.

Elle glissa son téléphone dans sa poche et ouvrit la porte de la cuisine. Elle pouvait la laisser ainsi désormais, et Mugs ne tenta que vainement de descendre sur le béton ; cela devait avoir une étrange odeur pour lui. Elle chercha les deux hommes, mais ils avaient disparu. Elle alla au garage, en ouvrit la grande porte et vit un pick-up garé devant. Ils étaient en train de charger le bois.

— Hé, les gars, vous voulez du café ?

Les deux secouèrent la tête.

— Non, on est juste niveau timing, déclina Tony. On va retirer toute la structure, la mettre dans la voiture puis débarrasser le plancher.

— Un grand merci pour toute votre aide. J'aime tellement à quoi ressemble mon jardin maintenant.

Elle était toujours pieds nus et ne pouvait faire le tour à cause du gravier à l'avant sur lequel elle ne voulait pas marcher.

— Ça a vraiment belle allure ! lâcha Brody. Il a bien bossé !

— Tout le monde ! corrigea Doreen.

Elle rentra dans sa maison puis se servit une tasse de café et avança d'un pas sur sa nouvelle terrasse, regardant avec joie les hommes marteler et démolir l'armature. Ils récupérèrent tout le bois, et elle espérait qu'ils ne laisseraient pas une tonne de clous et de vis dans son jardin.

Quand Tony leva les yeux et, remarquant les pieds nus de Doreen, il lui dit :

— Vous voudrez sûrement vous balader dans de solides chaussures après ça. On s'efforce de s'assurer de ne pas perdre de clous, mais il est toujours possible que certains nous échappent.

— C'est une bonne idée ! Dès que vous aurez fini dans une zone, je viendrai jeter un œil.

— Est-ce que le capitaine est revenu avec la charpente pour installer le portail ?

Doreen le dévisagea avec surprise.

— Honnêtement, j'avais complètement oublié. Mais je présume que non, car ça n'y était pas quand j'ai regardé hier.

— Je finirai peut-être ça ce week-end. Et il vous en faudra également un de ce côté.

— Ce serait bien ! Comme ça, je n'aurais pas à m'inquiéter que Mugs coure vers la route.

— Ça ne résoudra pas le problème du côté de la crique, souleva Tony en lorgnant dans cette direction, mais c'est un chien intelligent, il n'ira pas dans ce cours d'eau de toute manière.

Elle observa à son tour la crique et constata qu'en effet, la rivière était plus haute que ce à quoi elle s'attendait.

— Non, confirma-t-elle en souriant. Il adore l'eau, mais il est suffisamment futé pour ne pas s'en approcher.

— Bien ! dit-il avec un rictus lui aussi.

Et, au moment où elle tourna les yeux, son pote Brody arriva avec une masse, libérant le coffrage sur toute sa longueur côté crique, puis donnant des coups tout du long en sens inverse. Tony ramassa rapidement le bois libéré et rassembla aisément une demi-douzaine de pièces qu'il apporta au pick-up. En trois voyages chacun, tout le bois fut ôté d'un côté, et Brody s'afférait déjà de l'autre.

— On peut marcher sereinement sur les sentiers maintenant ? demanda Doreen, quand Tony passa près d'elle.

Immédiatement, il grimpa sur le béton et répondit :

— Absolument !

Elle afficha un large sourire et y monta à son tour avec Mugs à ses côtés.

— Ouah ! Je l'adore ! C'est magnifique !

— C'est beau, hein ? Les couleurs sont légèrement plus foncées sur le patio, mais ça devrait s'équilibrer relativement vite.

Elle avait remarqué la variation de teinte, mais ne s'en était pas souciée au point d'en faire la remarque.

— C'est devenu une arrière-cour magnifique.

— Quand vos jardins seront rénovés comme vous le souhaitez, indiqua-t-il, ce sera quasiment une oasis pour vous !

Elle observa ses parterres.

— J'ai pas mal de plantes sur un côté, mais pas sur l'autre…

— C'est pas un problème. Cette ville est une dingue de végétaux, je suis sûr que vous n'aurez aucun souci pour en obtenir d'autres.

— Je pensais y mettre des légumes, avoua-t-elle. Je n'ai jamais fait de potager auparavant, mais ça m'a l'air rigolo.

Elle vit Brody qui revenait avec la masse et commençait à s'attaquer au trottoir sur la droite. Et très rapidement, Tony fut derrière lui, à décrocher les planches libérées. Elle les suivit lentement pendant leur dernier voyage, et elle se rendit compte que la maison entière possédait maintenant un beau chemin et qu'elle n'aurait plus à s'inquiéter des désherbages, de la tonte et autre. Elle se tint devant, où l'herbe et le béton se côtoyaient, et elle sourit.

— C'est splendide ! Évidemment, j'ai beaucoup de gravier à déverser, mais ce n'est pas un drame.

— Vous ne devriez pas avoir trop de problèmes avec ça. Simplement le long des bordures, histoire de remplir un peu.

— Je m'en occuperai.

Les hommes hésitèrent. Puis ils consultèrent leur montre et annoncèrent :

— On aurait pu s'en charger, mais on est en retard.

D'un signe, elle les chassa.

— Allez-y, partez ! Je peux le faire pendant mon temps libre.

— Si vous êtes sûre… lança Brody.

Elle lui adressa un rictus et un signe de tête.

— Tout ira bien.

Et comme ils disparaissaient, elle se dit que non, tout n'irait pas bien ; cela représentait beaucoup de gravier à déplacer. Mais bon, personne n'avait prétendu qu'il fallait s'en occuper en une fois. Elle se demanda également si elle devait disposer quelque chose en dessous afin de stopper la pousse des mauvaises herbes. Elle savait cependant que rien n'arrêtait complètement les plus tenaces. Elle retourna à l'intérieur de la maison et écrivit un SMS à Mack : **Ils ont aussi fini le béton. Je vous enverrai des photos.** Après ça, elle prit rapidement quelques clichés et les lui transmit. Ensuite, accompagnée de Mugs, de Goliath et de Thaddeus qui poussait des cris, elle marcha le long des trottoirs. Ses tout nouveaux et tout beaux trottoirs mis en valeur descendaient tout du long jusqu'à la crique. Elle se souvenait que Tony avait dit quelque chose à propos du haut niveau de l'eau dans la crique, mais elle remarqua qu'elle devrait encore monter de soixante centimètres avant d'atteindre son béton. Elle sourit en se tenant sur un bout du chemin. Les animaux étaient à ses côtés et elle leur déclara :

— Vous savez quoi ? C'est le meilleur endroit où s'asseoir.

Alors, elle se laissa tomber sur son nouveau banc et croisa les jambes devant elle. Elle réalisa un selfie à ce moment précis, gloussant en constatant que le sentier s'étirait loin derrière elle, puis elle l'envoya à Nan. Quand celle-ci l'appela quelques minutes plus tard, elle était folle de joie.

— Oh, mon Dieu ! s'exclama-t-elle. Ça a l'air magnifique ! Je peux venir voir ?

— Bien sûr ! acquiesça Doreen en riant. Tu sais que tu n'as pas à poser la question dans des circonstances normales, mais tant que je suis au courant de ta visite, je suppose que c'est bon pour toi de sortir seule.

— Le chemin est encore praticable ?

Doreen se leva, regarda du côté de la crique et indiqua :

— C'est étroit, mais je pense que tu peux quand même passer sans problème.

— D'accord, j'arriverai dans dix minutes alors !

— Je t'attends, ricana Doreen. Une raison pour que tu sois si pressée ?

— Oui ! J'ai des informations.

— OK ! Je serai dehors, juste devant la crique.

— À dans cinq minutes alors ! lâcha Nan avant de raccrocher.

Il fallait maintenant répondre à l'appel de Mack, qui était étonné que les gars aient déjà retiré le coffrage.

— Ils ont demandé si le capitaine comptait me donner de quoi poser le portail aussi, dit Doreen.

— Il n'en a pas parlé. Je l'interrogerai. Je me souviens l'avoir entendu le mentionner.

— Oui. Mais vous savez quoi ? J'avais moi-même complètement oublié.

Elle raccrocha et vit Nan tourner au coin, à l'autre bout du jardin. Mugs se fit la malle comme une fusée, les oreilles voletant dans le vent comme il courait vers Nan. Elle s'arrêta et rit quand il se faufila entre ses jambes, signe de sa joie de la retrouver. Quant à Goliath, histoire de ne pas être en reste, il marchait d'un pas nonchalant avec cette élégance habituelle de chat qui exprimait *Je te retrouve à mi-chemin, mais tu devras parcourir l'autre moitié.* Puis il s'interrompit, évidemment, à mi-distance. Nan avança vers lui et se baissa pour le prendre dans ses bras et le câliner. Tandis qu'elle marchait vers Doreen, Thaddeus causa : « Nan est là ! Nan est là ! »

Nan s'esclaffa et tendit la main. Thaddeus sauta sur le dos de sa main et remonta le long de son bras. Quand il arriva au sommet, il ajouta : « Thaddeus aime Nan. Thaddeus aime Nan. »

Le cœur de Doreen fondit quand elle regarda Nan et Thaddeus se câliner, leur tête posée l'une contre l'autre et les yeux fermés, appréciant le moment.

— Je suis ravie de constater que son vocabulaire se diversifie, lança Nan.

— Tant que ça reste des choses gentilles… indiqua Doreen en souriant.

Elle se leva et donna à Nan une douce embrassade.

— Qu'en penses-tu ? lui demanda-t-elle en désignant son arrière-cour.

Nan s'immobilisa et observa, bouche bée.

— Je n'arrive pas à croire tout ce que tu as accompli ! s'écria-t-elle, sous le choc. Tu n'es dans cette maison que depuis, quoi, même pas trois mois !

— J'ai l'impression que ça remonte à bien plus longtemps… Mais je crois que ça fera trois mois, dans un ou deux jours peut-être.

— C'est absolument éblouissant ! (Nan considéra le petit chemin et s'enquit :) On peut marcher dessus ?

— Oui, on peut à présent. Tout est sec.

Pendant qu'elles remontaient le sentier, Doreen dit :

— Je crois que je vais mettre du gravier tout du long ici, comme ça je pourrai passer la tondeuse sans m'en inquiéter.

— Ça aura belle allure. Tout ce qui facilite la vie me convient.

— C'est ce que je pense.

Quand elles arrivèrent au grand patio, Nan s'arrêta, tout comme son regard.

— Je n'y avais jamais songé… à mettre un patio comme celui-là. C'est vraiment superbe ! (Nan monta les escaliers et, s'aidant de la rambarde, elle atterrit sur la grande terrasse et fut de nouveau bouche bée.) Ça aurait dû être comme ça depuis longtemps ! Tu as abattu un travail phénoménal.

— Pas moi ! Franchement, c'étaient surtout Mack et ses collègues.

— C'est chouette, mais tu les as aussi beaucoup aidés. C'est bien que tu leur aies laissé l'opportunité de te rendre la pareille.

— Je n'avais pas considéré les choses de cette manière, admit pensivement Doreen. Je pensais simplement que c'étaient eux qui m'aidaient.

— Oui, en effet. Mais c'est important pour les gens d'avoir un exutoire également. On n'aime pas quand quelque chose est principalement à sens unique. Ça te fait te sentir mal au bout d'un moment.

Elle descendit rapidement les marches, se promena sur le trottoir, revint en regravissant l'escalier et recommença. Elle rit.

— J'ai l'impression d'être une petite fille ! C'est tellement beau !

— Je suis d'accord, approuva Doreen en poussant un gros soupir ravi. J'en suis vraiment contente.

— Tu peux. Et combien ça t'a coûté ?

Doreen montra à Nan un large rictus.

— Rien ! Absolument rien ! Enfin, à part quelques vis, de la bière et de la pizza en quantité suffisante pour des hommes pendant deux jours.

Doreen scruta autour d'elle et vit que Tony avait embarqué la bétonnière et tout son matériel également.

— Ils ont même nettoyé après leur passage, et le coffrage était destiné à un autre chantier, alors il ne me reste rien qui m'oblige à me rendre à la déchetterie. (Puis elle se fit soucieuse.) Un peu de bois n'a pas été utilisé. (Elle pivota et pointa une direction du doigt.) Deux planches se trouvaient de ce côté. Je crois que c'était tout ce qui restait du bois réutilisable. On doit encore se débarrasser de l'ancienne terrasse.

— C'est incroyable, murmura Nan. (Elle regarda Doreen, des larmes dans les yeux.) Tu sais quoi ? Il ne m'est jamais venu à l'idée de ne *pas* te donner la maison, mais maintenant que c'est fait et que je vois comment tu as embelli ce jardin, je me rends compte à quel point j'ai eu raison.

Chapitre 21

Mardi, fin de matinée…

DOREEN FIT IMMÉDIATEMENT un câlin à Nan.

— Honnêtement, dit-elle, je suis si heureuse de vivre ici. C'est me donner encore plus l'impression d'avoir trouvé ma maison, en comparaison avec toutes ces années où j'ai été mariée.

— Et je pense que se sentir chez soi est vraiment très important. Peu importe où c'est. Ta maison, c'est là où réside ton cœur. Et ici, pour toi, c'est aujourd'hui l'endroit auquel tu appartiens, et je ne pourrais pas être plus comblée. (Elle scruta autour d'elle et sourit :) Donc on se prépare une tasse de thé et on s'assied ici ?

— Je ne crois pas que le moindre meuble soit admis sur la terrasse pour le moment. Mais on peut probablement poser la table sur le patio. Je vais mettre la bouilloire en marche.

Elle grimpa vivement les marches jusqu'à la cuisine. Quand elle ressortit, Nan tirait quelque chose de la grande poche de son pull-over et le tendit à Doreen.

— Qu'est-ce que c'est ?

— Du cake à la banane. Je n'arrive pas à me souvenir qui

me l'a fait, mais je reçois tellement de ce genre d'attentions à Rosemoor qu'il m'est impossible de tout manger.

— Eh bien, je peux difficilement argumenter. Je serais ravie de prendre une tasse de thé et une part. J'ai encore du pain à la courgette de Millicent si tu en veux aussi.

— Bien, garde-le. Il y en a suffisamment ici pour nous deux le temps d'un thé. (Nan continua de déambuler, souriante.) C'est vraiment incroyable !

— Viens par ici, lui intima Doreen afin de lui montrer les deux côtés de la maison.

— Maintenant, c'est parfait. Et oui, tu auras besoin d'ajouter du gravier. Grâce à ça, ce sera propre et agréable.

Tandis qu'elle sortait par le côté alors que n'importe qui aurait traversé le garage ou fait le tour de la maison, elle expliqua :

— On va installer les portails ici. Oh, et regarde ! ajouta-t-elle en désignant le tas de cailloux dans l'allée. Je vais déplacer tout ça et remplir les bordures.

Nan la dévisagea, surprise.

— C'est vraiment excellent ! réagit-elle en se tournant pour observer. Tu as vraiment apporté de la valeur à la maison !

— Mais je n'ai aucune intention de vendre, répliqua Doreen sans hésiter. Je suis trop contente de posséder une maison !

— Et j'aime entendre ça.

Les deux femmes allèrent à l'intérieur pour préparer du thé. Puis Doreen demanda à Nan d'attendre et de lui donner le temps de bouger sa petite table d'extérieur ainsi que les chaises jusqu'à son nouveau patio. Ceci fait, Doreen revint et apporta la théière et le cake à la banane à la table, pendant que Nan portait un plateau avec tasses et assiettes. Elles s'installèrent là pour prendre leur collation.

Nan était assise, le visage tourné vers le soleil du matin et dit :

— Quelle belle matinée ! Tellement dommage que Rosie ne soit pas là pour en profiter.

— Je sais, répondit Doreen. Et on n'a aucun élément pour essayer de comprendre pourquoi ces femmes sont tombées raide mortes.

— Il y a toujours une raison.

— Oui, mais aucune n'était assez riche pour justifier qu'un parent puisse souhaiter en hériter. Même si deux des familles se disputaient au sujet de Rosie et Delilah.

Nan confirma d'un signe de tête.

— J'ai trouvé quelques informations…

— Concernant Rosie ?

— Oui. Apparemment, son mari pourrait être en vie.

— Quoi ?!

— Danny est revenu aujourd'hui, raconta Nan d'un ton dénigrant. Il essayait de retourner dans la chambre de Rosie. Je lui ai demandé ce qu'il cherchait, et il m'a répondu « un testament ». Je ne lui ai rien révélé. Je voulais le laisser mariner.

— Bien, lança Doreen en y réfléchissant. Tout dépend… Il croit qu'il va toucher un héritage.

— Et c'est ce que je n'arrive pas à comprendre. Ce n'est pas comme si elle avait eu de l'argent. Je veux dire, on reste assez près de nos sous dans cet endroit, et elle en avait assez pour sortir déjeuner et s'acheter des produits de base. Mais elle n'a jamais parlé de problèmes financiers. Mais bon, un tas de femmes ne le mentionneraient pas, qu'elles en aient ou pas. Ce n'est pas un truc de femme. Dans son cas cependant, c'était extrême.

— Tu penses qu'elle cachait quelque chose ?

— Je ne crois pas. Mais je me demande tout de même si elle ne disposait pas de revenus dont on ignore tout.

— Je suis sûre que oui. Elle était une amie, mais cela ne signifie pas qu'elle parlait de tout ce qu'elle possédait, si ?

— Non, et elle faisait des paris raisonnables. Elle n'a jamais été une grande joueuse et s'est toujours montrée prudente. Elle mettait ses gains de côté et continuait de jouer, exposa Nan avec approbation. Elle a toujours été consciente de la façon dont ça fonctionnait avec l'argent.

— Alors, c'est à son avocat de trouver ce qu'elle détenait en actions et obligations. De ce que tu sais déjà, elle possédait une propriété en ville.

— C'est possible… On devra attendre pour être fixés.

— C'était ça, les nouvelles que tu voulais m'apprendre ?

— Oui. Ça et le fait que le concours est dirigé par l'une des filles d'un pensionnaire de Rosemoor.

— Quel concours ? s'étonna Doreen, luttant pour garder le fil de la discussion. De quoi parles-tu ?

— Elle organise le jury de la foire locale cet automne.

— Elle est nouvelle ?

— Non, elle s'en occupe chaque année depuis au moins une décennie.

— Attends une minute, lâcha Doreen en se levant, avant de marcher jusqu'à sa maison, de prendre un bloc-notes et un crayon, de revenir puis de demander : Qui est cette personne ?

— Candace Ethrembel, répondit Nan en prononçant lentement. Sa mère, Gladys, est chez nous depuis toujours.

— OK. Et elle coordonne cet événement depuis quand, une douzaine d'années ?

— Quelque chose comme ça.

— Et je dois la contacter pour quoi ?

— Oh, mon… Je n'ai pas dit que tu devais l'appeler !

Doreen regarda sa grand-mère puis revint à ses notes.

— D'accord. Pourtant, tu dois avoir une bonne raison d'avoir mis ce sujet sur le tapis.

— Évidemment, confirma Nan. Juste au cas où tu aurais voulu enquêter sur ce trophée pour les kiwis.

— Je dois effectuer des recherches sur la culture de kiwis en ville de toute façon.

— Je ne connais que deux personnes qui en sont capables.

— Capables de quoi ?

— De faire pousser des kiwis, râla Nan d'un air renfrogné. Tu as bien toute ta tête ?

— Oui ! J'essaie de déterminer ce que tu tentes de m'expliquer tout en ne me disant rien !

Le froncement de sourcils de Nan s'intensifia. Elle tendit le bras et lui tapota la main avant de déclarer :

— De toute évidence, ça a été un week-end très rempli. Je crois que tu as besoin d'une pause.

Doreen opina du chef.

— Tu as raison, les derniers jours ont été chargés. Et maintenant, nous sommes mardi, et je ne suis même pas certaine de mon agenda de la semaine, si ce n'est que je dois déplacer tout le gravier en premier, sinon je ne pourrai aller nulle part tant qu'il restera dans mon allée.

Nan y réfléchit un moment puis se mit à rire.

— Je suppose qu'ils n'ont pas pensé à ça quand ils l'ont laissé là !

— J'imagine que ce n'était pas une priorité pour eux à ce moment précis. Tu aurais dû voir ça ! Je jure qu'une douzaine d'hommes se trouvaient ici !

— Je te crois ! C'est ce vieil esprit de communauté qu'on avait avant, mais qu'on semble avoir perdu depuis longtemps maintenant.

— C'est vrai, souffla Doreen.

— Mais je suis vraiment contente que tu aies réussi à retrouver ce sens commun.

— Moi aussi.

Dès que Nan fut partie, Doreen chercha le nom qu'elle avait noté sur son bloc-notes, puis un numéro de téléphone. Elle aurait dû étudier ça avec Nan, mais elle ne lui avait pas proposé et s'était comportée de façon très étrange pendant cette conversation… C'était préférable que Doreen trouve ce numéro d'elle-même. Apparemment, il y avait même un site web… et d'abord, qui pouvait savoir qu'il y avait une foire à Kelowna ? Doreen put contacter un des organisateurs qui lui avait alors transmis les coordonnées de Candace. Quand elle contacta cette dernière, elle se montra relativement aimable et enjouée concernant tout ce qui touchait au concours de la foire.

— Je m'occupe du jury de chaque catégorie. Et honnêtement, la compétition est plutôt féroce.

— Vous voulez dire qu'un tas de jardiniers haut de gamme résident en ville ? questionna Doreen, surprise.

— Absolument, et ils sont tous très mystérieux au sujet de leur méthodologie et de leurs petits trucs et astuces, répondit-elle en riant. Bon, les tomates causent toujours une grosse pagaille, car il est difficile de juger leur saveur. Chacun a ses propres goûts, que ce soit fort, juteux, ferme ou pulpeux, vous savez… Il y a tellement de caractéristiques ! Alors, on les classe généralement par taille, même chose pour le concours des plus grosses citrouilles. Nous avons celui des plus grosses courgettes, celui des plus grosses courges… Et bien sûr, de nos jours, ils cultivent des carottes géantes, donc ça occasionne de plus longues carottes, de meilleures couleurs et teintes. Tout est très compétitif. Vous n'imaginez pas combien de gens s'impliquent jusqu'à ce que vous preniez part à un événement comme celui-là et compreniez qu'il y a un sérieux business pour eux.

— Bien. C'est dingue… Et les plantes tropicales ?

— Ça, ça a toujours été un peu difficile, car qu'est-ce qui définit une plante tropicale ? Nous avions une liste qui a fini par s'agrandir parce que, comme diraient les gens, je fais pousser ci, je fais pousser ça. Alors, c'est assez ouvert, et ça cause un peu de désordre à la fin de la journée.

— Et pourtant, j'ai cru comprendre que quelqu'un avait gagné à chaque fois avec ses kiwis ?

— En effet. Et il faut bien admettre que ces fruits, on peut les cultiver tout le long de la côte… Mais on en a au même titre que des fruits de la passion, des bananes… (La voix de Candace devint moins audible comme si elle se perdait dans ses pensées.) Je n'arrive pas à me souvenir de la liste des fruits acceptés, mais les kiwis ont été les plus gros, les plus ronds, les plus juteux et les plus sucrés de tous les fruits que vous ne pouvez imaginer, dit-elle avec enthousiasme. Et mis au jour aussi les participants les plus querelleurs, toutes catégories confondues !

— Mais n'est-ce pas comme comparer les pommes et les oranges ? questionna Doreen, confuse.

— On a entendu cet argument plusieurs fois ! concéda la femme en poussant un gros soupir. Et une fois de plus, les concurrents se fâchent à ce sujet. Donc nous avons été très clairs sur le fait que ces fruits-là pouvaient être inscrits et qu'ils devaient s'affronter les uns les autres.

— Hmmm, je suppose que c'est plus juste, tant que les

gens comprennent à quoi ils ont affaire, admit Doreen, se demandant comment quelqu'un pouvait être à l'aise dans cette situation.

— Eh bien, peu importe si c'est juste ou pas. On agit du mieux possible, mais il y aura toujours des contestataires.

— Est-ce que quelqu'un a déjà prétendu que le gagnant aux kiwis n'avait pas mérité de gagner ?

— Absolument ! Tout le temps. Ça aussi, c'est un peu agaçant, car nous avons un système de comptage de points, où on juge selon la couleur et la taille, en comparaison avec, vous savez, les kiwis poussant dans leur pays d'origine, blablabla… Mais honnêtement, jusqu'à ce jour, Marsha Langford a effectué un travail absolument phénoménal avec ses kiwis. Elle a obtenu le premier prix et, chaque année, elle continue de gagner.

— Est-ce que quelqu'un d'autre a déjà failli l'emporter ?

— Oui, oui, bien sûr. Nous avons eu des fruits de la passion qui avaient été cultivés dans des serres, mais ils ont été disqualifiés à cause de ça, informa-t-elle d'un air désolé. Nous avons très clairement précisé que nous ne sommes pas dans une compétition incluant des serres, car ça change complètement la donne.

Doreen fronça les sourcils, essayant de comprendre pourquoi.

— Donc ce doit être cultivé en extérieur et c'est tout ?

— Localement et en extérieur, mais on peut commencer par un plant couvert. On peut aussi entamer le processus en serre, mais il faut ensuite le déplacer dehors. On a une liste sur le site web si vous êtes intéressée.

— Eh bien, c'est passionnant. J'ai su que Rosie était une fana de kiwis.

— Oui, le problème, c'est que, comme Marsha a gagné

tous les concours de kiwis pendant plusieurs années, tout le monde a voulu essayer de cultiver ce fruit. Certaines personnes prétendaient qu'elle trichait, ce genre de choses… Et ça a vraiment empiré l'an dernier.

— Comment aurait-elle pu tricher ?

— Eh bien, c'était l'un des points sur lesquels les juges ont débattu. Mais apparemment, l'argument était qu'elle les aurait fait pousser dans de grands pots puis qu'elle les aurait gardés en serre longtemps après le délai autorisé. Donc, au moment de les sortir pour la compétition, ils auraient déjà été au stade de la fructification, ce qui n'aurait donc pas été loyal.

— Et est-ce que vous avez vérifié ça ?

— Hmmm, pas vraiment. C'était supposé être un bon moment, et évidemment, à la minute où vous avez des gagnants, vous avez aussi des perdants. Et dans ce cas-ci, il y a eu des vaincus en colère.

— Et comment en sont-ils arrivés là ?

— Eh bien, ils avaient des kiwis, mais pas aussi gros ni charnus que ceux du gagnant.

— D'accord… et donc la jalousie s'en est mêlée, commenta Doreen qui avait vu ça un tas de fois auparavant. Et ils ont critiqué la gagnante ?

— C'est ça. Contente que vous compreniez.

— Ah, malheureusement pour Rosie, elle ne pourra pas concourir cette année…

— Oui, j'ai entendu dire qu'elle était décédée… Et c'est très triste. C'est un de nos problèmes, puisque notre sélection de concurrents est composée de personnes âgées.

— C'est surtout un concours populaire auprès des seniors ?

— Tous les âges sont représentés. On en a quelques-uns

qui sont trentenaires, plusieurs quadra et quinqua, mais honnêtement, les seniors qui ont passé les soixante et les soixante-dix ans sont vraiment, vraiment majoritaires. Ils adorent les compétitions. Et on a aussi, vous savez, des concours de tartes et de gâteaux, de confiture également… Il y a des tas de catégories. Donc franchement, le fruit tropical, bien que ce soit un concours plus étrange et rigolo, ne concerne que les personnes d'une quarantaine d'années, je crois.

— Ouah… Cela vous met beaucoup de pression pour gérer un tas de juges qui se déplacent dans toute la foire.

— Chaque année est un challenge, admit Candace. Il n'y a pas de moyen facile de convaincre les gens de suivre les règles. Personne ne veut désigner de gagnant, car, comme je l'ai indiqué, il y a toujours en face un perdant.

— Avez-vous déjà eu seulement un ou deux concurrents ?

— Nous avons eu quelquefois deux participants dans certaines catégories, mais il n'est jamais arrivé d'en avoir un seul.

— C'est bon à savoir. Et oui, j'effectuais des recherches sur la vie de Rosie. J'ai su qu'elle avait eu une arme secrète pour ses kiwis cette année, alors, savoir qu'elle ne pourra plus participer au concours désormais, c'est vraiment triste. Je me suis demandé si ça pouvait tout chambouler…

— Bon, je vais vous dire… C'est elle qui s'est plaint, l'an dernier, de Marsha. Elle et Delilah.

— Delilah Norstrom ? extrapola Doreen, se souvenant du nom de l'autre femme décédée.

— Oui, c'est elle. Ces deux-là étaient pas mal remontées… Et assez convaincues que Marsha faisait pousser ses kiwis sous une serre.

— Ce sont aussi des plantes grimpantes, non ? questionna Doreen chez qui une suspicion grandissante naissait.

— Exactement. Et elles sont énormes. En plus, il faut des pieds mâles et des pieds femelles.

— D'accord. Donc, sauf si quelqu'un les déterre et découvre un système racinaire en forme de pot, il n'y a pas vraiment de moyen de savoir si ça a poussé en pleine terre ou pas.

— Et une fois de plus, tout ça, c'est pour s'amuser. Alors, on essaie vraiment d'instaurer quelque chose dans ce but. Mais nous prenons les accusations au sérieux.

— Et qu'est-ce que vous avez fait à ce propos ?

— Eh bien, on a discuté avec Marsha, on lui a posé des questions à ce sujet et on l'a prévenue qu'il y avait des inquiétudes chez les autres participants.

— Qu'a répondu Marsha ?

— Elle maintenait fermement qu'elle n'avait pas triché. Et vraiment, je le répète, on a dû prendre en compte sa parole.

— Et bien sûr, si elle avait inlassablement gagné, alors ça serait devenu un plus gros problème, indiqua Doreen en hochant la tête. Quel était le nom de famille de Marsha ?

— Langford. Marsha Langford. Pendant un temps, elle a participé à un tas de différents concours. Mais le seul dans lequel elle s'en sortait vraiment bien, c'était celui des fruits tropicaux.

— Parfait. C'est toujours bon à savoir.

— Bon, conclut Candace. Je dois y aller. Si vous êtes intéressée par les concours, jetez un œil sur le site. Nous avons les bulbes, les plantes vivaces et les annuelles aussi. Nous avons toutes sortes de catégories. Et ça change constamment, donc si vous ne trouvez rien cette année, revérifiez plus tard, peut-être que vous repérerez un domaine dans lequel vous pourrez gagner la fois suivante.

Et là-dessus, elle raccrocha.

Chapitre 22

Mardi, à l'heure du déjeuner…

DOREEN NE PUT s'en empêcher : elle dut vérifier où vivait cette Marsha Langford. Il était noté qu'elle avait participé à l'un des concours du plus beau jardin également. Grâce à cette distinction, son adresse était clairement indiquée sur le site de l'organisation. Doreen ignorait si elle y vivait toujours… mais ça valait bien une petite promenade. Elle rentra l'adresse dans Google et sourit : c'était juste à côté de chez Heidi, dans le virage. Doreen pouvait éviter la propriété d'Heidi si elle le souhaitait ou pousser jusqu'à deux pâtés de maisons plus loin.

Cet après-midi était parfait pour sortir. Elle devrait être en train de déplacer le gravier, mais elle n'avait simplement pas envie de le faire maintenant. Elle se prépara d'abord une omelette et s'assit à son tout nouveau patio, même si elle n'était pas vraiment affamée après le cake à la banane… Mais elle pourrait ne plus manger avant des heures. Donc, repue de l'omelette, réchauffée et satisfaite, Doreen partit avec ses petits monstres.

Dès qu'elle arriva près de chez Heidi, Mugs devint excité. Doreen passa devant sa maison, sachant qu'elle ne serait pas dehors. Cependant, ce pourrait être le cas d'Aretha… Mais Doreen continua son chemin, prit à droite puis à gauche. Et elle comprit rapidement qu'elle était arrivée là où vivait cette Marsha Langford, si elle y résidait encore. Doreen passa devant la propriété et vit la parcelle avant dans un chaos de fleurs. Mugs renifla immédiatement la terre, la queue remuant face à ce jardin frais.

Elle s'arrêta et sourit, car c'était magnifique. Pas de la même allure contrôlée que chez Heidi, mais c'était un espace dans lequel quelqu'un avait essayé de façon un peu trop enthousiaste de faire pousser un paquet de fleurs et qui s'en était ensuite éloigné. Pendant son absence, elles s'étaient étalées et développées sans l'aide d'un humain. C'était une bataille de couleurs puisque chaque plante essayait de se rivaliser avec celle d'à côté.

Une femme salua :

— Bonjour !

Mugs aboya, reculant légèrement. Doreen sourit et répondit :

— Salut ! Il fallait que je m'arrête pour admirer cette joyeuse pagaille !

— N'est-ce pas le mot qui convient le mieux ? approuva la femme. Je suis Marsha, au fait. Certaines personnes continuent de venir jeter un œil ici, depuis que je suis devenue demi-finaliste d'un des concours du plus beau jardin, annonça-t-elle fièrement.

— Je discutais avec Candace au sujet des compétitions de la foire, et elle a mentionné que vous étiez active.

— Oui, je gagne régulièrement le concours de kiwis depuis des années maintenant, se vanta la femme avec un grand sourire. Évidemment, ils demandent de l'attention.

Doreen l'observa et pensa qu'elle devait frôler la fin de

ses soixante-dix ans.

— Les kiwis sont des fruits intéressants à cultiver ici. Je n'aurais jamais cru.

— Oh ! ils s'en sortent très bien. Bien sûr, ils doivent être rentrés pour la saison froide. Le règlement nous autorise à les conserver dans une serre tout l'hiver, mais il faut les avoir dans le jardin à partir d'une certaine date. J'ai toujours fait en sorte que ça marche bien.

— Si vous le dites… J'ai bien plus d'expérience avec les vivaces qu'avec les fruits.

— Eh bien, les kiwis doivent vraiment être dorlotés. J'ai un tas de plantes à l'arrière, mais je tiens les gens qui entrent et sortent en bride, car je ne veux pas qu'on me vole mes secrets.

Doreen ne put s'empêcher de se demander sur quels secrets pouvait reposer la plantation de kiwis.

— Le concours est à ce point féroce ?

— Oh, Seigneur, oui ! confirma Marsha, souriante. Un certain montant en espèces est inclus dans les gains, mais une fois qu'on est victorieux, c'est encore pire, car il faut continuer de gagner.

— Mais tout ça a lieu dans la joie et la bonne humeur, non ? s'enquit Doreen avec précaution.

Mugs marcha vers elle puis se posa sur le béton. Goliath se laissa lourdement tomber à côté de lui. Apparemment, ils en avaient assez de cet endroit. Ou peut-être qu'ils souhaitaient profiter d'une longue sieste ici. Les caprices de ses animaux étaient quelque chose qu'elle ne comprenait toujours pas. Thaddeus semblait ronfler d'ennui contre son cou.

— Oui, bien sûr, c'est dans la bonne humeur… Mais en réalité, pas vraiment. Je veux dire… ça reste un concours. Et certaines personnes sont dans un esprit de compétition à mort.

Quand elle entendit « esprit de compétition à mort », Doreen grimaça.

— Car de toute évidence, c'était une compétition pour certains et la mort pour d'autres… J'ai eu vent d'une rumeur selon laquelle Rosie disposait de quelque chose qui aurait pu vous faire perdre votre hégémonie, déclara Doreen avec le sourire.

Marsha ricana.

— Non… Absolument pas, car c'était impossible. Je suis définitivement et de loin la meilleure pour cultiver des kiwis.

— Ah… lâcha Doreen d'un ton plus conciliant en voyant Mugs désormais debout en train de fixer Marsha. Eh bien, j'ai appris qu'elle faisait pousser des kiwis dans un jardin collectif qui, paraît-il, aurait pu surpasser le vôtre.

La femme agita la main devant elle.

— Les gens racontent ça depuis longtemps. Mais c'est absolument impossible. Mes kiwis sont prodigieux !

— Oui, bien sûr… je peux les voir ?

Marsha lui adressa un large rictus et répondit :

— Non.

— Ah… Bon, d'accord. (Elle pouvait apercevoir la serre sur le côté de la maison.) Et je constate que vous avez une serre de bonne taille aussi.

— Absolument.

Doreen sourit puis fit un geste vers sa parcelle de fleurs.

— C'est vraiment beau également.

— Merci ! Je pensais participer de nouveau au concours.

— Vous connaissez l'identité de vos concurrents avant de vous inscrire ?

— Non, pas toujours. Il y a ceux qu'on soupçonne toujours, et c'est comme ça que je suis persuadée que je gagnerai de nouveau pour les kiwis. Et aussi, car j'ai les meilleurs plants.

— Est-ce que vous les cultivez puis gardez les graines ? questionna Doreen, curieuse.

— Oui, c'est ça. Cependant, parfois, la génération suivante n'est pas aussi bonne.

— D'accord, acquiesça Doreen en hochant la tête. Est-ce que quelqu'un a déjà failli vous battre ?

— Rosie, l'année dernière, indiqua la femme en reniflant. J'étais presque certaine qu'elle trichait.

En entendant ça, les sourcils de Doreen se levèrent.

— Comment est-ce qu'on peut tricher ?

La femme baissa d'un ton et se pencha en avant.

— La serre... trop de temps en serre. Ils ne nous autorisent pas à y avoir de plants pour le concours. Il y a des variétés de kiwis qui sont robustes, mais qui produisent de très petits fruits, donc comme ils sont jugés sur leur taille, on doit faire pousser la variété classique pour rester dans la compétition.

— Ce qui, je suppose, étant donné que ce sont des fruits tropicaux, rend le challenge encore plus intéressant.

— Le sera-t-il vraiment un jour ? lâcha Marsha en levant les yeux au ciel. Il faut les dorloter et les surveiller les nuits fraîches en plein printemps et durant la chaleur étouffante de l'été.

— D'accord, dit Doreen en hochant la tête d'un air omniscient.

Mais au fond d'elle, elle essayait de comprendre comment on pouvait maintenir la température alors qu'elle était si variable dans le coin. Kelowna connaissait un nombre important de journées où il pouvait faire quarante degrés ou au moins plus de trente pendant des semaines. Et parfois, la température peut atteindre uniquement vingt-cinq degrés quotidiennement pendant tout le mois d'août. Ce n'était pas un climat tropical, d'aucune sorte.

— Eh bien, j'ai hâte de voir comment vous vous en sortirez cette année !

— Je remporterai le trophée ! s'exclama la dame sans donner l'impression de poser une question.

— C'est bien d'être si confiante. Vous avez entendu ce qui était arrivé à Rosie, à ce propos ?

— Non, déclara-t-elle en plantant son râteau dans le sol. Que s'est-il passé ?

— Oh, ma chère… Je ne devrais peut-être pas vous en parler… Ou alors si, mais j'en suis désolée, cela pourrait vous contrarier. Elle est décédée dimanche matin.

La femme la regarda, sous le choc.

— Sérieusement ?

— Oui, sérieusement.

— Oh, c'est bien dommage, articula-t-elle lentement. Rosie était la seule qui pouvait me donner du fil à retordre.

— Je suis navrée… Je suppose que ça aide à faire de son mieux quand on sait qu'on a en face de soi un compétiteur.

— La rivalité est bonne pour la santé, expliqua Marsha en observant au loin. J'ai entendu dire que d'autres femmes étaient mortes, qui étaient impliquées dans le concours également, mais elles n'ont jamais représenté de concurrentes sérieuses.

Cela incita Doreen à se tourner vers elle. Elle lui dressa la liste des quatre défuntes.

Marsha hocha la tête.

— Elles participaient toutes au même concours, vous savez ?

— Ouah… souffla Doreen en souriant. Apparemment, c'est dangereux de cultiver des kiwis !

La femme s'esclaffa.

— Oh, Seigneur… C'est vraiment drôle ! Enfin non… je ne suis pas inquiète. Dans mon monde, ces fruits sauvent la vie et ne tuent pas.

— Pourquoi cela ?

Marsha marqua une pause et un petit rictus se dessina sur ses lèvres.

— Parce que j'étais plus ou moins morte, psychologiquement, puis j'ai commencé à faire pousser des kiwis. J'ai eu un déclic et je me suis relevée. J'ai perdu mon époux il y a plus de dix ans maintenant et j'en étais vraiment déprimée.

— J'en suis sûre, compatit Doreen en opinant du chef. Comment est-il mort ?

— Un jour, il s'est levé et il a disparu, annonça la femme à Doreen qui en fut sidérée.

Le téléphone de Marsha se mit à sonner à cet instant. Elle leva les yeux vers Doreen et lui dit :

— Désolée, mais je dois prendre cet appel.

Elle tenait le portable contre son oreille en remontant les marches devant sa maison, laissant Doreen immobile, sous le choc.

Chapitre 23

Mardi après-midi...

ABASOURDIE, DOREEN S'EN alla. Elle luttait pour croire ce qu'elle venait d'apprendre. Il lui fallait plus d'informations, mais ce n'était de toute évidence pas le bon moment. Soudain, son téléphone sonna ; elle jeta un œil et vit qu'il s'agissait de Mack. Avant qu'il n'ait la chance de parler, elle lui raconta rapidement ce qu'elle avait entendu.

— Quoi ? Sérieusement ?!

— Oui ! Les quatre femmes qui sont mortes ont toutes participé au concours annuel de culture de fruit tropical à la foire régionale, commença-t-elle à relater, exaspérée. Et Marsha a dit que cultiver les kiwis était la raison pour laquelle elle s'était sentie revivre après avoir perdu son mari, il y a dix ans.

— Hmmm, je suppose que si un truc doit aider dans ces cas-là, c'est faire pousser quelque chose, commenta-t-il, hésitant, comme s'il ne comprenait pas l'attraction pour les kiwis.

— Mais il n'est pas mort ! Quand je lui ai posé la question, elle a expliqué qu'il avait simplement disparu, d'un jour à l'autre.

Silence.

— Vous ne trouvez pas suspect que le mari de Rosie ait fait la même chose il y a dix ans ?

— Peut-être, répondit lentement Mack. Mais rappelez-vous, les théories ne sont pas des preuves.

— On doit émettre des théories, argumenta-t-elle, pour avoir des preuves.

— Oui… et non.

— Mais pourquoi appelez-vous, d'abord ? demanda-t-elle, ne souhaitant plus débattre pour le moment.

— Essentiellement parce qu'on vient de découvrir que le mari de Rosie pourrait être encore en vie.

— Bien sûr qu'il l'est ! Peut-être apprendrez-vous également que le mari de cette Marsha l'est aussi.

Mack ricana.

— Pas forcément… La foudre frappe rarement deux fois au même endroit.

— Non. Cependant, on a trouvé quatre petites vieilles dames, toutes mortes de crises cardiaques similaires à un moment ou à un autre. Et quelles sont les chances pour que toutes fussent inscrites au même concours ? Ce n'est pas que je m'attendrais à ce qu'elles ne participent jamais à des compétitions, précisa Doreen, qui brandissait la main alors qu'elle traversait la rue avec ses animaux, prise dans sa conversation avec Mack. Mais réfléchissez-y : le *même* concours.

— Vous croyez vraiment que Marsha les a toutes tuées pour s'assurer d'être la gagnante ?

— Non, elle paraissait réellement surprise en apprenant la mort de Rosie… (Doreen se remémora la façon dont la femme avait souri en parlant des kiwis.) Je n'y crois pas une seconde. Je ne sais pas quoi penser, admit-elle, consternée.

Mais si l'une s'était inscrite au concours de tartes, une autre à celui de la confiture et une autre à celui du céleri ou n'importe quel autre légume oublié, vous considéreriez qu'elles étaient toutes des fans de fêtes locales. Mais le fait qu'elles participaient toutes au concours de kiwis est tout bonnement étrange ! Je ne suis même pas certaine que le kiwi soit cultivable à Kelowna ! ajouta-t-elle au bout d'un moment.

— J'entends bien. Vous pourriez effectuer des recherches là-dessus pour moi.

— En effet, approuva-t-elle, souriante, car la plupart du temps, Mack lui demandait de disparaître et de ne pas partir à la pêche aux infos sur des forums.

— Est-ce que vous avez déjà fait pousser des kiwis ?

— Non, aucun légume ni fruit. Je me disais que ça devait être sympa…

— Je pense que oui. Et vous pourriez les manger.

Le visage de Doreen s'illumina.

— Oh, c'est drôle, ça ! Je veux dire, quand je parlais de cultiver des légumes, je n'imaginais pas que je pourrais les consommer. Mais avoir de la nourriture à disposition ? C'est énorme !

— Ça l'est. Sinon, vous pourriez simplement semer de la salade verte dans votre jardin.

— Il faudrait que je voie où les mettre… réfléchit Doreen en accélérant le pas afin de rentrer chez elle plus vite. Mais j'aime vraiment cette idée ! J'ignore combien coûtent des graines cependant…

— Elles sont accessibles financièrement. Je dois en avoir quelque part chez ma mère. Elle ne s'en sert jamais.

— Oui… on est seulement mardi. Je pourrai lui demander quand j'irai vendredi.

— Faites donc ça. Les épinards et la laitue sont simples, tout comme les radis. Vous pouvez également avoir un pot de ciboulette.

Elle afficha un large sourire.

— Vous savez quoi ? J'ignore même pourquoi je n'ai jamais songé à un potager. Je passe la majeure partie de mon temps à faire pousser des vivaces et des annuelles et à m'assurer que le jardin est parfait, mais je n'ai jamais cultivé quelque chose qu'on pourrait manger ensuite.

— Bien, maintenant, vous avez d'autres occupations à prévoir… et c'est sans doute ce dont vous avez besoin, pour vous aider à ne pas ressasser vos problèmes dans ce monde.

— Je n'ai aucun problème ! En réalité, en ce moment, mon existence est plutôt parfaite. Vous devriez voir la terrasse et la zone bétonnée ! J'ai encore le gravier à déplacer, et ce sera vraiment difficile, mais j'essayais de déterminer s'il était nécessaire de poser quelque chose en dessous avant.

— Pas si le gravier se trouve tout le long du béton. Vous voudrez sans doute creuser un peu plus profond afin de stopper toutes les mauvaises herbes qui auraient envie de traverser. Je crois qu'ils ont parlé d'une quinzaine de centimètres, mais je vous donnerai un coup de main, si vous êtes en mesure d'attendre jusqu'au week-end.

— Je verrai. Vous avez déjà tellement fait pour moi ! Je ne sais même pas comment je réussirai à vous remercier.

— En virant vos fesses de mes affaires ?

— Tout sauf ça ! contesta-t-elle gaiement. Mais j'effectuerai quelques recherches sur les kiwis. Je pense seulement qu'on doit élucider un tas d'autres énigmes avant de résoudre ça.

— Et il nous faut l'ADN et le rapport de toxicologie.

— C'est pour quand ?

— Probablement vendredi. On réalise des tests assez poussés pour s'assurer qu'on n'oublie vraiment rien dans cette enquête. Comme vous l'avez indiqué, s'il s'agissait uniquement d'une ou deux morts, ce serait passé inaperçu. Mais avec désormais quatre…

— Je suis un peu inquiète, car Marsha pourrait bien être la prochaine.

— Peut-être, souffla Mack, évasif.

— Je sais que Nan sera dévastée si elle perd encore des amis.

— Oui… Mais aucun moyen d'empêcher ça pour l'instant.

— Je suppose qu'un nombre considérable de dames âgées vivent en ville, non ? Donc impossible de les mettre toutes sous garde rapprochée. (En percevant le soupir de Mack au bout du fil, Doreen grommela.) OK, c'était sûrement stupide de dire ça. J'aimerais simplement qu'il y ait un moyen de les protéger…

— Eh bien, elles devront seulement ne pas aller se balader toutes seules.

— C'est un autre détail. Elles étaient seules, n'est-ce pas ?

— Oui. Pourquoi ? demanda-t-il d'une voix tranchante.

— Tout bêtement parce que ce n'est pas commun. Oui, Nan vient chez moi sans être accompagnée, mais je ne crois pas qu'il y ait autant de personnes de cet âge qui le font. N'ont-ils pas peur de tomber ou autre ?

Était-ce trop stéréotypé de sa part ? Car elle ne pouvait imaginer quiconque expliquer à Marsha qu'elle ne pouvait pas aller faire ses courses toute seule.

— Peu importe, reprit Doreen. Je viens de me rendre compte à quel point c'était idiot.

— Ça ne l'est pas tant que ça, car je présume qu'un tas de gens gardent ça en tête quand ils partent en balade. Mais l'une de ces femmes se trouvait dans un parking, vous vous rappelez ?

— Exact. Alors, ça aurait pu être n'importe qui.

— Absolument. Gardons simplement l'esprit ouvert, laissons les théories de côté et les preuves en évidence.

— Oui, j'en suis consciente. Cependant, on doit explorer toutes les possibilités.

— Non. *Nous* devons le faire, pas vous. Effectuez les recherches sur les kiwis et trouvez ce que vous pouvez planter dans votre jardin pour voir si vous pouvez encore obtenir des légumes chez vous avant l'arrivée de l'hiver. Autrement, souvenez-vous qu'il est temps de laisser agir la police.

— Tant qu'il n'y a pas d'autres meurtres…

— Nous ignorons si ce sont des meurtres, la corrigea-t-il sèchement. Souvenez-vous-en : il nous faut des preuves, des indices. Pas de théorie.

— Bien ! Mais vous devriez plutôt vous dépêcher. Je ne veux plus entendre parler de nouvelles vieilles dames disparaître toute seules.

Et cette fois, c'est Doreen qui lui raccrocha au nez. Et cela la poussa à sourire.

Chapitre 24

C'ÉTAIT DÉJÀ LE jour suivant avant que Doreen ne s'asseye pour effectuer de sérieuses recherches sur la culture des kiwis. Elle découvrit que, bien qu'un tas de gens habitant sur le quarante-neuvième parallèle aient davantage de succès, certains dans les Basses-terres continentales faisaient pousser des kiwis dans leur jardin, mais pas dans un but commercial. S'ils y parvenaient dans cette région, alors, sous certaines conditions, Kelowna devrait être un potentiel temple de la culture de kiwis aussi. Mais là encore, uniquement dans un cadre privé et non lucratif, car la météo était trop instable par ici.

Au sud des Basses-terres, on pouvait assez bien le garantir, même si ça atteignait parfois zéro voire moins dix degrés pendant l'hiver, on n'avait pas vraiment les températures glaciales que connaissait Kelowna. De même, les Basses-terres étaient bien moins réputées pour leur extrême chaleur. Alors, Vancouver conviendrait tout à fait. Elle était curieuse d'essayer de cultiver elle-même des kiwis, mais elle se dit que cela l'embarquerait dans un puits sans fond, dans lequel elle n'oserait pas aller. Et si Marsha avait la moindre idée selon laquelle quelqu'un d'autre pourrait apparaître comme un compétiteur prometteur, cela la dissuaderait davantage de parler à Doreen.

Et parler, c'était assurément quelque chose que Marsha devait encore accepter. En tapant son nom dans la barre de recherche Google, Doreen vérifia rapidement les quelques infos qu'elle pouvait dénicher. Et, comme elle s'en doutait, une succession de récompenses étaient mentionnées, mais très peu de renseignements concernant le mari. Doreen ne lui avait même pas demandé comment il s'appelait, mais Nan devrait le savoir.

Elle lui envoya rapidement un message pour lui poser la question.

Nan lui téléphona au lieu de lui répondre par écrit.

— Je ne connais pas tout le monde en ville ! lui lança-t-elle d'une voix fâchée.

Cela fit rire Doreen.

— Que trafiquais-tu que j'ai interrompu ? l'interrogea-t-elle, car elle était consciente que Nan ne se mettait jamais en colère sauf quand elle était occupée.

— On organise des paris. Le cuisinier ici fréquente quelqu'un.

— Oh, sérieux, Nan… grommela Doreen. Tu mises réellement sur la vie privée des gens ?

— Évidemment ! C'est tellement rigolo ! Ça peut prendre toutes les directions, personne n'en sait vraiment rien. Un moment, tu crois qu'un couple va vraiment se former et durer, mais d'un coup, *pouf !* Tu découvres qu'elle est partie avec un livreur ou autre. En plus, ces paris sont couverts.

L'autosatisfaction était tellement audible dans la voix de Nan que Doreen dut s'en amuser.

— Bon, revenons-en à ma question. Oui, je suis au courant que tu ne connais pas tout le monde en ville, mais je me demandais si tu connaissais Marsha et le nom de son mari.

— Ex-mari à ce que j'ai entendu. Je crois qu'il est parti avec une femme plus jeune.

— Eh bien, c'est un trait relativement commun, lâcha Doreen en grimaçant, pensant à son propre époux.

— C'est bien vrai. C'est pourquoi je me suis débarrassée des hommes avant de vieillir davantage. Je me suis dit que je ferais mieux d'être la femme qui part plutôt que l'inverse, indiqua Nan avant de rire et de rire encore.

Doreen sourit. Jusqu'à présent, la vie de célibataire de Nan était assez osée et un peu légendaire dans l'esprit de Doreen. Elle ignorait totalement à quel point tout ça était vrai, mais c'était marrant d'y songer.

— Donc ça signifie que tu sais ou que tu ne sais pas ?

— Je n'en suis pas certaine, ma chérie.

La voix de Nan devint feutrée comme si elle avait posé sa main sur le téléphone. Mais Doreen pouvait l'entendre interpeller Ritchie. Leur discussion se poursuivit, Doreen pouvant la distinguer en partie.

— Curtis Langford, déclara Nan. On croit que c'est Curtis.

— OK. Comment va Ritchie ?

— Maintenant que tu t'occupes de l'affaire du testament de Rosie, il se porte bien mieux ! lui répondit Nan avec un ton enjoué.

— Rosie était bien appréciée, n'est-ce pas ?

— Absolument ! Les autres aussi. Même si je ne connaissais pas très bien deux d'entre elles.

— Rosie était en chemin pour venir me voir, exposa Doreen, sachant qu'elle évoluait en terrain miné si elle s'y prenait mal. Une idée si les autres femmes étaient parties faire des courses ou se balader seules ? (Elle pouvait presque percevoir Nan qui se hérissait au téléphone.) Je demande simplement si c'était une habitude chez elles, ajouta-t-elle calmement. Pas si elles avaient besoin d'être conduites ou escortées. Je m'intéresse à ce qu'était leur manière d'agir au quotidien.

— Je l'ignore… Rosie ne sortait pas seule très souvent, relata Nan à contrecœur. Elle emmenait généralement quelqu'un avec elle pour une balade. Mais bien sûr, on sait pourquoi ce n'était pas le cas cette fois.

— Peut-être… mais elle aurait pu venir avec toi.

— Possible, mais elle ne m'avait même pas dit qu'elle allait te visiter. (Et là, Nan ronchonna davantage en ajoutant :) Je ne sais pas pourquoi.

— Peut-être qu'elle ne voulait pas divulguer ses projets.

— Mais je sais garder des secrets !

— Tu sais très bien garder les secrets. Je vérifiais seulement.

— Tu devrais interroger des membres de la famille.

— Oui, c'est dans ma liste de choses à faire aujourd'hui, confirma Doreen en hochant la tête.

Après avoir raccroché, elle se rendit compte que c'était exactement ce qu'il lui fallait : trouver plus d'informations concernant les habitudes de ces vieilles dames. Leurs noms inscrits, Doreen se demanda si elle pouvait s'immiscer un peu auprès des membres de leur famille ou si ce serait trop, trop tôt. Ses sourcils se froncèrent tandis qu'elle y pensait, puis elle appela la première et tomba sur la fille aînée de Bella Beauty. Quand Doreen lui expliqua qui elle était, la femme parut très contente.

— Oh, mon Dieu ! Je vous ai vue en ville. J'adore cet oiseau sur votre épaule !

Comme s'il avait conscience qu'on le charmait, Thaddeus s'approcha du téléphone et prononça : « Thaddeus est là. Thaddeus est là. »

L'interlocutrice se mit à rire.

— Oh, mon Dieu, j'avais besoin de ça aujourd'hui ! Nous avons enterré maman il y a quelques jours, et ça a été un peu dur…

— Et j'en suis vraiment navrée, lui dit tristement Doreen. C'est difficile quand on perd ceux qu'on aime.

— Tout à fait… Et c'était tellement étrange.

— Qu'est-ce qui était étrange ? questionna Doreen.

— Eh bien… elle voulait aller se balader seule. Elle se comportait de façon mystérieuse.

— Elle n'est pas partie avec quelqu'un ?

— Pas à ma connaissance. J'étais au travail. J'arrive presque à la fin. Encore quelques mois et j'aurais pris ma retraite pour passer les dernières années avec maman. Et maintenant, je songe à continuer de travailler afin d'avoir une occupation.

— Ne décidez pas sur un coup de tête, la prévint Doreen qui ne put s'empêcher de regarder son téléphone. Vous venez de vivre tellement de journées difficiles que vous allez passer d'une idée à l'autre. Accordez-vous un peu de temps pour entrevoir d'abord un futur sans votre mère.

— Oui, voilà des mots fort sages. Mais non… je ne crois pas qu'elle se trouvait avec une autre personne. Mais je n'en suis pas certaine. Peut-être allait-elle à la rencontre de quelqu'un.

— Était-elle active dans la kermesse, les concours de jardinage ?

— Oh oui ! En fait, plusieurs d'entre nous ont écrit une newsletter à propos de deux amies qui nous ont quittés à quelques semaines d'intervalle. Nous étions certains qu'elles étaient démoralisées d'avoir perdu les leurs. Maman était la première, bien sûr, et même si je m'attendais à ce qu'elle parte à tout instant, je ne le prévoyais vraiment pas maintenant… On n'est jamais préparé jusqu'à ce que ça arrive.

— C'est exact. Je crois que ça concerne tout grand changement de la vie.

— C'est bien vrai. Bref, nous allons célébrer la vie qu'elle a eue et parler de son jardinage, de ses amies et à quel point elles sont restées proches durant toutes ces années.

— Donc trois parmi celles qui sont décédées ici récemment étaient de bonnes amies ?

— Oh oui, les meilleures des meilleures.

— Oh… C'est aussi triste qu'adorable.

— N'est-ce pas ?

— Et elles étaient toutes amatrices de jardinage, c'est ça ?

— En effet. Mais je crois que ma mère était davantage intéressée par les kiwis. Les autres étaient tout de même plus que ravies de la suivre dans cette voie.

— Pourquoi les kiwis ?

— Oh, c'est bien simple, c'était à cause de Marsha. Tout ce qu'elles souhaitaient, c'était la contrarier afin qu'elle perde son titre de championne.

— C'est une raison bien étrange pour avoir envie de cultiver des kiwis ! réagit en riant Doreen.

— Eh bien, Marsha faisait partie de leur bande, avant. Et puis tout le monde a continué de postuler à différents concours. Certains d'entre eux ont reçu le premier prix, d'autres des mentions, des trucs comme ça… mais personne ne s'est jamais vraiment cantonné à une seule voie, dans laquelle il gagnerait encore et encore… Excepté Marsha.

— Et cela a exaspéré les autres ?

— À force, oui. S'il m'était donné d'offrir une seule chose à ma mère, j'aurais aimé qu'elle ait une chance de gagner.

— Donc ils font pousser des kiwis et ils ont quelque chose de précieux ou de viable pour participer au concours ?

— Ils s'efforçaient de sortir vainqueurs. Ce n'était qu'une rivalité bon enfant, mais dès que Marsha a trouvé sa spécialité, ça a été dur pour les autres de ne rien dégoter pour eux. Alors, ils ont commencé à entrer en compétition avec elle. Et là encore, c'était parti sur de la franche camaraderie, mais, au fil des ans, ce n'était plus aussi sympa.

— C'est compréhensible. Ma propre grand-mère peut devenir vraiment fanatique pour certaines choses.

— N'est-ce pas ? Bref, elle se repose désormais…

— Je comprends. Je m'intéressais à ces différents décès, puis j'ai entendu parler du lien avec les kiwis et j'ai pensé que je devais appeler et poser mes questions. Je ne voulais pas m'imposer…

— Il n'en est rien. J'adore parler de maman. Nous étions très proches, et elle sera vraiment regrettée.

Après avoir dit cela, la fille commença à renifler. Doreen se dépêcha de reprendre la parole.

— Alors, merci beaucoup d'avoir discuté avec moi.

Puis elle raccrocha. Elle se leva puis déambula dans la maison, essayant d'affronter sa propre crainte d'une perte, car cela lui rappelait que Nan n'était plus toute jeune et que son décès pourrait survenir à tout moment également. Que ce soit naturel ou pas, y penser était effrayant. Évidemment, c'était pire d'imaginer que quelqu'un avait contribué à la mort de ces vieilles dames. Mais croire que quatre d'entre elles avaient été frappées par mère Nature, comme ça ?

Non, ce n'était pas quelque chose que Doreen envisageait. Elle avait eu des visions de Nan à l'âge de cent ans, rendant ses camarades dingues avec ses paris. Les chances n'étaient pas spécialement de son côté, mais elle était en bonne santé, alors elle continuerait d'avancer tant qu'elle le pourrait. Tant que Doreen pouvait s'assurer que personne ne pousserait sa grand-mère dans la tombe, comme ces autres femmes *l'avaient* possiblement été. Et il était intéressant de prendre en compte que ces dernières avaient été amies avec Marsha jusqu'au jour où l'une d'entre elles s'était élevée au sein de la communauté des cultivateurs de kiwis.

Doreen ne pouvait empêcher son esprit de se focaliser sur ces fruits. Ils étaient forcément plus compliqués à faire pousser que les avocats, et sans doute que les bananes étaient hors course ici et que les agrumes devaient être cultivés avec soin sous serre. Mais il était possible de cultiver des citrons et des oranges à Kelowna, il fallait simplement les materner tout le temps. Doreen n'était pas certaine d'être capable d'effectuer ce genre de jardinage, mais cela piquait sa curiosité ; elle s'interrogeait particulièrement sur les arbres fruitiers. Seulement les petits qu'elle pourrait tailler… et puis tout ce qui était lié à la nourriture était une bonne idée en ce qui la concernait. Cela l'incita à se lever et à marcher dehors sur sa nouvelle terrasse pour admirer son terrain.

À chaque fois qu'elle sortait ici, elle avait envie de danser et de chanter de joie. Elle sautilla sur les quelques marches pour descendre sur le trottoir et se mit à rire.

— Regarde ça, Mugs ! Regarde donc ça !

Elle courut ensuite jusqu'à la crique, puis reprit le chemin en sens inverse de la même façon. Mugs aboyait et dansait autour d'elle, l'imitant au pas près. Thaddeus décolla en partie, atterrit, se redressa, vola un peu puis fut distrait par quelque chose dans l'herbe. Il commença à lui donner des coups de bec tandis que Doreen s'esclaffait.

Goliath, d'un autre côté, s'étirait au soleil sur la dernière marche du haut de la terrasse, laissa tomber sa tête et roula sur le dos, exposant son gros ventre en fourrure dégagé à l'air frais. Elle se pencha et le gratifia de quelques gratouilles sur celui-ci. Il ne bougea même pas.

— Je suis contente de constater que vous approuvez tous.

C'était fantastique. Elle marcha jusqu'aux deux zones où les hommes lui avaient laissé de l'espace pour un jardin, pile là où se trouvaient les rambardes. C'était bien suffisamment grand pour y planter quelque chose. Elle ne savait simplement pas encore quoi. Quelque chose de lumineux et de joyeux serait idéal pour aider à contrer tout le bois. Même si elle aimait cette matière, il pouvait contribuer à un léger changement de couleur et de ton.

Elle finit par cesser de danser et de sautiller partout, reprenant son souffle, mais ayant apprécié ses allers-retours en courant, et se contenta maintenant de s'émerveiller devant son arrière-cour. Elle avait clairement de la place pour de petits arbres et pouvait vraiment installer un potager. Mack avait raison : ce serait chouette d'avoir de la salade fraîche maison qu'elle aurait fait pousser. Elle qu'on pouvait comparer à un lapin, pourquoi n'avait-elle jamais pensé au mets dont ils raffolaient ? Car la culture de plants de légumes était à des années-lumière de l'étendue de son expérience, bien qu'elle soit une jardinière. Elle s'était épanouie grâce à ça, alors comment en était-elle arrivée à avoir ce grand trou noir dans son univers ?

Mack avait expliqué que les graines ne coûtaient pas cher, et, si elle fouillait sur Internet, elle pourrait probablement s'en procurer en nombre. Il était probablement trop tard pour trouver des semences à acheter dans une jardinerie locale. Étaient-elles toujours ouvertes ? Son visage se froissa sous la réflexion. C'était déjà la fin juin ; il devait rester juste assez de temps pour semer de la laitue et peut-être de la ciboule, potentiellement des légumes qui croissaient vite. Il fallait effectuer quelques recherches afin de dégoter ça.

Comme elle retournait chez elle en se dirigeant vers la cuisine, son esprit retourna à ces quatre femmes décédées. L'une était seule dans un parking et cela ne semblait pas si étrange. Une autre était partie se balader toute seule, une autre encore avait été découverte sur le trottoir, seule. Et la dernière se trouvait au parc. Toutes les quatre n'agissaient pas de façon étrange. Mais l'un des décès semblait suspect, et peut-être la victime était-elle sur le point de retrouver quelqu'un. Doreen se demanda qui et pourquoi.

Elle composa rapidement le numéro du fils de la deuxième dame, Kimmy Schwartz, sachant que les hommes étaient bien moins enclins à discuter, contrairement à la fille de Bella qui s'était montrée très impliquée.

— Et qu'est-ce que vous voulez ? la questionna-t-il sèchement quand il apprit qui elle était.

Doreen grimaça.

— Je viens juste de discuter avec la fille de Bella Beauty, lui expliqua-t-elle prudemment. On a discuté du fait de rédiger une newsletter pour célébrer la vie de ces femmes.

Son ton s'adoucit un tant soit peu, et il indiqua :

— C'est mon épouse qui s'en occupera. Ma mère était une femme charmante, et son temps était venu. C'est tout ce qu'il y a à dire.

— Est-ce qu'elle partait souvent en balade seule comme ça ?

— Non. Elle a raconté qu'elle allait rencontrer

quelqu'un, un vieil ami. Un type avec qui elle voulait guérir d'une rupture. J'ignore si ça a marché, mais je l'espère, car c'est important pour elle, pour son âme, qu'elle ait réglé autant de dettes que possible.

En se fiant au ton de la voix de l'homme, Doreen grimaça légèrement.

— Je le lui souhaite également, pour son bien. Merci beaucoup d'avoir conversé avec moi.

Il raccrocha sans même un au revoir. Elle tenta le numéro d'un des membres de la famille de l'autre femme, Delilah, mais elle ne réussit à joindre personne. Doreen devra réessayer plus tard.

Maintenant, la quatrième victime… La famille de Rosie, ce qui signifiait Danny. Ce n'était pas de bon augure. Elle envoya rapidement un SMS à Mack, concernant la famille de Delilah. Il répondit par une question : **Pourquoi ?**

Je voulais contacter un membre de sa famille au sujet du club qu'elles avaient formé pour déchoir Marsha de son statut de reine des kiwis, lui indiqua-t-elle.

Quand son téléphone se mit à sonner, elle rit.

— Vous êtes sérieuse ?

— Oui ! lâcha-t-elle avant de raconter brièvement à Mack ce que lui avait confié la fille de Bella.

— Vous n'avez pas pensé que Marsha les avait tuées, si ?

— Oh ! c'est une théorie intéressante. J'ignore si ce serait insensé, vu ce qu'on sait des meurtriers…

— Pourtant, vous ne gagnez pas une compétition en y mettant fin.

— C'est pourtant une excellente solution, contesta Doreen en riant. Car alors, personne n'a aucune chance contre vous.

— Je ne peux l'imaginer…

— Eh bien, si vous mettez la main sur les deux époux disparus, vous pourriez leur demander. Peut-être qu'ils ont quelque chose à voir avec tout ça.

— Je travaille toujours là-dessus.

— Vous savez quoi ? Maintenant que j'y pense, je ne suis pas certaine que les deux autres ont été mariées… Vous avez des informations ?

— Les deux sont décédés, déclara-t-il à contrecœur.

— Donc nous avons quatre vieilles femmes célibataires, veuves, intéressées par le jardinage et les concours de kiwis, toutes mortes, ne laissant qu'une reine dans la compétition et son mari disparu.

— Et vous pensez que tout est lié ? l'interrogea-t-il, une note d'humour et de curiosité mélangées dans sa voix.

— Comment ça ne pourrait pas l'être ? Elles se connaissaient toutes et prenaient part à la même compétition chaque année. Elles étaient amies avant et ne le sont plus maintenant.

— Et le petit-fils ? Vous pensiez qu'il pourrait être responsable…

— Eh bien, je ne l'écarte pas. Peut-être qu'il essayait de s'attirer les bonnes grâces de Rosie en tuant les autres participantes du concours… (Mack ricana en entendant ça.) Mais regardez-le ! Il est pour le moins sordide !

— Eh bien, cette ordure a été blanchie, à ce propos.

— C'est bien dommage, souffla-t-elle avec une frustration sincère. Il n'est pas exactement l'honnête citoyen qu'on aime avoir dans le coin.

— Ça n'a pas d'importance que vous vouliez de lui ou pas, on n'avait plus de raison de le soupçonner.

— Il m'a attaquée, ainsi que Ritchie.

— Oui, mais vous ne souhaitiez pas porter plainte non plus.

— Et cette lettre qui m'était destinée ? Vous avez trouvé des empreintes ?

— Seulement les siennes.

— Et le testament ? Une piste là-dessus ?

— Il semble être récent et légal, oui.

— Et les gens qui ont assisté à la signature ? Avez-vous prouvé sans l'ombre d'un doute qu'un membre du personnel du manoir avait un lien avec ça ? Qu'il avait contraint Rosie à viser cette version du testament ?

— Je n'y crois pas. L'une d'eux l'a signé le jour de son décès. Apparemment, elle était vraiment amie avec Rosie et avait été ravie de faire ça. Et elle détestait le petit-fils également. Personne là-bas ne l'apprécie, car il venait constamment et laissait Rosie en larmes.

— Ce qui n'est pas très sympa… Je ne pourrais m'imaginer aller voir Nan et l'abandonner dans cet état.

— Non, mais vous n'êtes pas de la même espèce.

— Vous avez pu trouver pourquoi le petit-fils avant tant besoin d'argent ?

— Il est sur le point de perdre sa maison, raconta franchement Mack. C'est un grand dépensier, et il aime impressionner ses petites amies. Il a passé quatre week-ends sur la côte et en dehors de l'île, voyageant de Seattle jusqu'à Banff et payant tout avec sa carte de crédit. Maintenant, il est incapable de rembourser, donc il a souscrit une seconde hypothèque sur sa propriété pour s'acquitter auprès de ses créanciers, mais il ne peut désormais plus payer sa double dette.

— Ouah… Il ne doit vraiment avoir aucune idée de comment gérer son argent pour commettre de telles erreurs.

— Je crois plutôt qu'il ne comprend pas comment les femmes fonctionnent, corrigea Mack d'un ton sec.

— Vous marquez un point, acquiesça-t-elle en gloussant. Bien. S'il n'a rien à voir avec sa mort alors, peu importe, je reste encore un peu soucieuse. Il est au courant du contenu du testament ?

— Je ne sais pas encore, je n'ai pas parlé à l'avocat aujourd'hui.

— Intéressant… Rosie ne possédait pas grand-chose, mais je suis sûre que le petit-fils sera dévasté s'il n'a rien.

— Selon le témoin qui a signé le testament avec qui j'ai parlé ce matin, Danny était conscient que sa grand-mère avait prévu de le déshériter. Elle l'en avait averti plus d'une fois.

— Mais je me demande… quand vous vous montrez menaçant comme ça, quand les choses se gâtent… si vous allez vraiment jusqu'au bout. Il est le seul du même sang, de la même chair. Sauf si, bien sûr, son mari est toujours en vie.

— C'est vrai. Et nous n'avons pas encore localisé les époux disparus, que ce soit celui de Rosie ou de Marsha.

— D'accord. J'ai l'impression que c'est lié également.

— De quelle manière ?

— Je l'ignore. J'ai obtenu le nom du mari de Marsha, c'est Curtis Langford. Mais je n'ai pas encore effectué de recherches sur lui.

Dans le fond, elle pouvait entendre Mack taper au clavier.

— Nous n'avons aucun rapport ici d'une personne disparue du nom de Curtis Langford.

— Alors, ça voudrait dire qu'elle n'est jamais allée voir la police à ce sujet, c'est ça ?

— C'est ça, confirma Mack.

— Nan a suggéré qu'il s'en était allé avec une femme plus jeune, donc on pourrait vérifier son statut marital et voir si elle avait divorcé.

— Ils portent le même nom de famille. En plus, il pourrait ne pas avoir divorcé, l'avertit Mack. Pourquoi l'aurait-il fait s'il avait simplement trouvé quelqu'un de plus jeune avec qui jouer un moment ? Ça ne signifiait pas qu'il voulait passer par la case divorce.

— Non… Il y a une maison, et elle est plutôt charmante, alors il doit avoir de l'argent de son côté pour pouvoir vivre sa vie et la laisser avec suffisamment de moyens pour qu'elle ne s'en plaigne pas.

— Bon point… et qu'est-ce ça engendrerait comme conséquences, je me pose la question…

— Aucune idée. Quand on y pense, la plupart des femmes veulent se venger ou avoir une compensation après avoir été mises de côté.

— Comme vous ?

— Je suis l'opposé visiblement. Je ne voulais rien de lui.

— Eh bien, nous verrons ce que dira mon frère ce week-end.

Chapitre 25

DOREEN NE POUVAIT abandonner la coïncidence des époux disparus. Il paraissait intéressant d'ajouter cet élément qui liait les quatre femmes. Ou au moins la moitié d'entre elles. Deux maris décédés, deux disparus. Était-il aussi banal pour des conjoints de disparaître ? Elle supposait que, dans certains cas, cela voulait dire qu'ils avaient fui avec une femme plus jeune, mais cela lui sembla bizarre rien que d'y penser.

Dans son propre cas, c'était elle qui était partie, et elle ne l'avait pas nécessairement fait par choix ; elle avait été poussée dehors. Si elle avait su que son mari s'en allait avec une autre femme également, Doreen aurait fui bien plus tôt. Mais il ne l'aurait pas laissée se sauver… Elle se montra soucieuse en réfléchissant à la vérité sur cette affaire ; il avait gardé fermement le contrôle, et tout était arrivé quand il l'avait décidé. Et, pour la première fois, elle s'enthousiasma, pensant à la rencontre avec le frère de Mack ce week-end avec un peu plus d'engouement. Ce n'était pas qu'elle souhaitait revenir auprès de son époux, mais elle voulait être enfin libre comme l'air.

Un bâillement la prit au dépourvu. C'était déjà le début d'après-midi, et elle n'avait rien fait, car elle avait paressé toute la journée. La balade à pied avait aidé, mais même maintenant, elle était assise, inactive. Et c'était principalement à cause de ce week-end très rude avec un tas de gens autour d'elle...

Le résultat de toutes ces personnes à l'œuvre avait été absolument éblouissant, mais cela ne changeait pas le fait qu'elle avait encore beaucoup de travail à accomplir. Et ça, elle devait s'en charger elle-même, à commencer par déplacer un peu de gravier. Invitant les animaux à la rejoindre, elle avança d'un pas dans son arrière-cour, trouva la brouette, enfila ses gants de jardinage et alla jusqu'à l'avant. Elle remplit lentement la brouette de gravier jusqu'à être encore capable de la pousser et la déplaça vers l'arrière de la maison.

Tout en s'attelant à la tâche, son esprit était en effervescence au sujet du potager et des maris disparus. Cela n'avait aucun sens... Avoir des photos d'eux lui serait utile. Peut-être que cela l'aiderait à comprendre où ces hommes avaient disparu. Elle n'arrivait pas à mettre le doigt sur la raison pour laquelle c'était important dans cette affaire. Encore un nœud à démêler, et elle n'aimait pas ça. Elle avait envie de mettre la barre sur les T et les points sur les I. Qui aurait cru qu'elle aurait pu être si à cheval sur les détails ? Mais chaque fil qui dépassait de la pelote ne contribuait qu'à laisser libre cours à l'interprétation sur ce qui était réellement arrivé, et même la plus petite des réponses pouvait faire une différence majeure dans ce mystère.

Quand elle eut acheminé la brouette au jardin de derrière, elle s'arrêta et étudia l'endroit où elle devrait la vider. Elle décida que le plus simple serait de commencer un chemin du côté le plus éloigné du trottoir. La crique était déjà en train de gonfler, puisque l'eau montait dans la soirée avant de redescendre le matin, alors certains des bords du sentier qui longeait la crique étaient noyés. Elle saisit son coupe-bordure et tailla l'herbe le long de ses trottoirs, afin de dégager au moins dix centimètres le long du béton. Ensuite, elle pelleta lentement pour obtenir un fossé de dix centimètres de profondeur. Cela devrait lui donner suffisamment de précision pour y déposer le gravier.

La brouette chargée avait contenu plus de cailloux qu'elle ne l'aurait pensé. Une fois vide, elle partit la remplir de nouveau puis revint avec le coupe-bordure et la pelle pour creuser un autre fossé tout du long sur le côté, qu'elle pût remplir de gravier également. Quand elle eut terminé, elle se redressa pour admirer le résultat.

— Tu en penses quoi, Mugs ?

Il marcha le long de la bordure, s'enfonçant dans le gravier et le faisant voler sous ses pattes. Immédiatement, il passa sur le gazon qu'il foula à la place.

— Je t'ai compris, mais c'est intéressant, j'aime ce que ça donne.

Elle chargea encore et encore la brouette, jusqu'à ce qu'elle ait terminé tous les abords du béton menant de la crique au patio. Ensuite, elle dut décider du destin des deux flancs de la maison. Quand elle remplit la brouette la fois d'après, elle jeta du gravier où il en manquait le long de l'allée jusqu'à l'arrière, puis de la maison. Puis elle répéta la même opération de l'autre côté. Il lui restait un peu de cailloux, mais pas des masses. Elle le considéra et se rendit compte que, pour conserver la même allure, elle devait réaliser une bordure de cailloux autour du patio également. Cela donnerait un aspect plus abouti.

Avec son super coupe-bordure, elle se mit au façonnage

d'un nouveau grand fossé à cet endroit. Cela lui prit plus de temps qu'elle ne l'aurait cru, mais la raison principale était que le déblayage en lui-même avait été bien lent pour elle. Quand elle eut terminé le côté gauche du patio, elle estima qu'il lui restait l'équivalent de trois autres brouettes de gravier à disposition. Elle stoppa et s'essuya le front.

— Vous savez quoi ? Il faudra qu'on dîne après ça. N'est-ce pas, les gars ?

Mugs aboya, mais il était allongé sur le dos et essayait de se gratter la tête sur l'herbe, les pattes levées en direction du ciel. Il profitait de l'occasion pour jouer dehors.

Elle réussit à s'occuper de la dernière partie du patio, qui était désormais entièrement bordé jusqu'à l'endroit où il rejoignait le trottoir pour faire le tour de la maison, et elle tâcha de rendre cela beau et propre. Il lui restait un tout petit peu de gravier, alors elle le déposa dans sa brouette vide et se promena pour en disposer un peu là où il semblait en manquer. L'ensemble avait une chouette allure une fois qu'elle eut tout finalisé.

Avec son énergie résiduelle, elle ramassa l'herbe qu'elle avait coupée et la mit dans la brouette qu'elle achemina à l'avant de la maison, en empruntant le trottoir à chaque pas, puis elle entassa le chargement dans la poubelle à compost. Ceci fait, elle rangea la brouette à sa place et se saisit du balai dans le garage pour débarrasser rapidement l'allée de tous les cailloux qui s'y trouvaient. Elle plaça tout sur le côté, achevant ainsi une autre tâche.

Sourire aux lèvres, elle rentra chez elle et essaya de déterminer ce qu'elle pourrait manger. Un sandwich ne lui disait rien. Une omelette serait plus nourrissante, mais elle avait vraiment envie de viande. Pourtant, le jambon qu'elle possédait ne l'attirait pas. Il ne lui restait plus de pizza, alors ce serait peut-être une grande salade du chef... ou une omelette finalement. Elle fit tout de même la moue à cette idée, car elle se sentait légèrement affaiblie, si fatiguée après tout ce travail harassant dans son jardin, mais elle décida de se préparer une grosse omelette.

Les œufs déjà dans la poêle, elle ajouta rapidement des morceaux de jambon sur le dessus, puis du fromage et quelques champignons. Quand elle fut prête, c'était ce qu'elle avait cuisiné de plus copieux jusqu'à présent. Elle la disposa dans une assiette et afficha un rictus.

— Si seulement vous pouviez me voir en cet instant, Mack ! dit-elle tout bas.

Il lui aurait toutefois probablement expliqué qu'elle aurait pu s'y prendre complètement différemment. Elle prit une première bouchée et s'assit plus profondément dans son siège, entendant son estomac gronder tandis qu'il était provoqué. Elle sourit et murmura à Mugs :

— C'est délicieux !

Il se dressa sur ses pattes arrière, posa les deux autres sur les cuisses de Doreen et renifla son plat. Cela amusa Doreen.

— Tu vas devoir attendre que j'aie fini. J'ai un peu trop faim pour l'instant.

En effet, elle ne ralentit pas avant d'être au dernier quart. Là, elle s'arrêta et repoussa un peu son assiette.

— Bon, peut-être que j'ai eu les yeux plus gros que le ventre. J'ai quand même utilisé cinq œufs.

Elle roula des yeux à cette pensée, car elle était persuadée que son mari aurait piqué une crise ; il pensait que les œufs lui causeraient une montée de cholestérol et auraient fait grossir ses cuisses. Il est vrai qu'il s'était vraiment montré inquiet au sujet de ses cuisses, de ses hanches et de son tour de taille. Elle prit lentement une autre bouchée pour la manger et, dès qu'elle fut arrivée à la dernière, elle la coupa en petits morceaux et posa l'assiette sur le sol pour Mugs. Il dévora le contenu sans même y penser.

Elle se leva, mit la théière en route et rinça sa poêle et sa spatule. Quand Mugs eut terminé, elle lava son assiette, son couteau et sa fourchette puis nourrit rapidement tous les animaux. Il y avait encore des fruits dans le frigo, alors elle embarqua une pomme et sa théière dehors avec elle, au nouveau patio. Mais au vu de sa belle terrasse, elle hésitait quant à l'endroit où s'installer. Elle n'avait pas les meubles, ni pour l'un ni pour l'autre. Le patio lui avait semblé plus évident au départ, mais maintenant, elle n'en était plus si sûre.

Avec sa tasse de thé, elle s'approcha et s'assit sur les marches, soupirant de contentement. Le trottoir s'étirait devant elle vers la crique, et elle pouvait contempler son dur labeur du jour. Elle prit son ordinateur et l'apporta pour le poser sur ses genoux pendant qu'elle s'appuyait contre le garde-fou. C'était parfait. Elle pouvait s'installer n'importe où et continuer de travailler.

Elle visionna quelques photos de Curtis, le mari de Marsha, et mémorisa ses traits. Quelques-unes provenaient d'importants postes variés qu'il avait occupés en tant que volontaire. Un grand homme affable au torse bombé, toujours un bras sur les épaules de Marsha. Ils semblaient heureux ensemble. On n'aurait pas du tout cru qu'il serait le genre à s'enfuir avec une femme plus jeune. En pleine réflexion, Doreen en chercha d'autres, remontant plus loin dans les archives de Google. Parfois, son nom générait une centaine de pages, et cela prenait du temps à trier.

Quand elle jeta finalement un œil au mari de Rosie, David McDougal, elle trouva bien moins de clichés ; ils la montraient plutôt que lui. Puis elle en vit une où il portait un chapeau, le visage tourné sur le côté. Elle fronça les sourcils. Elle se munit de son téléphone et appela Nan.

— Hé, Nan ! Je me souviens que tu as dit plus tôt que le mari de Rosie était un paresseux, avec ses jeux d'argent et son supposé travail de jardinage… Mais comment gagnait-il sa vie ?

— C'était un représentant. Une entreprise de matériel médical ou quelque chose comme ça. Pourquoi ?

— C'est simplement que… tu sais… s'il l'a quittée…

— J'ignore si c'est vraiment le cas, toutefois. Je ne l'imagine vraiment pas comme ça.

— Les femmes étaient toutes copines, n'est-ce pas ?

— Les trois autres l'étaient avec Marsha, oui. Mais pas Rosie.

— Elle n'était pas amie avec Marsha ?

— Non, non, pas comme les autres. Elles faisaient partie de la clique du kiwi et emportaient ces stupides fruits partout. Rosie, au lieu de se disputer avec elles, avait pour habitude de les distribuer à tout le monde à la place. Surtout aux quatre femmes. Presque pour leur rappeler qu'elle était là et pourrait mettre fin au règne de la Reine Kiwi.

Aaaaah, bingo !

— Mais Rosie n'avait de problème avec aucune d'entre elles, hein ?

— Seulement Marsha. Et ça allait au-delà du concours. Elle les connaissait et se montrait amicale avec elles, mais ce n'était pas la même chose. Les trois autres étaient vraiment amies de chez amies.

Chapitre 26

Mercredi, milieu d'après-midi…

APRÈS CET APPEL, Doreen lutta pour comprendre la relation entre Rosie et Marsha. Mais elle se disait que cette histoire d'époux disparus, c'était là que résidait la clé du mystère. Quelque chose à propos d'une amitié entre femmes dont les maris s'étaient enfuis… Le fait qu'il n'y ait jamais eu aucun rapport sur eux la souciait également. Est-ce qu'ils se sont réveillés un jour et sont partis ? Sans que personne ne s'en soucie ? Ou ont-ils laissé un mot disant « Ne laisse pas la police découvrir où je suis ou ne t'embête pas à les appeler, car je suis toujours en vie, mais tu n'obtiendras jamais le divorce » ? Elle ne comprenait pas cette mentalité. Cela étant, elle n'avait rien entrepris à propos de son divorce ni tenté quoi que ce soit pour réparer ses erreurs non plus, alors peut-être que c'était la même façon d'éluder les problèmes, ou du moins de le tenter. Elle resta assise un long moment, à s'interroger sur ces hommes, quand Nan téléphona de nouveau.

— Est-ce que tu connais quelqu'un qui aurait fréquenté son mari ?

— Le mari de qui ?

— Celui de Rosie.

— Pas vraiment… pourquoi ?

— J'aurais aimé savoir s'il avait eu une liaison avec l'une des femmes de la bande…

Nan retint sa respiration.

— Maintenant que tu en parles…

Et sa voix resta en suspens.

— Il l'a trompée, hein, c'est ça ?

— Le mari de Rosie avait les yeux baladeurs, admit Nan. Il m'a fait des propositions une fois ou deux.

Doreen ferma les yeux et grimaça.

— Je t'en prie, jure-moi que tu n'as pas accepté !

— Bien sûr que non ! répondit farouchement Nan. Pour qui me prends-tu ? Je ne suis sortie qu'avec des hommes qui étaient totalement libres. Et Rosie était mon amie, je ne lui aurais jamais infligé ça !

— Parfait.

Elle le pensait, car, même si elle aimait profondément sa grand-mère et lui aurait pardonné ça, elle se disait qu'elle serait une bien meilleure personne si elle n'avait pas franchi la ligne et qu'elle avait suivi son propre chemin et rendu son âme plus heureuse. Celui lui rappela les mots du fils de Kimmy Schwartz, concernant le fait de panser les vieilles blessures, de remettre les choses en ordre.

— Une idée d'avec qui il aurait pu avoir une liaison ?

— Je crois que c'était Marsha. Il me semble que c'est ce qu'il y avait entre eux. (Nan cessa de parler un moment puis reprit :) Ou alors c'était l'inverse ?

— Le mari de Marsha et Rosie ?

— Oui, répondit lentement Nan. Bien sûr, c'est ce que prétendaient les rumeurs. Rosie ne m'a jamais rien raconté de tel cependant.

— Combien de temps l'as-tu côtoyée ?

— Plus de vingt ans, indiqua sinistrement Nan. Mais nous ne nous sommes pas fréquentées en permanence. Tu sais, comme beaucoup d'amis, on se voit puis on ne se voit ni ne se parle plus pendant six mois, et ensuite on se retrouve au café, on s'assied, on prend des nouvelles et c'est reparti. Nous n'avons vraiment réussi à passer du temps ensemble qu'une fois que nous étions toutes les deux ici, et je ne suis là que depuis environ quatre mois, peut-être. Peu de temps avant que tu emménages dans la maison. (Elle rit.) J'aurais dû m'installer ici il y a des années !

Doreen sourit.

— Et j'aurais dû partir il y a des années aussi, admit-elle. Mais nous sommes toutes deux heureuses d'être là où nous sommes aujourd'hui.

— Heureuses est un faible mot pour ça, ajouta Nan. Je n'aurais jamais découvert que toutes ces vieilles personnes seraient si intéressantes, si ce n'est autrement que pour leur curiosité, leurs manies, leur esprit de contradiction, les choses qu'elles estiment être justes… J'ai toujours su que j'étais plutôt facile à vivre, mais je ne m'en étais jamais vraiment rendu compte avant d'arriver ici.

Les yeux de Doreen s'agrandirent en entendant ça.

— Tu as également la chance de réaliser des choses auxquelles tu n'avais jamais songé, comme le bowling sur gazon.

— Ça, c'est vrai de vrai ! Sans oublier toutes ces opportunités de paris. C'est un hobby si plaisant !

— C'est ce que tu dis… minimisa Doreen en grimaçant.

— C'est bon pour moi, ici. Je déteste l'admettre, mais je me sentais bien seule parfois, à vivre dans cette maison.

— En tout cas, tu ne l'es plus maintenant, lâcha Doreen avec le sourire. Je suis là pour passer du temps avec toi.

— Pourquoi ne viens-tu pas pour une tasse de thé, dans ce cas ? C'est une journée plutôt sinistre… Personne n'a le moral à cause de Rosie. Ils organisent tous des commémorations, et ça rend tout le monde dépressif.

— J'adorerais. Je suis assise dehors, sur ma toute nouvelle terrasse, annonça-t-elle en riant. À essayer d'effectuer des recherches sur Marsha et Rosie, et c'est pour ça que je me posais des questions sur les maris…

— Eh bien, rejoins-moi, et je ferai un saut pour parler à Midge, voir si elle est chez elle. Elle pourrait savoir des choses aussi.

Et Nan raccrocha.

Doreen ramena son ordinateur à l'intérieur, enclencha l'alarme de sécurité et pensa aux bijoux. Il fallait encore qu'elle s'en charge, quand un nouvel expert viendrait en ville. Quand elle obtiendrait cette estimation, elle pourrait définir un prix et déterminer comment diviser le reste. Mais elle devait encore en parler à Mack. Mettant tous ces vieux sujets dans un recoin de sa tête, elle était plus enjouée à l'idée de s'occuper du mystère actuel.

Ses compagnons dans son sillage, elle marcha le long de la crique, remarquant que, cette fois, le sentier était humide, comme si l'eau avait monté dans la nuit pour le recouvrir et s'était éloignée suffisamment dans la journée pour le révéler à nouveau. Elle pouvait encore emprunter ce chemin, et c'était un peu glissant, mais cela signifiait peut-être que le lendemain ou le surlendemain, elle ne pourrait plus du tout circuler par ici. Elle progressa jusqu'au coin puis descendit vers chez Nan, le visage lumineux. Elle la vit assise dehors, à l'attendre. Les animaux se mirent à courir droit devant eux.

Une fois Doreen arrivée à sa hauteur, Nan leva les yeux en câlinant Mugs et Goliath, et sourit.

— Je suis parvenue à me rendre dans la salle de dîner et nous ai ramené des choux à la crème. Je suis allée parler à Midge après ça, mais elle n'en savait pas plus que moi.

Tant bien que mal, elle réussit à communiquer cette information dans un reniflement marquant son contentement, comme si elle était heureuse de découvrir que Midge n'avait pas plus de rumeurs à transmettre qu'elle.

— Des choux à la crème ? se réjouit Doreen, un grand rictus aux lèvres. Je ne crois pas en avoir mangé depuis des décennies !

— Alors, tu vas te régaler. J'ai aussi pris un peu de crème pour les animaux.

Doreen s'esclaffa en marchant sur les dalles. C'était dur de se dire que Fred n'était plus là.

— Des nouvelles de Frank et Fred ? Vous avez embauché un nouveau jardinier ?

— Fred a été libéré sous caution. La direction a organisé une réunion à ce sujet, et ils ont décidé qu'il serait innocent jusqu'à preuve du contraire, alors il va revenir travailler.

Doreen sourit et hocha la tête.

— Je suis plutôt ravie d'entendre ça. Je ne voulais vraiment pas le voir souffrir.

— Oh, je crois que la famille a assez enduré, lança Nan, la voix sombre.

— Et c'est la raison pour laquelle je ne veux pas qu'il souffre davantage. (En s'asseyant, elle étudia l'assiette devant elle avec les beaux choux à la crème au centre et les petits fourrés, à la crème également.) Ça a l'air bon !

— Absolument ! Je les adore ! Prends-en un, l'incita Nan.

— C'est dur de choisir, murmura Doreen. Ils sont tellement magnifiques !

Nan gloussa, tendit le bras vers l'assiette et en attrapa un pour le poser dans son assiette.

— Il y en a deux chacune. Je ne suis pas certaine d'avoir assez faim pour les deux cependant. (Elle croqua une bouchée du sien. Immédiatement, de la crème fouettée jaillit des deux côtés, et elle se salit le bout du nez avec du sucre glace. Nan rit et commenta :) Ils sont délicieux !

Doreen en prit un, se demandant comment elle était supposée s'y prendre. Toutefois, étant donné l'enthousiasme de Nan et son manque de précaution, elle fit de même. Elle s'en sortit mieux, mais de la crème finit tout de même par couler de partout. Elle secoua la tête.

— Y a-t-il une façon facile de les manger ?

— Non ! s'exclama Nan en continuant de dévorer le sien. Il faut tout simplement les engloutir, car ils sont trop bons !

Doreen l'imita et finit par lécher le reste de crème sur ses doigts. Elle en avait une bonne cuillerée dans son assiette également. Elle en ramassa et laissa Mugs lui laper le doigt, puis en racla encore un peu pour Thaddeus. Il resta là, à la fixer du regard. Comme Goliath bondit sur ses genoux et regardait l'assiette puis Doreen, elle retira un peu de crème du dessus du second chou et la lui donna.

— Ils n'ont pas besoin de sucre, mais apparemment la crème glisse toute seule !

— Évidemment, tout le monde requiert de la douceur !

— Peut-être, oui, acquiesça Doreen en souriant. Je ne suis pas sûre d'avoir besoin de sucre non plus.

— Ne reparle pas de ton poids ! Sauf si c'est pour dire que tu essaies d'en prendre un peu.

Doreen s'esclaffa.

— Je vais bien mieux. Avec Mack qui me nourrit tout le

temps, ça marche plutôt bien.

— Oui, mais apprends-tu quelque chose ?

— Un peu. Je deviens plutôt bonne en omelette. Mais j'ai grandement besoin de développer mon répertoire.

— Bien. Et les pâtes ?

— J'ai cuisiné de simples plats, admit Doreen. Mais seulement quand Mack est là pour observer.

Nan rit et se pencha vers un second chou.

— Je n'en ai pas besoin, mais je vais le prendre quand même.

Cette fois, elle l'ouvrit en deux. Elle disposait donc de crème sur les deux moitiés et les mangea lentement.

Doreen l'observa, opina du chef et déclara :

— Ça a l'air d'être moins salissant comme ça.

Alors, elle sépara le sien en deux également.

— Mais ça semble moins bon, commenta Nan en riant.

— J'ai fait ainsi en supposant que je ne mangerais probablement pas tout, expliqua Doreen.

— Dans ton cas, tu peux l'avaler en entier.

Mais Doreen se contenta de déguster la première moitié et de reposer la seconde. Elle prit ensuite sa tasse pour boire une gorgée, puis murmura :

— C'est un excellent thé, Nan.

— C'est un mélange d'herbes que je préparais tout le temps pour Rosie, révéla tristement Nan. Elle va nous manquer.

— Je suis désolée… C'est tellement plus difficile de perdre un ami, hein ?

— Oui, en effet, approuva Nan dans un soupir.

— J'espère que personne ne te poursuivra… Alors, assure-toi de ne jamais te rendre quelque part seule.

— Sauf si je t'appelle d'abord et qu'on se rejoint à la

crique, suggéra Nan d'un ton décisif. En plus, les drogues peuvent être administrées à tout moment. Ils auraient pu avoir partagé un thé. Elles auraient pu être ingérées ici, au manoir, précisa-t-elle en se tournant pour jeter un œil alentour. C'est difficile à dire.

— Je sais. C'est pourquoi je me sens concernée. Je ne veux pas que tu sois tuée en touchant quelque chose.

— Rosie cultivait des digitales.

— D'accord… Toi aussi, non ?

— Pendant un temps, oui. Nous savons que Penny également.

— Oui, mais c'est surtout l'idée de préparer une mixture suffisamment forte et de leur faire ingérer… Pour que ça leur nuise après ?

— Eh bien, Rosie venait te voir, mais elle pourrait avoir parlé à une autre personne, suggéra Nan, soucieuse. J'ai entendu sa voix quand elle est partie, elle était au téléphone.

— Pour rejoindre quelqu'un ? demanda Doreen en se penchant plus près. Parce que je sais que l'une des femmes, Bella Beauty, était sur le point de retrouver un ami avec qui elle essayait d'enterrer la hache de guerre. J'ai parlé à sa fille.

— Alors, c'est difficile à déterminer dans ce cas. Mais il semblerait que ça ait été pareil pour Rosie. (Puis elle marqua une pause, observa Doreen et ajouta :) Ce pourrait être quelque chose que nous toutes, les personnes âgées, pourrions envisager, car nous essayons toujours de nettoyer derrière nous et de faire amende honorable pour toutes nos bévues.

— Mais ont-elles commis des erreurs ?

— J'en doute pour Rosie, mais je sais que ça la dérangeait de ne pas considérer Marsha comme une amie.

— Mais pourquoi cela la gênait ?

— Exactement, confirma Nan en hochant la tête. Je suis quasi sûre que ces deux couples se sont mélangés.

— Mais tu ignores dans quelle mesure ?

— En effet, et je sais que Rosie était déroutée par la bonne étoile de Marsha, quant à sa culture de kiwis.

— Dans la plupart des cas, c'est généralement une question de conditions parfaites, tu vois, comme une bonne nutrition, de l'eau, du soleil, être à l'abri du vent… Il peut y avoir un tas de raisons qui font que ses kiwis sont exceptionnels.

— Je sais… et Rosie avait son idée.

— Et pourquoi cela lui importait tant de battre Marsha ?

— Plus qu'une compétition, c'est devenu une concurrence sauvage. C'était le seul aspect de la personnalité de Rosie que je n'appréciais pas.

— Tu veux dire que cela la rendait vraiment vilaine ?

— Très compétitive. Alors, je ne crois pas qu'elle allait à la rencontre de Marsha, sauf si celle-ci avait accepté de lui parler des kiwis…

— Y a-t-il une raison pour laquelle Marsha aurait voulu voir Rosie ?

— Je ne crois pas.

— Avaient-elles des problèmes financiers ?

— Si l'une devait en avoir, ça aurait été Rosie. Mais elle n'a jamais semblé être vraiment dans le besoin. Et Marsha vit dans une grande maison, alors je ne pense pas qu'elle souffre d'un manque d'argent.

— J'aimerais jeter un œil aux comptes de ces dames…

— Ce petit carnet que tu as récupéré, as-tu séparé les pages qui étaient collées ensemble ?

— J'avais oublié ! J'ai bien essayé de dissocier ces pages en rentrant chez moi, mais en vain.

— Mets-le au frigo. Si c'est de la gomme, ça s'enlèvera.

— Elle mâchait des chewing-gums ?

— Tout le temps !

Doreen opina du chef, se souvenant bien qu'il y en avait dans la table de nuit de Rosie.

— Je peux tenter ça une fois rentrée.

Elle s'assit et resta un peu plus longtemps, essayant d'obtenir autant d'informations qu'elle le pouvait, mais il n'y en avait pas d'autres. Elle finit par se lever, prit congé et rassembla ses animaux pour se diriger vers la maison, arrivant là où le corps de Rosie avait été retrouvé. Cela ennuyait bien Doreen aussi. Elle s'arrêta à cet endroit, où quelqu'un avait déposé des fleurs.

Elles ressemblaient aux glaïeuls qu'elle avait vus chez Marsha. Elle regarda la petite carte sur laquelle était inscrit : « Sois prudente, Rosie. »

Quelle drôle d'idée d'écrire ça ! Elle prit la carte en photo et continua de marcher jusque chez elle. C'était bien que quelqu'un mette une sorte de mémorial à cet endroit, mais elle s'interrogeait tout de même…

Avec ses animaux, elle remonta la crique en flânant. Le pas était lent, car c'était très glissant et sûrement la dernière fois qu'elle pourrait descendre ce sentier avant un moment. Quand elle fut dans sa maison, elle prit le petit carnet et pensa que ce pouvait bien être du chewing-gum collé entre les deux pages… Elle le mit au congélateur. Ensuite, décidant qu'elle devait pêcher des infos sur Marsha et découvrir si elle avait bien laissé cette carte, Doreen sortit pour une nouvelle balade dans la direction opposée. Ses animaux étaient tout simplement très heureux de l'accompagner, comme si elle les avait gardés cloîtrés toute la journée.

Elle aurait aimé qu'une épicerie se trouve dans le coin,

pour pouvoir s'y rendre et peut-être acheter un poulet rôti. Parfois, ils étaient vendus vraiment pas cher, et cela contribuerait à une excellente salade et à un très bon sandwich. Sans parler du fait qu'elle pourrait s'installer chez elle pour simplement manger du poulet.

Riant dans sa barbe, elle traversa le cul-de-sac et se dirigea vers la propriété d'Heidi et Aretha. En passant devant, elle ne perçut aucun signe de vie, mais elle leva une main, juste au cas où, et fit un signe avant de continuer d'avancer. Quand elle arriva à la hauteur de la maison de Marsha, il n'y avait pas d'activité non plus. Elle s'approcha et s'écria :

— Il y a quelqu'un ?

Marsha fit le tour depuis son arrière-cour. Elle fronça les sourcils en voyant Doreen et lança :

— Oh ! vous êtes revenue.

Cette fois, il n'y avait aucune trace de la femme amicale qu'elle avait rencontrée plus tôt.

Doreen afficha un sourire lumineux.

— Oui, c'est moi. Vos fleurs se portent toujours aussi bien ! s'exclama-t-elle en désignant les grands glaïeuls devant elle. En avez-vous déjà vendu au marché ?

— Je n'ai pas le temps de m'embêter avec ça.

— J'arrive tout juste du manoir, et il me semble avoir vu les mêmes fleurs que celles-ci.

— Elles ne sont pas si inhabituelles.

— Non, peut-être pas. En tout cas, c'était un gentil geste de votre part.

Marsha haussa les épaules, mal à l'aise.

— Comment pourriez-vous savoir que ces fleurs venaient de moi ?

— Je l'ignore, répondit calmement Doreen, se rendant compte qu'avec cette question, Marsha savait de quoi elle parlait (pourtant, elle avait seulement précisé qu'elle venait du manoir, pas de l'endroit où l'on avait retrouvé Rosie.) Les fleurs ressemblent vraiment beaucoup aux vôtres.

— Comme j'ai dit, elles pourraient provenir de n'importe qui. Beaucoup possèdent cette même teinte.

— Aucune idée. Je sais qu'Heidi, qui vit à quelques pas d'ici, en a, mais je suis quasi certaine qu'elle est encore en prison.

— Je n'aurais jamais cru qu'elle puisse être coupable de quoi que ce soit. Elle a toujours affiché de si gentils sourires !

— Tout comme Rosie, lâcha Doreen avec un demi-rictus. Sa douce personnalité et cet adorable sourire vont nous manquer…

Mais la tentative de Doreen pour amener Marsha à se confier échoua quelque peu. Au moins, les animaux se comportaient sagement, pour une fois, peut-être même un peu trop sérieusement, comme s'ils comprenaient le caractère solennel de la conversation.

— Mais par la suite, reprit Doreen, j'ai su qu'il y avait une certaine rancune entre vous deux, avec cette histoire de liaison et tout ça…

Marsha se raidit lentement, ses yeux devenant vitreux.

— De quoi parlez-vous ?

Doreen fronça les sourcils.

— Je suis désolée… Je n'avais pas l'intention de me mêler de ce qui ne me regarde pas. J'ai seulement entendu que votre mari avait eu une liaison avec elle.

En guise de réponse, Marsha grogna un rire.

— Vous croyez que ça aurait été une fin en soi, si ça avait été le cas ? Mais non. Il n'avait aucun lien avec cette femme, ricana-t-elle. Et pourquoi, d'ailleurs ?

— Eh bien, je comprends ce que c'est, quand les

hommes font un écart, confia calmement Doreen, pour l'avoir vécu moi-même.

Marsha leva ses sourcils.

— C'est vrai ?

— Oui, confirma Doreen en hochant la tête.

— Eh bien, ça n'a pas été la même chose pour moi, affirma Marsha en observant au loin. Ces satanés hommes… ils ne peuvent pas garder leur pantalon boutonné, hein ?

— Pas tous, non. Certains sont de bons gars et d'autres… eh bien, ils n'ont pas la même capacité à résister à ce qui se trouve devant eux, même si ça ne leur est pas offert.

Marsha ricana de nouveau.

— Oui, je peux voir que vous croyez savoir de quoi vous parlez, mais ce n'est pas le cas. Cependant, la présence de Rosie sur cette planète ne manquera pas de sitôt.

Et là-dessus, elle s'en alla, furieuse.

Confuse, mais toujours curieuse, Doreen flâna, pensant retourner chez elle. Elle remarqua une venelle à l'arrière de la maison de Marsha. Elle fit le tour et scruta, vérifiant si Marsha était dans les parages. Pourrait-elle s'approcher et jeter un œil dans le jardin de Marsha sans être démasquée ?

Elle descendit le passage, sans se presser. Elle put voir Marsha aller dans la cuisine en passant par l'arrière de la maison et claquer la porte derrière elle. Alors que Doreen surveillait, les volets se fermèrent afin d'empêcher n'importe qui d'espionner. Une bonne chose, car cela signifiait que Doreen n'avait pas à s'inquiéter d'être repérée par Marsha.

Elle passa devant, vérifiant les voisins autour d'elle. Un vieil homme tirait quelque chose jusqu'à la poubelle. Elle s'avança vers lui pour l'aider.

— Vous avez besoin d'un coup de main ?

— Oh oui ! accepta-t-il, en soufflant quelque peu. Les

médecins ne veulent pas que je soulève trop haut par-dessus ma tête, et je viens de traîner ce sale truc jusqu'ici.

Ça semblait vieux et une partie d'un ensemble de canapé.

— Où est-ce que vous voulez le mettre ? demanda Doreen avec curiosité.

Il désigna la remorque qui se trouvait près de lui. Elle saisit une extrémité et tenta de le traîner.

— Ouah, c'est lourd !

Elle essaya de nouveau et réussit à le déplacer légèrement, puis il se mit à pousser et elle à tirer, et, ensemble, ils le placèrent sur la rampe. Doreen bondit dans la remorque, et, progressivement, ils réussirent à le monter.

— Ça représentait un sacré boulot, lança-t-elle en s'accroupissant pour observer le canapé cassé.

— Et je vous remercie pour votre aide. Je l'aurais seulement placé là et j'aurais attendu que quelqu'un le charge pour moi. Et une fois qu'il se serait mis à pleuvoir, il se serait transformé en une chose dégoûtante, moisie et encore plus lourde. (Il tendit la main.) Mon nom est Trumper.

Doreen sourit.

— C'est un surnom ?

— C'est un surnom ; j'étais le tambour dans la fanfare des cadets et je faisais des roulements de tambour à chaque appel, alors ils m'ont appelé Trumper.[2]

Elle n'avait pas vraiment saisi, mais elle s'esclaffa.

— Hé, j'aime bien ! (Elle sauta hors de la remorque.) Vous avez vécu ici toute votre vie ?

— Je dois paraître bien âgé et à moitié enterré dans cet endroit, hein ?

---

[2] *Trumper* vient du mot *trump* qui signifie « pet ».

Elle afficha un large rictus.

— Non. J'ai rencontré un tas de gens qui ont vécu au même endroit toute leur vie et n'ont jamais bougé.

— J'ai emménagé ici dans les années soixante. J'ai trouvé mon foyer, j'y suis resté planté. Marié et veuf deux fois, raconta-t-il en soupirant tristement. Je les ai épuisées. Huit gosses à elles deux, et elles n'ont pas pu le supporter. Elles ont rendu l'âme, poursuivit-il tout en ayant quand même un grand sourire sur le visage.

— Alors, vous avez entamé votre troisième round ? Je suis sûre que vous tiendrez encore la route pour quatre enfants de plus.

Il s'esclaffa bruyamment et se frappa les cuisses.

— Oh, vous êtes une rigolote vous ! Non, mon cœur est mort après la dernière, et je ne peux désormais plus traverser ce genre de chagrin.

— Je suis désolée, lui dit-elle en souriant. J'ai entendu parler de beaucoup de disparitions… (Elle fit un geste vers la maison de Marsha, voisine, et ajouta :) J'ai compris qu'elle avait perdu son mari également.

— Oui, en effet. Et quel combat ça a été !

Elle le dévisagea, les sourcils haussés.

— Vous les avez entendus se battre ?

— Oui ! C'était drôle. Il avait eu une liaison avec un autre homme. Incroyable… Vous auriez dû entendre Marsha s'en prendre à lui…

À cette nouvelle, la mâchoire de Doreen se décrocha.

— Vraiment ?

Le vieil homme rit.

— Ce n'est pas ce que vous auriez cru, hein ? Ce type était immense, un mètre quatre-vingts. Et tout ce que je distinguais, c'était elle qui lui criait dessus pour avoir couché avec un homme. (Il gloussa et branla du chef.) Le monde n'est plus ce qu'il était.

— Je me demande qui c'était…

— Je n'en suis pas sûr… c'était une vraie tornade entre les deux. La dernière chose que j'ai vue, c'est qu'il a plié ses bagages, est monté dans son véhicule et s'en est allé. Elle ne l'a jamais retrouvé.

— Non… confirma Doreen avec un hochement de tête. Je ne suis pas certaine que j'aimerais me rabibocher avec mon mari après ça non plus…

— Il faut se marier avec le bon gars. (Il la regarda et lui adressa un large sourire.) Vous êtes toujours célibataire ?

— Eh bien, je le suis de nouveau, en quelque sorte, répondit-elle avec un sourire lumineux. Mais je choisirai mon prochain partenaire avec bien plus de précaution que je ne l'ai fait avec le premier.

— Parfois, la vie est ainsi faite. Je suis bien tombé les deux fois. Mais j'ai perdu ma première femme en couche, et ça a été vraiment, vraiment dur. Ce que je n'avais pas compris, c'était à quel point élever quatre enfants seul était difficile. Je me suis rapidement remarié après ça, et j'ai eu de la chance, car elle était adorable également. (Il se dirigea vers sa propriété et, à son portail, il se tourna, sourit et lança :) Encore merci !

— Pas de problème. J'effectuais des recherches sur le concours de kiwis de cette pauvre Marsha quand j'ai pris la décision de venir me balader par ici.

— Oh ! elle en fait pousser dans son jardin. Évidemment, elle triche.

Doreen s'immobilisa, le regarda et questionna :

— De quelle façon ?

— Eh bien, elle a une serre mobile avec laquelle elle recouvre ses plantes dès qu'il commence à faire froid sans les déplacer. Elle raconte aussi qu'elle a des nutriments spéciaux, mais je ne sais pas ce que ça signifie… Alors, même si elle prétend qu'elle ne les met pas sous serre en dehors de l'été, elle ment.

— D'accord, dit Doreen en opinant du chef. C'est une explication logique et simple.

— Très simple quand on y pense. J'ai cru un certain temps qu'elle déplaçait la serre, mais ensuite j'ai découvert qu'elle avait cet engin qu'elle s'était fabriqué qui maintenait les températures agréables et chaudes. Ses kiwis ne s'en sont que mieux portés depuis.

— Et pourtant ils sont robustes, jusqu'à un certain point, mais plus de chaleur au printemps peut être d'un grand secours, admit-elle les mains sur les hanches, l'air soucieux.

Mugs faisait des allers-retours aux pieds du vieil homme. Celui-ci se pencha et le gratouilla, puis rit quand il aperçut Goliath.

— Peu de gens se promènent avec leur chat ! marmonna-t-il.

— Tous mes animaux aiment venir avec moi.

Et le perroquet, qui se trouvait à son cou, caché la plupart du temps sous ses cheveux, se redressa de toute sa taille. Il battit des ailes et causa : « Thaddeus est là ! Thaddeus est là ! »

Le vieil homme le considéra, ébahi.

— Vous savez quoi ? Mes yeux ne sont plus ce qu'ils étaient… Je n'avais même pas remarqué qu'il était là.

— Thaddeus est un personnage à part entière, déclara-t-elle en gloussant.

— Bien… Faites attention à vous. Je l'éviterais si j'étais

vous. Une personne du genre de tricher à des concours de kermesse…

— D'accord, j'ai compris.

Il afficha un rictus et poursuivit :

— Si jamais vous êtes intéressée pour être ma femme numéro trois…

Et tout en riant, il fit demi-tour et ferma le portail devant elle. Gardant le sourire, Doreen passa à côté de chez Marsha, visualisant exactement ce qu'il avait voulu dire par « serre mobile ». Alors, comme ça, elle trichait… Voilà pourquoi Rosie était tellement en colère. Mais était-ce une raison pour la tuer ? Pas vraiment.

Doreen retourna chez elle en flânant et, dès qu'elle fut rentrée, elle put de nouveau sentir les crampes de la faim. Ce qui n'avait aucun sens, car elle avait mangé une énorme omelette et des choux à la crème ! Cependant, elle se dit que du café serait probablement une bonne idée.

Mack l'appela à cet instant.

— Hé ! s'exclama Doreen. Au fait, Marsha a bien triché.

— Quoi ? demanda-t-il, comme s'il était distrait et que l'histoire des kiwis était le cadet de ses soucis.

Doreen lui expliqua brièvement ce qu'elle avait appris concernant les kiwis et la technique de jardinage de Marsha.

— Et aussi, le mari de Marsha aurait apparemment entretenu une liaison avec un autre gars.

Il y eut un silence au bout du fil et Mack finit par souffler :

— Oh… Vous êtes allée batifoler, c'est ça ?

— Je dirais que c'est le terme adapté au mari, répliqua-t-elle sèchement. Moi, je rends visite aux gens.

Chapitre 27

Mercredi, fin d'après-midi...

— VOUS PENSEZ que ça a un lien ? ne put s'empêcher de demander Doreen à Mack.

— C'est difficile à dire. On a reçu les résultats toxicologiques, et on leur a toutes donné une drogue... Qui cause des attaques cardiaques sans que personne le sache.

— Instantanément ?

— En quelques minutes. Quinze, peut-être dix, tout dépend du niveau d'activité.

— Et pourquoi ? Comment a-t-elle été administrée ?

— Diluée dans une boisson, probablement.

— À leur insu ?

— Ça n'a quasiment aucun goût, alors elle aurait très bien pu se trouver dans leur café, leur thé ou leur jus de fruits.

— Donc n'importe qui buvait un simple verre ou allait à la rencontre de quelqu'un aurait pu en ingurgiter et potentiellement succomber sans que personne s'en doute !

— C'est possible. Ça prend un peu de temps pour que la victime meure.

— Alors, il faut qu'on découvre qui les a vues la dernière

fois qu'elles ont mangé un morceau ou bu un verre.

— Croyez-le ou non, nous savons comment faire notre boulot.

— Bien. J'aimerais quand même savoir qui était la première personne à les rencontrer cependant.

— Eh bien, pour l'instant, nous ne sommes pas vraiment sur le chemin des réponses.

— Peut-être pas. Mais je crois sincèrement que tout se trouve du côté de Marsha.

— Je n'en suis pas si sûr. Elle n'aurait aucune raison d'avoir tué les autres.

— Les kiwis ? suggéra lentement Doreen.

— Je doute fortement que ce soit suffisant.

— Bon, grogna-t-elle. Peut-être que ça a plutôt un lien avec Rosie.

— Peut-être, mais dans ce cas, qu'a-t-elle à voir avec le tout ? Si le mari de Marsha a fréquenté un autre homme, pourquoi Marsha devrait-elle détester Rosie ?

— À moins que ce soit avec le mari de Rosie que celui de Marsha a eu une liaison ?

Il y eut un autre silence à l'autre bout, Mack y réfléchissant.

— Et ce ne serait pas quelque chose de facile à prouver…

— Non. (Là, Doreen se souvint du petit carnet qu'elle avait mis dans le congélateur. Elle s'y rendit, l'en sortit et l'ouvrit.) Haha, ça a marché ! s'exclama-t-elle, triomphante.

— Qu'est-ce qui a marché ?

— Les pages du petit carnet d'adresses qui étaient collées… Nan m'a suggéré de le placer au congélateur, car, si c'était du chewing-gum, elles se seraient séparées. (Elle retira la gomme pour la jeter à la poubelle.) Et maintenant, les pages se feuillettent bel et bien.

— Et est-ce qu'elles racontent quelque chose ?

— Il y a le nom de Marsha… intéressant.

— Autre chose ?

— Des numéros… mais je ne suis pas certaine de leur sens. Attendez… Je vais prendre une photo et vous l'envoyer. (Elle raccrocha, prit une photo et la lui transféra avant de le rappeler.) Pas sûre de ce que ça signifie…

— Non, moi non plus. Je pense jeter un œil à son compte en banque.

Et Mack mit fin à la conversation.

Doreen réfléchit à un possible chantage. Elle regarda attentivement les numéros et se demanda si Rosie était la personne douce et innocente qu'elle semblait être… Elle n'aimait pas penser du mal de quelqu'un, mais, et si… et si elle avait mis la pression sur Marsha concernant l'infidélité de son mari ? Marsha n'était pas le genre de personne qui voudrait que tout le monde soit au courant des tendances de son mari… Mais c'était il y a longtemps, alors pourquoi ça intéresserait quelqu'un ? C'était difficile à expliquer…

Doreen s'assit là, s'interrogeant sur ce point jusqu'à ce que, soudain, elle regarde le numéro et comprenne. Elle continua d'aller et venir dans sa maison, car désormais, son esprit avait pris un virage auquel elle ne s'attendait vraiment pas. Est-ce que Mack lui révélerait si un chantage financier était visible sur le compte de Rosie ? Ou alors l'inverse ? Peut-être que Rosie a été forcée de payer Marsha. Comme Heidi avait dû rémunérer Aretha, à la fin… Alors, Doreen approfondit ses réflexions puis secoua la tête.

— Non, il doit y avoir autre chose en plus…

Marsha le lui dirait, elle en était sûre. Mais pourquoi s'embêterait-elle avec ça une décennie plus tard ? Évidemment, il y avait des tas de raisons, mais comment cela pourrait-il avoir un rapport avec les autres femmes décédées ? Après tout, les quatre ont été tuées avec la même drogue. Doreen était proche de dénouer tout ça. Mais elle passait à côté d'un détail…

À cet instant, Nan lui téléphona.

— J'ai surpris une conversation… Je ne sais pas si ça aura un lien, mais apparemment, le petit-fils criait sur Rosie au sujet des problèmes avec son mari.

— Son grand-père ?

— Oui. Apparemment, Danny est homo et il croit qu'il a pu l'être aussi. Rosie niait totalement. Elle était en larmes. Mais Danny a ajouté quelque chose : il aurait entendu ses amies dire que son grand-père était gay.

— Oh… souffla Doreen en s'asseyant bruyamment. Et quelles sont les chances pour que ta Rosie ne soit pas cette vieille femme douce que tout le monde pensait qu'elle était ?

— Je ne le croirais pas, contesta farouchement Nan. Elle a toujours été la plus gentille.

— Peut-être… mais peut-être pas.

Elle resta posée là, à se demander comment elle était supposée résoudre ça sans heurter les sentiments de Nan ou sans entacher les souvenirs avec son amie.

— Nan, est-ce que Rosie suivait un traitement pour le cœur ?

— Bien sûr que oui. Son cœur se portait bien, mais il ne battait pas bien vite. Elle était censée prendre des médicaments, mais elle ne le faisait pas. Jamais.

— Et son mari ?

— Il avait des problèmes cardiaques, mais je ne sais toujours pas ce qui lui est arrivé.

— Non… mais j'ai un triste pressentiment.

— Tu vas m'en parler ?

— Pas encore. Je reviens vers toi.

Elle essaya de rappeler Mack, mais n'obtint aucune réponse. Elle resta assise, fixant son téléphone pendant un moment. Puis elle se dit qu'elle devrait contacter Marsha. Elle ramassa son portable et composa son numéro. Quand elle décrocha, Doreen s'annonça :

— C'est Doreen, je viens de parler avec vous, dans votre jardin.

— Comment avez-vous eu mon numéro ? s'insurgea Marsha.

— Eh bien, ce n'est pas si compliqué. Votre nom a été mentionné dans un tas de documents, et il existe encore des choses comme les annuaires, ironisa Doreen, exaspérée.

Marsha renifla.

— Qu'est-ce que vous voulez ?

— Vous n'avez rien à voir avec la mort de ces quatre femmes, n'est-ce pas ?

— Bien sûr que non ! Pourquoi le devrais-je ?

Son ton avait été authentiquement surpris. Doreen hocha la tête.

— Car il y a certains soupçons selon lesquels, peut-être, vous les auriez éliminées afin de ne garder le concours de kiwis que pour vous.

Il y eut d'abord un silence choqué, puis Marsha commença à rire.

— Oh, mon Dieu… je n'irais quand même pas jusqu'à tuer pour mes kiwis ! Ah la la…

— C'est une pensée qui m'est venue, comme tout le monde est relié à ce concours…

— Elles étaient mes amies, dit Marsha avec férocité. Je n'aurais jamais rien commis qui puisse leur nuire. Vous savez à quel point c'est difficile d'avoir des amis dans cette ville ?

— En réalité, oui. Je n'ai pas vraiment eu la chance moi-même de m'en faire.

— Eh bien, si vous n'étiez pas aussi fouineuse, vous auriez peut-être une chance d'en avoir.

— Outch… Bien sûr, vous avez été contrariée par la mort de ces quatre femmes.

— Évidemment que je l'ai été ! C'est devenu un endroit assez difficile à vivre après la liaison amoureuse de mon mari, car même si on veut rester discret, c'est assez compliqué d'y parvenir.

— Vos amies, forcément, étaient au courant à propos de cette liaison, n'est-ce pas ?

— Elles étaient les seules à qui je pouvais en parler, admit calmement Marsha. Rosie, d'un autre côté… c'était une tout autre histoire.

— D'accord. Elle désirait garder ça secret, non ?

— Oui, elle souhaitait que personne ne soit au courant, tout comme moi. Pourquoi l'aurais-je voulu ? C'était embarrassant et humiliant.

— Et j'en suis désolée, car maintenant, je comprends mieux l'affaire des quatre femmes décédées…

— Peut-être… souffla Marsha avec suspicion. En quoi ça vous regarde, d'ailleurs ?

— Ma grand-mère était terriblement inquiète à propos de la mort de Rosie, expliqua doucement Doreen. Je lui ai promis que je mènerais l'enquête. Je sais aussi que Rosie voulait me demander d'investiguer sur quelques petites choses également. Elle était contrariée quant aux décès des autres femmes.

— Je ne crois pas qu'elle était aussi embêtée pour elles que pour son mari, ricana-t-elle. Personnellement, je crois que c'est elle qui les a tuées.

— Pourquoi pensez-vous ça ? s'étonna Doreen, même si, au fond, elle s'était déjà posé la question.

— Car elles étaient toutes au courant de la liaison et en ont parlé à son horrible petit-fils.

— Ce sont elles qui vous l'ont dit ?

— Oui, absolument. Une fois que Danny a été mis au courant, il s'en est servi pour faire du chantage à sa grand-mère et lui soutirer de l'argent.

— Ça a dû être pénible, lança tristement Doreen. C'est dur d'imaginer tous les crimes commis à propos de quelque chose qui est arrivé si longtemps auparavant.

— Le temps passé depuis que c'est arrivé n'a pas d'importance, car le fait est que certains souvenirs ne meurent pas. Les gens ne les laissent pas disparaître.

— C'est pour ça que vous et Rosie ne vous entendiez plus ?

— Si vous voulez tout savoir, mon mari a eu une relation avec celui de Rosie, raconta-t-elle, les larmes commençant à l'étrangler.

— Je suis bien désolée… Ça a dû être particulièrement éprouvant. C'est une chose d'être au courant, et c'en est une autre de découvrir qui était la personne concernée.

— Exactement. Rosie ne m'a pas crue pendant un long moment. J'ai essayé de lui dire et de lui expliquer ce qui était arrivé. Mais elle n'écoutait pas.

— Et j'ai appris que son mari est parti du jour au lendemain aussi…

— Non, contesta Marsha d'une voix sévère. Rosie l'a tué.

Et Marsha raccrocha.

Doreen fixa son téléphone, choquée. Elle composa calmement le numéro de Mack, souhaitant qu'il réponde cette fois au moins. Quand il finit par le faire, elle lui annonça :

— Je viens de parler à Marsha. Elle a prétendu que Rosie avait aussi tué son mari.

— Que voulez-vous dire par « aussi » ? s'enquit Mack, exaspéré. Revenez en arrière. Racontez-moi exactement ce qui s'est passé.

— Je vais vous le dire. (Doreen lui rapporta rapidement la conversation.) Le truc, c'est que pour l'instant, j'ignore si elle compte se rétracter, car c'était au téléphone et je n'avais aucun moyen d'enregistrer la conversation.

— Bien sûr que non… Sauf votre petit dictaphone.

Doreen le saisit et se rendit compte qu'il était allumé.

— Attendez une seconde…

Elle appuya sur « Play », et une voix en sortit. Mack soupira.

— Donc, vous en avez une copie.

— Oui ! s'exclama-t-elle, sous le choc, son chat étant assis là, à l'observer. Je crois que Goliath a marché dessus… Il a dû appuyer sur le bouton quand j'étais au téléphone.

— Il était sur haut-parleur ?

— Oui. Ça me donne du fil à retordre, alors j'étais sur haut-parleur.

— Oui… mais ça ne prouve rien non plus. Cependant, on se posait des questions sur Rosie, car apparemment, elle était la dernière à avoir vu deux des trois autres femmes.

— Et qui est l'autre à votre connaissance ?

— Kimmy.

— OK… oui. Et je crois que c'est parce qu'elles ont parlé au petit-fils gay au sujet du grand-père gay.

— Mais alors, qui a tué Rosie ?

— Eh bien, nous ne sommes pas à court d'options…

lâcha Doreen en soufflant. Entre le mari de Marsha, s'il est toujours en vie, Marsha, Danny…

— Et aussi, elle aurait pu se suicider.

— Mais dans ce cas, pourquoi était-elle en chemin pour retrouver…

— Mais tout désigne et accuse Marsha, n'est-ce pas ? la coupa Mack. Peut-être que Rosie a décidé qu'il était temps que tout s'arrête avant de devenir elle-même une victime.

— Peut-être… mais Rosie était la quatrième à mourir. Et le décès de Kimmy ? Nan a expliqué qu'elle avait des problèmes cardiaques. Donc qu'on ait retrouvé un produit chimique dans son sang serait normal, non ?

— J'ai vérifié ça aussi. Pour le moment, je ne suis pas certain que la mort de Kimmy soit liée, assura-t-il. Il est possible que son décès fût naturel, et que Rosie ait choisi de tuer les autres pour créer un faux lien et impliquer Marsha.

— Ce serait diabolique… Une idée de ce qui est arrivé à son mari ?

— Non. Et il faut qu'on vérifie son jardin communautaire.

— Il est toujours en vie ?

— Écoutez, laissez-moi passer quelques appels. On se reparle plus tard.

Dès qu'il eut raccroché, Doreen composa rapidement le numéro du petit-fils et se présenta.

— Qu'est-ce que vous voulez ? lui demanda-t-il avec rudesse.

— Ce que je veux, c'est savoir où se trouve le potager de votre grand-mère, là où elle faisait pousser ses kiwis.

— En quoi ça vous intéresse ?

— Car je crois que ça a un rapport avec son fils, votre père.

— Mon père est mort.

— À quand remonte l'accident ?

— Il y a longtemps. Et ça s'est produit dans la parcelle que ma grand-mère utilisait pour ses kiwis. C'était un jardin collectif, mais elle avait un espace à part, de l'autre côté.

— Donc c'est là que se trouvent les kiwis maintenant ?

— J'imagine. Honnêtement, je ne vois pas la différence.

— Elle était plutôt secrète là-dessus…

— Oui, elle l'était. Je ne sais même pas si c'est là-bas que poussent les kiwis.

— Je pourrais peut-être y jeter un œil.

— Bien sûr, accourez-y, lança-t-il d'un ton ennuyé, avant de lui fournir l'adresse.

— Merci.

Il était déjà trop tard pour sortir ce soir, mais le matin suivant, elle prévoyait d'y aller en premier, très tôt.

Chapitre 28

QUAND DOREEN SE leva le matin suivant, elle se prépara du café, le versa dans un thermos, appela ses animaux et sortit, droit vers l'adresse. Ce n'était pas trop loin à pied, mais presque deux kilomètres malgré tout. Quand elle arriva au jardin communautaire, elle n'était pas la seule sur place. Certaines parcelles individuelles bordaient de belles fleurs aux couleurs tapageuses. D'autres étaient des potagers. Elle continua de marcher, passant le portail au coin le plus reculé, là où Danny avait situé la parcelle de sa grand-mère.

Et comme elle s'y attendait, un treillis s'y trouvait, avec, à la base, un bac potager contenant quelques légumes et des fleurs. Mais les kiwis, eux, grandissaient le long du treillis, où ils bénéficiaient d'une lumière directe. Elle ne savait rien quant à l'arrosage, sinon que les fruits avaient besoin d'une énorme quantité d'eau pour s'épanouir. Mugs était particulièrement intéressé par le bac. Il continuait de tirer sur la laisse afin de s'en approcher.

Goliath, fidèle à lui-même, ne semblait pas s'en préoccuper. Thaddeus se contentait d'observer Mugs comme s'il n'était pas concerné. Pourquoi le serait-il ? Comme elle avait les yeux baissés vers le potager, son téléphone se mit à sonner.

— Mack, quoi de neuf ?

— Où êtes-vous ?

— Je jette un œil aux kiwis de Rosie, annonça-t-elle en poussant un gros soupir. Je crois que vous devriez me rejoindre.

— Pourquoi ?

— Parce que je suis presque sûre de savoir pourquoi ses kiwis se portent aussi bien.

— Qu'est-ce que ça a à voir avec le reste ? grommela-t-il.

— Venez s'il vous plaît. Et apportez une pelle.

Puis elle raccrocha.

Faisant le tour du petit jardin, elle pensa à quel point cela était simple et affreux. Elle espérait avoir tort… Peu de temps après, quand le pick-up de Mack s'arrêta, elle remarqua qu'il n'était pas dans un véhicule de police. Elle jeta un œil à sa montre et se rendit compte qu'il n'avait même pas encore commencé sa journée de travail. Il sortit de la voiture avec une pelle à la main et marcha vers elle, l'expression peu réjouie.

— Je suis désolée.

Mugs ne l'était pas, il aboyait et remuait la queue de joie à la vue de Mack. Même Goliath parut excité de le retrouver et courut vers lui.

« Mack est là ! » causa Thaddeus à l'oreille de Doreen, « Mack est là ! »

— Je suis au courant, grommela-t-elle. Dommage qu'il n'ait pas l'air ravi.

Mack lança un regard noir à Doreen tandis qu'il se redressait après avoir salué les animaux. Quand il fut plus près, il observa le parterre de fleurs, haussa les épaules et demanda :

— Et maintenant, on fait quoi ?

Elle pointa le doigt vers le bel étalage de petites fleurs de kiwi blanches tout du long au fond, grandissant le long du grand treillis.

— Et ?

— Je ne sais pas à quelle profondeur vous allez devoir creuser. Je doute que ce soit très profond, mais ça le sera suffisamment.

— Et que vais-je trouver ?

Doreen inspira fortement.

— Le mari de Rosie.

Il la dévisagea, sous le choc.

Elle hocha lentement la tête.

— Et je crois savoir ce qui s'est passé.

— Vous feriez mieux, oui ! grogna-t-il. (Il regarda la plate-bande surélevée, emplie de fleurs et autres plantes.) On ne va pas saccager tout ça ?

Elle fit signe que si.

— Vous devriez sûrement essayer de ce côté.

Il commença rapidement à creuser, jusqu'à un seuil normal puis plus profondément. Après plus d'un mètre cinquante, il stoppa, s'essuya le front et dit :

— Vous avez intérêt à avoir raison. Je n'avais pas besoin de ça aujourd'hui.

— Aucun de nous, rétorqua-t-elle sèchement.

Elle pouvait sentir la tension monter en elle alors que Mack creusait plus loin.

Il finit par s'arrêter, sortit une pelletée de terre et dit :

— Vous savez quoi ? On pourrait tout déterrer et ne rien trouver.

— Mais on n'aura pas à le faire, déclara-t-elle en se penchant en avant, essuyant à la main un peu de terre.

Et comme elle s'en doutait, il y avait un os blanc et rond. Ça ressemblait à un orteil.

Mack l'examina et jura comme un charretier. Il sortit son téléphone, considéra Doreen et lui lança, en appelant son équipe :

— Ne bougez pas.

À les attendre, Doreen avait froid et se sentait fatiguée. Les animaux étaient nerveux et agités, et elle continuait d'observer Mack qui l'ignorait. Il finit par s'approcher d'elle, et son regard s'éteignit quelque peu.

— Je ne voulais pas ça, vous savez, lui indiqua-t-elle sèchement.

— Bien sûr que non, répondit-il en poussant un gros soupir. Vous ne souhaitez jamais ça.

— Et maintenant, quoi ?

— Eh bien, nous allons exhumer le corps, évidemment. Et vous pensez vraiment qu'il s'agit de son mari ?

Elle confirma d'un signe de tête.

— Et je crois qu'elle faisait chanter Marsha.

— Oui… je suis tombé sur des transferts d'argent sur son compte en banque hier. On essaie encore de découvrir d'où ça provient.

— Ce sera facile. Vérifiez le compte de Marsha.

— Pourquoi Rosie aurait reçu de l'argent de Marsha ?

Doreen prit une grande inspiration.

— Eh bien, si vous voulez bien vous rendre chez Marsha, je vous le montrerai.

Il la dévisagea fixement, puis se tourna vers le corps avant de lâcher :

— Oh ! bon sang, non…

Doreen haussa les épaules.

— OK, je ne vous dirai rien alors !

Il jura plusieurs fois encore.

Doreen lança un regard noir à Mack.

— Est-ce que vous vous rendez compte que vous apprenez ça à Thaddeus ?

Et du bec de Thaddeus sortit un nom d'oiseau qui la choqua. La mâchoire de Mack en tomba. Il observa le perroquet puis Doreen, et ses joues devinrent rouges.

— Je suis sincèrement désolé, dit-il tout bas.

Et Thaddeus répéta le juron encore une fois.

Doreen tendit la main et tapa légèrement le bec de Thaddeus.

— Non !

Il eut des yeux perçants et enchaîna : « Thaddeus aime Nan. »

— Oh, génial, alors tu aimes Nan, mais pas moi ? protesta-t-elle.

Il poursuivit et émit cet étrange bruit ressemblant à un rire, puis se cacha contre son cou. Elle marcha jusqu'au pick-up de Mack et lui demanda :

— Vous venez ?

— Non. J'en ai eu assez pour aujourd'hui.

— OK ! On se parle plus tard alors !

Elle se dirigeait vers la sortie du jardin quand il surgit derrière elle en courant.

— Évidemment que je viens ! rugit-il. Montez dans cette fichue bagnole !

« Montez dans cette fichue bagnole », répéta instantanément Thaddeus.

Mack le regarda fixement puis prononça :

— Putain…

« Putain. Putain. », répéta Thaddeus.

— Arrêtez ! aboya Doreen de sa voix la plus aiguë possible.

Les deux posèrent leurs yeux sur elle. Elle marcha jusqu'au pick-up tout en secouant la tête.

— Ne vous fatiguez plus à prononcer des excuses.

Il pénétra dans le véhicule en silence pendant qu'elle aidait Mugs puis Goliath à monter afin de ne pas les laisser là. Elle grimpa avec Thaddeus sur son épaule. Taisant son inquiétude, Doreen craignait que tout ce qu'elle entendrait de Thaddeus désormais serait des jurons. Et elle savait qui blâmer pour ça.

Mack démarra le moteur, fit marche arrière et demanda :

— Où je vais ?

Elle lui transmit rapidement l'adresse de Marsha puis demeura calme durant tout le trajet.

— Vous feriez mieux d'aller derrière la propriété, suggéra-t-elle en désignant la venelle.

Progressant à l'arrière, il s'arrêta au portail de Marsha. Doreen ouvrit la portière et marcha jusqu'à l'arrière-cour. Marsha s'y trouvait, elle s'occupait de ses kiwis et déplaçait son petit dispositif de serre sophistiqué. Prise sur le fait, elle s'arrêta et son visage devint rouge.

— Qu'est-ce que vous fichez là ?! cria-t-elle. Vous ne pouvez pas venir sans autorisation comme ça !

— Non, peut-être pas, acquiesça Doreen. C'est un bel engin en tout cas, et une excellente façon de vous assurer que vos kiwis grandissent bien.

La femme regarda sa serre avec culpabilité, puis ses kiwis. Elle s'écarta et cracha :

— Personne n'a dit que je n'y étais pas autorisée.

— Sauf que les serres ne le sont pas, lança gentiment Doreen.

— Ce n'est pas vraiment une serre, éluda la femme. Ça,

c'en est une, ajouta-t-elle en désignant d'un geste la serre près d'elle, comme si n'importe quel idiot pouvait remarquer la différence.

Doreen opina du chef.

— Je comprends. (Elle s'approcha des kiwis, sourit et remua la tête.) C'est incroyable. Ceux de Rosie étaient assez similaires.

— Vous avez vu ses kiwis ? demanda Marsha avec impatience. De quoi ils ont l'air ?

— Je les ai vus. Et ils ont l'air extra. Elle vous a copiée de bien plus de façons que vous ne l'auriez pensé.

— Que voulez-vous dire ? questionna Marsha, une note de peur dans sa voix.

Doreen regarda Mack et dit :

— Je suggère que vous commenciez à creuser juste ici. (Elle se tourna pour observer Marsha et ajouta :) Bien sûr, vous n'avez aucune objection à ce que nous fassions ça, n'est-ce pas ?

— Évidemment que si ! Je ne veux pas que vous creusiez n'importe où près de mes racines ! Cela détruirait les kiwis !

— En effet. Mais le truc, c'est qu'il y a quelque chose là-dessous que nous devons trouver.

Marsha commença immédiatement à protester.

— Sauf si, bien sûr, vous préférez que j'appelle le reste de l'équipe de police ainsi que des journalistes, railla Doreen d'un ton ferme.

Cela rabattit instantanément le clapet de Marsha.

— Et je peux obtenir un mandat, annonça Mack.

— Comment avez-vous su ? s'enquit Marsha dans un faible murmure.

— Parce que nous venons de découvrir le mari de Rosie sous ses kiwis.

Toutes les couleurs du visage de Marsha s'évaporèrent. Elle se laissa tomber bruyamment sur le coin du parterre de fleurs surélevé.

— Vraiment ? (Remarquant Doreen qui confirmait d'un signe de tête, elle murmura :) Je ne voulais pas… J'étais tellement en colère quand j'ai découvert le pot aux roses…

— Il vous a parlé de son amant, c'est ça ?

— Oui, pendant qu'il faisait ses bagages. Curtis a expliqué qu'ils allaient s'enfuir tous les deux.

— Et au même moment, David avait une discussion similaire avec Rosie, je présume ?

— Je ne sais pas ce qu'il lui est arrivé. Mais Curtis ? J'ai perdu mon sang-froid. Et ce n'était plus que de la rage. J'étais tout bonnement en colère. J'étais ici, dehors, dans le jardin, et cette furie brûlante augmentait tellement que quand il a eu fini de préparer ses affaires, il est venu me dire au revoir. Et j'ai saisi ma pelle pour le frapper très fort sur le côté de la tête. Il est tombé comme une masse et, en gros, je l'ai fait disparaître dans le jardin, relata-t-elle en fixant les kiwis. Et une chose vraiment étrange est arrivée au fil des années… Les kiwis sont devenus meilleurs, toujours plus beaux.

Doreen ne pouvait qu'imaginer… Tu parles d'un engrais naturel !

— Et est-ce que Rosie a aussi tué son mari juste après ?

— Je n'en ai aucune idée. Je ne suis au courant de rien en ce qui concerne Rosie. Mais je ne crois pas.

— Et comment Rosie a-t-elle appris que Curtis était enterré sous vos kiwis ?

— J'ai dit quelque chose, une fois… Que j'avais une source de nutriments particulièrement riche pour mes plantes, raconta-t-elle tristement. Je ne voulais pas… Mais je devais le révéler à quelqu'un. Et je crois qu'elle a compris. Elle a indiqué qu'elle essayait de régler le divorce avec son mari. Maintenant, je sais que c'était un mensonge. Nous n'étions pas vraiment amies, mais nous étions des ennemies cordiales en ce temps-là. Après tout, nous nous étions rapprochées avec notre expérience commune.

— Qui a mené à un chantage, je présume ?

Marsha hocha lentement la tête.

— Eh bien, je suis certaine que nous découvrirons que le mari de Rosie est mort d'une crise cardiaque, provoquée par son propre traitement pour le cœur qu'il avait laissé chez elle, supposa Doreen. Tout allait bien, et vous étiez toutes deux contentes de garder vos maris hors de votre chemin et de votre vie. Jusqu'à ce que le petit-fils de Rosie le découvre…

En entendant cela, Marsha grimaça.

— Est-ce que Rosie les a vraiment tuées ? Toutes les trois ?

— Je crois, oui, car elles étaient au courant pour cette histoire de liaison homosexuelle entre vos maris, même si elles ignoraient tout de leur mort. De plus, je pense que Rosie s'est suicidée.

— Pourquoi aurait-elle fait ça ? s'exclama calmement Marsha.

— C'est facile, intervint Mack. Elle venait d'apprendre un diagnostic assez brutal, son cancer était revenu.

— Oh, mon Dieu… souffla tristement Marsha. Oui, elle aurait mis fin à ses jours pour éviter de subir de nouveau les chimios et les rayons.

— Et elle a laissé une piste qui menait à vous, indiqua Doreen.

Marsha leva les yeux vers elle.

— Je ne voulais vraiment pas tuer Curtis.

— Peut-être pas. Mais le résultat, c'est que nous avons six cadavres à cause d'une liaison extra-conjugale.

— Ce n'était pas une simple liaison, corrigea Marsha d'un ton vraiment peiné, mais une relation homosexuelle. Vous imaginez ce que c'est de se rendre compte que son mari, avec qui vous avez partagé votre lit toutes ces années, préfère les hommes ? C'est quelque chose qu'on ne peut pas commencer à comprendre, sauf si ça vous arrive. C'est simplement si horrible… c'est plus qu'une trahison. Chaque adultère est une traîtrise, mais ça ? Ça ne ressemblait à rien d'autre. (Marsha renifla.) Je suis désolée qu'il soit mort et enterré, mais je ne regrette pas d'avoir réussi à garder ce secret toutes ces années. C'était le seul moyen pour pouvoir continuer de mettre un pied devant l'autre dans cette ville. Donc, autant que vous pouvez me juger pour ça, je n'ai pas l'impression d'avoir quoi que ce soit à ajouter.

— Excepté pour un détail, reprit Doreen. Je ne comprends pas pourquoi vous avez déposé ces fleurs sur le site en mémoire de Rosie…

— Parce que, de bien des façons, elle était la seule qui saisissait. Personne d'autre ne s'est approché de l'empathie par rapport à ce que je traversais, sauf elle, car elle avait vécu exactement la même chose.

— Bien, dit Doreen avant de se tourner vers Mack. Satisfait ?

— Difficilement, avoua-t-il, le regard posé sur la vieille femme qui était assise, écrasant son parterre de fleurs. J'ai encore un tas de questions en suspens. Le testament de Rosie, d'une part. (Mack se tourna vers Doreen.) Et pourquoi Rosie venait-elle vous voir ?

— Son petit-fils l'avait vraiment terrorisée, et, après toutes ces disputes, je suis sûre qu'elle était ravie de léguer ses biens à n'importe qui sauf lui. De plus, elle voulait que j'apprenne ce qu'elle et Marsha avaient commis.

— Tout l'argent qu'elle a laissé devrait être le mien, déclara amèrement Marsha. Toutes ces années, je l'ai payée pour qu'elle reste silencieuse concernant le fait que j'avais tué Curtis et pourtant je n'aurais pas dû. Elle avait assassiné son mari également.

Là-dessus, elle commença à rire, un gloussement horriblement sonore. Et ensuite, tout aussi rapidement, elle passa du rire aux larmes.

Doreen s'approcha et l'enlaça. Mack les observa toutes deux.

— C'est simplement trop incroyable…

Tout en continuant de supporter la pleureuse Marsha, Doreen le dévisagea.

— Vous êtes sûr que je dois rester concentrée sur le jardinage en tant que loisir ? Apparemment, faire pousser des kiwis est mortel.

Épilogue

DEUX JOURS PLUS tard, Doreen s'éloignait de la tombe. Rosie avait été enterrée après que son autopsie eut révélé que sa mort était un suicide, dû à l'ingestion du restant de vieux médicaments pour le cœur de son mari et d'un cocktail d'autres drogues qu'elle possédait.

Ce n'était pas pour cela qu'on se souviendrait d'elle cependant. Non, elle avait été accusée d'avoir tué les trois autres femmes ainsi que son mari, David, ce qui avait scandalisé toute la communauté, sans mentionner les nouvelles supplémentaires de Marsha allant en prison pour avoir assassiné son époux également.

Doreen s'était éloignée de la hype qui se répercutait dans toute la ville. Elle observait Nan qui s'écartait avec elle. Elle se rendait à une cérémonie hommage que Doreen avait évitée, souhaitant simplement rentrer chez elle et se détendre.

Les derniers jours avaient réveillé les journalistes plus que tout. La police essayait encore de rassembler les pièces de la vie de Rosie, mais c'était une affaire relativement simple, dans laquelle les mêmes drogues avaient été impliquées dans la mort de trois femmes, la première ayant été accidentelle, et

Rosie s'en était servie comme opportunité pour pointer Marsha du doigt et pour supprimer celles qu'elle avait considérées comme des ennemies.

Le retour de son cancer lui avait apparemment donné la liberté d'effectuer quelques changements dans sa vie, comme se débarrasser de la clique du kiwi qui avait été une épine dans son pied et lui donner l'occasion supposément parfaite de dénoncer l'autre femme qui pouvait ruiner sa vie en racontant à tout le monde ce que leurs maris avaient fait. Rosie n'avait jamais souhaité que son petit-fils soit au courant et avait vécu dans la peur de sa réaction s'il le découvrait. Et la police avait déterminé que la même drogue avait été administrée à son mari, qu'elle avait tué des années auparavant. Cela avait l'air d'une simple affaire classée, mais le résultat était qu'à la fin, la communauté avait été sous le choc.

Et bien sûr, la kermesse ne serait jamais plus la même.

Comme Doreen marchait près des multiples tombes récentes, elle s'arrêta pour regarder diverses pierres et monuments, voyant des parcelles de lys à des endroits variés.

Finalement, elle fit un tour complet et se tint au-dessus de la tombe de Rosie.

— J'espère que tu es en paix maintenant, dit-elle avec tristesse. Ce n'est pas la fin que j'aurais désiré pour toi.

Elle se pencha, enleva un lys et le renifla, se demandant pourquoi ils représentaient toujours la mort. Aussi loin qu'elle était concernée, les fleurs devraient être synonymes de vie et de renaissance. Mais trop souvent, elles étaient utilisées pour les funérailles. Elle le remit en place dans le vase et se redressa.

Elle n'avait pas ses compagnons avec elle, par respect pour les autres gens qui assistaient aux cérémonies parsemées dans le cimetière. C'était une bonne chose qu'elle les ait laissés à la maison, étant donné qu'il y avait des écriteaux partout, mentionnant que les animaux étaient interdits. Mais en étant sans eux… elle se sentait quelque peu perdue elle-même.

Sans compter à quel point elle s'inquiétait à propos de la rencontre avec le frère avocat de Mack cet après-midi. Mais elle faisait traîner les choses ici autant que possible. Elle devait rentrer chez elle et manger avant l'arrivée des deux hommes, et elle devait faire face au caractère désagréable que représentait son mariage désormais mort.

Elle observa fixement les lys pour un dernier long moment, soupira et se tourna pour s'en aller. Alors, une ombre tomba à ses côtés, et elle put sentir quelqu'un s'approcher d'elle. Elle se tourna en souriant, uniquement pour crier sous le coup qui vint de nulle part et la frappa à l'arrière de la tête. Elle n'avait rien entendu d'autre que des bruits de pas qui s'éloignaient bruyamment, tandis qu'elle s'écrasait dans le tas de lys au bord d'une tombe.

La douleur était écrasante, le choc paralysant.

Pauvre Mack… c'est lui qui la trouverait.

Des lys… C'était tellement approprié…

Sa dernière pensée avant que le noir complet ne la submerge ? Elle avait déjà en tête un nom pour l'enquête sur sa propre mort.

Embrouille dans les lys.

C'est la fin du tome 11 de *Jolis Jardins Maudits, Un tueur dans les kiwis.*

Découvrez *Embrouille dans les lys : Jolis Jardins Maudits, tome 12*

Jolis Jardins Maudits :
Embrouille dans les lys,
tome 12

Un nouveau polar « cozy mystery », par Dale Mayer, auteure de best-sellers au classement du USA Today. Suivez les aventures de Doreen Montgomery, jardinière et détective en herbe, et de ses adorables assistants (un chat, un chien et un perroquet) dans leurs enquêtes criminelles dans la jolie ville de Kelowna au Canada.

Du luxe à la misère… Le tumulte s'apaise… Tout à coup, c'est le calme plat… trop calme, surtout pour Doreen !

Ce qui était censé être une tranquille promenade dans un cimetière paisible après de récentes funérailles se transforme en début de nouvelle affaire. Quelqu'un a frappé Doreen sur la tête et l'a laissée face contre terre parmi les fleurs funéraires.

Est-ce de la violence gratuite ? Une vengeance ? Un avertissement quant au pire à venir ?

Personne ne le sait, pas même Doreen. Mais une chose est certaine : l'attaque a permis la disparition – peut-être le kidnapping ? – de l'adorable perroquet gris de Doreen, Thaddeus. Hors d'elle, Doreen se prive d'une virée aux urgences pour rentrer directement chez elle, où elle espère que Thaddeus rentrera tôt ou tard.

Mais quand l'oiseau revient, c'est avec un SOS noué autour de la patte, menant Doreen jusqu'à un étrange coin de la ville et un curieux petit garçon qui en sait un peu trop.

Voilà que maintenant, non content de laisser des menaces sur le seuil de Doreen, on semble prêt à les mettre à exécution…

Entre les oiseaux, les garçons et le frère du caporal Mack Moreau, l'avocat qui s'occupe de son divorce, Doreen a du pain sur la planche. Et c'est avant que sa précédente avocate se pointe sans prévenir chez elle ! Perturbée par tous ces événements, Doreen ouvre la porte à une personne dont la rancœur tenace pourrait bien lui nuire…

Le tome 12 est disponible !

Pour en savoir plus, visitez le site web de Dale Mayer.

https://geni.us/DMFRLifelessUni

Note de l'auteure

Merci d'avoir lu *Un tueur dans les kiwis : Jolis Jardins Maudits, tome 11* ! Si vous avez apprécié le livre, merci de prendre un moment pour laisser votre avis.

Chers lecteurs,

J'aime avoir de vos nouvelles, alors n'hésitez pas à me contacter sur mon site web : www.dalemayer.com ou sur ma page d'auteure Facebook. Pour être informés des nouvelles parutions et des offres spéciales, inscrivez-vous à ma newsletter ou suivez-moi sur BookBub. Si vous souhaitez rejoindre mon groupe de lecteurs, voici la page d'inscription sur Facebook.

À bientôt,
Dale Mayer

À propos de l'auteure

Dale Mayer est une auteure de best-sellers au classement de *USA Today*, connue pour ses romances militaires sur les forces spéciales, sa série *Psychic Visions* et sa série *Jolis Jardins Maudits*, dans le genre cozy mystery. Ses romances contemporaines sont vibrantes d'émotion et de passion (série *Broken But... Mending*, *Hathaway House*). Ses thrillers vous laisseront à bout de souffle (séries *By Death* et *Kate Morgan*) et ses comédies romantiques vous feront rire aux éclats (*It's a Dog's Life*, une novella hors-série, et la série *Broken Protocols* avec Charming Marvin, le chat).

Elle laisse libre cours aux séries qui lui viennent... dont certaines sont carrément folles, enfreignant toutes les règles et croisant différents genres !

En plus de ses romans de fiction, elle écrit également des textes documentaires dans de nombreux domaines, dont la rédaction de CV, le jardinage de loisir et le système de crédit immobilier américain. Elle a récemment publié la série professionnelle *Career Essentials*. Tous ses livres sont disponibles aux formats papier et ebook.

Contactez Dale Mayer en ligne

Site web de Dale — www.dalemayer.com

Twitter — @DaleMayer

Facebook Page — geni.us/DaleMayerFBFanPage

Facebook Group — geni.us/DaleMayerFBGroup

BookBub — geni.us/DaleMayerBookbub

Instagram — geni.us/DaleMayerInstagram

Goodreads — geni.us/DaleMayerGoodreads

Newsletter — geni.us/DaleNews